尚青

董立勃 著

四川人民出版社

图书在版编目（CIP）数据

尚青 / 董立勃著 . -- 成都：四川人民出版社，2024. 9. -- ISBN 978-7-220-13842-3

Ⅰ. I247.5

中国国家版本馆 CIP 数据核字第 2024D23S64 号

SHANG QING

尚　青

董立勃　著

出 版 人	黄立新
策划统筹	陈蜀蓉
责任编辑	王其进　陈蜀蓉
装帧设计	李其飞
责任校对	喻小红
出版发行	四川人民出版社（成都三色路238号）
网　　址	http://www.scpph.com
E-mail	scrmcbs@sina.com
新浪微博	@四川人民出版社
微信公众号	四川人民出版社
发行部业务电话	（028）86361653　86361656
防盗版举报电话	（028）86361661
照　　排	成都木之雨文化传播有限公司
印　　刷	成都国图广告印务有限公司
成品尺寸	145mm × 210mm
印　　张	11.5
字　　数	250 千
版　　次	2024 年 9 月第 1 版
印　　次	2024 年 9 月第 1 次印刷
书　　号	ISBN 978-7-220-13842-3
定　　价	58.00 元

目　录

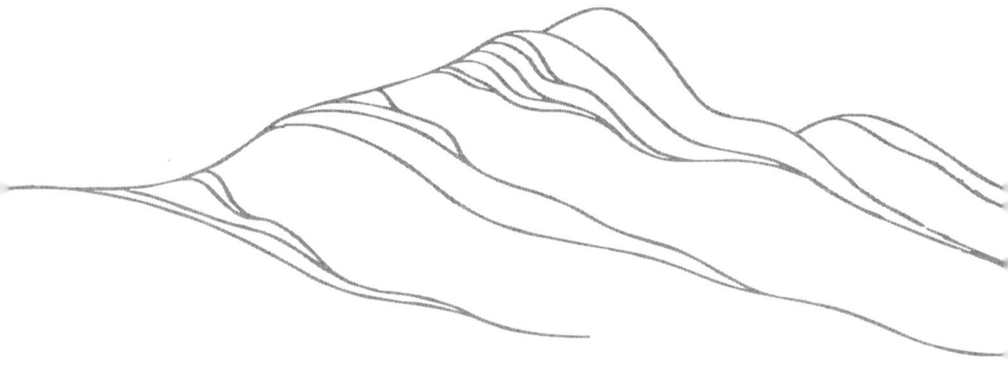

第一章

祸起

新疆古称“西域”。清乾隆皇帝历时多年才于一七五九年先后平定准噶尔贵族和喀什噶尔大小和卓的叛乱，并从此将天山南北广大地区改称为“新疆”。

一八八四年，新疆正式设省。湘军名将刘锦棠为首任新疆巡抚。

辛亥革命后的一九一二年三月，新疆巡抚袁大化遵旨承认共和，从此新疆进入民国时期。

新疆都督杨增新在执政十五年后，被军务厅厅长兼外交署署长樊耀南，于一九二八年七月七日枪杀于宴会上，终年六十四岁。

时年四十九岁的政务厅厅长金树仁果断处决刺杀者及策划者，被南京政府任命为省主席兼总司令。因急需人才，他派秘书长鲁效祖来南京纳贤。

鲁效祖遇到不得志的三十五岁军官盛世才，劝其到新疆发展。

一九三〇年，盛世才携妻女先回东北，与家人道别，再从西伯利亚绕道进入新疆。

一九三三年，政变者逼金树仁下台离开新疆，推举盛世才任新疆边防督办。

新疆从此进入盛世才统治的岁月。

尚青的故事开始于她二十岁那一年。

那是九月的一天，风和日丽秋高气爽。在遥远的大西北新疆迪化市（乃新疆首府，是一七六三年乌鲁木齐建新城时，乾隆给起的名字），尚青的恋人杜涛突然被警察抓走。

这一年，中国的大部分河山，仍然被日本侵略者的铁蹄蹂躏。当然，这件关系到国家民族生死存亡的大事，和杜涛被抓，并没有什么直接的关系。因远离内地，战火还未烧到新疆。至少目前这段日子，塞外大部分百姓过得还算安稳。

但如果非要扯上一点关系，那就是在杜涛被抓的三个小时前，他和尚青参加了一场反对日本侵略中国的示威游行，并且在支援抗战的募捐箱里投进一块银圆。他们本想多捐一点，可他们是穷学生，实在没有多少钱。捐钱的人很多，要站在那里排一会队，才能捐得上。

两个人参加过示威游行后，找了个小饭馆，一人吃了一碗清汤牛肉面。又去电影院看了一部苏联电影。在这之前，他们已经看过好几部苏联电影。不得不说，盛世才实行新政策后，书店里苏联作家的书，电影院里的苏联电影，明显多起来。

看电影时，两个人的手一直抓在一起。有一阵子，尚青还把头靠在了杜涛的肩膀上。

看完电影走出来，天还大亮着。新疆的太阳，比内地要晚落两个多小时。他们不急于回学校。已经拿到毕业证。他们并没有什么太着急的事要办。

他们顺着大街往省政府方向走。那里有一个大广场，四周全是商行店铺，不管啥时候，都热闹得不行。

他们想去那个地方转一转，寻找一些新的乐趣。

不断有人从他们对面走过来，只是走过来的不管是什么人，他们都不会在意。同样，走过来的人，也不会在意他们。城市里人很多，认识的没有几个。不管是谁走在街上，都很少会遇到熟人。

这时有三个男人从对面走过来，走到他们面前，却站了下来。

三个男人看上去和别的行人没有两样。

三个人应该没有理由站到他们面前，挡住他们的去路。

尚青以为遇到了无事生非的街头无赖，拉着杜涛的手往旁边走。

拉了几下拉不动，再一看，不是杜涛不想跟她走，是杜涛的胳膊被两个男人抓住了。

其中一个年纪大一点的男人问，是不是叫杜涛?

杜涛说，是的。

能够叫出杜涛名字的人，应该是尚青和杜涛都认识的人，可这三个男人，没有一个看着脸熟。

他们说他们是便衣警察，还掏出警官证件让他们看。说有事找杜涛，让杜涛跟着他们去局子一趟。

问警察找杜涛什么事，警察不说。说到了警察局就知道了。

杜涛跟着警察去警察局。让尚青先回学校去。

尚青不回，要跟着一块儿去。

警察不让她跟着，说他们是在执行公务，让她不要妨碍。

杜涛也让尚青不要跟着，说不会有什么事，一定是有了什么误会，只要他说清楚就可以了。

毕业前一年，尚青和杜涛确定了恋爱关系。杜涛这些日子干过什么事，她比谁都清楚。要说他有什么过分的事，也就是看到她受别人欺负，动手把别人打出了鼻血。除此以外，杜涛再没有干过什么和警察可以扯到一起的事。

尚青想到假警察，想到绑架，想到报复，越想越不安，就对杜涛担心起来，生怕有什么无端的灾祸落到他身上。

警察不让她跟着，尚青只得站下来。等他们走出一段，她就悄悄地跟着。街上人来人往，混在人群里，只要别跟得太近，就不会被发现。

跟过了几条街，走到一座建筑前。看到这座建筑，尚青停下了脚步，不再那么担心。

建筑边上是一个广场。经常会有社团在这里搞集会，举行活动，尚青也参加过。知道这个建筑，是省督办公署的办公场所。

看到把杜涛带进这座建筑，可以确定他们真是警察。真警察办事，会以法律为依据，不会乱来。只要把事情问明白，肯定就会把他放出来。

尚青回到学堂。

拿到毕业证，一些同学就离开了。宿舍里还有几个同学，在收拾东西，准备离校。看到尚青回来，问尚青干什么去了。尚青说和杜涛在街上转了转。尚青没有说警察把他抓走的事。

尚青读书的学堂，是省立师范。整个新疆，专门培养老师的学堂，就这一个，不愁毕业了找不到工作。尚青和杜涛已经与迪化女子中学谈好，毕业后去那里任教。两个人打算好了，当上老师后，拿到酬劳，就举行婚礼。

一夜过去，尚青一直想着杜涛，几乎没有怎么睡。

天亮后，还不见杜涛回来。她等不及了，走出校门，走向广场对面的那座建筑。

尚青直接走进了挂着警察局牌子的一间大房子。

走进警察局的那间大房子后，才知道杜涛为什么会被抓，才知道这件事的后果有多么严重。

抓杜涛的三个警察中，有一个年纪稍大一点的男人。他看到尚青后，并没有露出凶恶的样子。可能是看到了尚青柔弱清秀，不忍心对她厉害，和她说话时，脸上一直带着笑意，他说他姓鲁，让尚青喊他鲁警官。

他对尚青说，杜涛犯的是危害社会安全罪。

尚青听不明白。心想，莫非杜涛参加了什么反政府组织，自己不知道？但又一想，这不可能呀。杜涛只是个学生，这两年又在和她谈恋爱，除了上课睡觉外，剩下的时间，几乎都是两个人在一起，他不可能再干别的什么事。如果他干过别的什么，尚青也不会不知道。

再听下去，才明白了是怎么回事。原来杜涛被抓不是因为干了什么坏事，而是因为他说了几句话，这几句话是在吃饭喝酒时说的。她当时也在场，她认为那几句话只是他的一时气话，说完就说完了，不管是他还是别人，都不会把这几句话当回事。

这几句话说在几天前。大家学业完成，快要毕业，同学一场，马上就要分别，都有些不舍。于是就会经常凑在一起吃饭喝酒，一是庆祝顺利毕业，二是畅叙同窗之情，三是憧憬远大前途。

关系好的同学，轮着做东请客。轮到杜涛和尚青，就选在学堂马路边上的小饭馆里欢聚。

杜涛做东，不但酒要多喝，话也会多说。

这一说，就说出了那几句话。

什么话，这么厉害，可以把自己说进警察局，说到这，不能不说到另一个人。这个人可不是个平常的人。当时新疆有四百多万人，都知道这个人是谁。

这个人就是盛世才。时任新疆督办，手握军政大权。

盛世才来新疆那年，尚青刚刚十二岁。没有人知道，包括她自己，竟会在二十岁时，和他扯上关系。

那次请客喝酒，说到了盛世才。大家都在说，只是杜涛喝了酒，说的声音更大，说出的话也狠了一些。

他说盛世才是暴君，是独裁者，应该推翻他的统治。

杜涛就是说了这个话，才被抓起来的。鲁警官说，有人检举了杜涛，说杜涛诬蔑谩骂攻击盛督办，煽动暴乱，犯了“危害社会安全罪”。

尚青问鲁警官，是谁检举的？

鲁警官说，谁检举的不重要，重要的是他说了这个话。

尚青说，他喝了酒，是在胡说。

鲁警官说，酒后吐真言。

尚青问，会怎么惩罚他？

鲁警官说，这不太好说，我们这个部门只负责抓人，怎么处理我们说了不算。

尚青说，就是说错了话，能有多大的罪？

鲁警官说，说了这个话，就说明他有想法。有了想法，就可能把想法变成行为。再说了，谁知道他背后是不是还有什么团体组织在策划？

尚青说，这个肯定没有，他就是个学生，我们一个班的，我对他很了解。

鲁警官说，你说了不算，这要看最后审讯的结果。

去省公署的警察局找杜涛，没有找到。但也没有白去，见到鲁警官了解了情况。

看鲁警官这个人，没有那么凶恶。就想再有什么事，还来找他。

第二天尚青又去警察局，没有空手去，在小店里买了两包“大前门”。

见到鲁警官后，把烟塞给了他。

鲁警官的态度果然更好了。他告诉尚青，三天后再来找他，可能那个时候杜涛的事就会有结果。

离开警察局，没有去学堂，顺着大街往家走。

广场旁边，有一片街区，由多条长巷大道交会形成，又称为大小十字街。店铺之集中齐全，规模之大，在整个西北也不多见。

一八七六年，慈禧太后接受塞防派建议决定收复西域，遂令左宗棠率湘军主力，激战三年终克敌制胜，平定阿古柏匪乱。一批以天津商人为主的平民随军，在战争结束后，便留了下来，使得这片街区很快成为热闹繁华之处。

尚青出生在这条街上，但家里人并不经商。

爷爷也是随大军进疆的，是铁匠。

铁匠富不了，也穷不了，啥时候都会有一口饭吃。

尚青上面有两个哥哥两个姐姐，她是家中最小的。父母不怎么管她，随她自己的性子长。她要上学，就让她上，她要住校，就去住校。她的事，可以自己做主。好处是自由自在，不好的是有了麻烦，也要自己解决。

走到巷口，听到铁锤敲打声。顺着敲打声走过去，不大一会儿，看到一个木棚。

父亲一只手用铁钳子夹着一块铁板，放在铁墩上。一只手攥着一头圆一头方的小锤指点着。

哥哥举起大锤，在父亲指挥下，把铁块锻打成想要的器物。

看到尚青走过来，父亲和哥哥没有停下手中的活，在四处飞溅的火星中，向她打了个招呼。

她没有和父亲、哥哥多说什么，走进紧挨着铁匠铺的一间砖瓦平房。

看到母亲在做晚饭，她上前帮着母亲往炉子里添柴火。

和杜涛的事，还没有跟家里人说过。打算工作安定下来以后，再给家里人说。

父母对她从来没有什么大指望，想着她毕了业，有个工作，能养活自己，再找个不错的人家嫁了就行。

两个姐姐没上什么学，都嫁了开店铺的，吃穿不愁。尚青比姐姐长得好，还上了学，怎么也会比姐姐嫁得好。

有人看到过尚青后，来找她父母说亲。有当官的，有经商的，条件都不错。

父母与尚青商量，想让她定下一门亲。尚青马上告诉父母，我的婚姻，你们不要管，硬让父母全给推掉。

那会儿，尚青还没有和杜涛好。可尚青已经读过不少书。比如说巴金先生的《家》，就让尚青落下不少泪，暗暗向往要做一个新女性。还读了鲁迅先生的杂文小说，也让她有了不同于一般姑娘的见识。

吃过晚饭后，母亲问尚青，要不要在家里住。

尚青说，我回学堂住。

尚青家离学堂只隔两条街，走上二十多分钟就到。

原本是可以不住校的。但尚青一考上省立师范学堂，就把铺盖搬到了学生宿舍。

学堂里全是年轻人，大家在一起的快乐，一个铁匠人家怎么能比。每年寒暑假，尚青在家住不上几天，就盼着开学。

母亲看尚青要走，问尚青，你不是说，毕业后会带一个人来让我们看吗?

尚青看了看母亲，想把杜涛的事说出来。可再一想，给她说，不但不能让她开心，还会让她跟着犯愁。家里人，包括亲朋好友，都是平民百姓。别说手握大权了，就连像鲁警官那样的，也找不出一个来。等杜涛放出来后，再给母亲说也不晚。

不想给母亲说实话，就笑着对母亲说，你看你女儿的样子，还愁嫁不出去?

母亲说，别以为多读了几本书，就了不起。女人呀，不管啥时候，嫁人生孩子都是最大的事。

最大的事没有错，尚青说，只是嫁什么人，和谁生孩子很重要，得选一个自己满意的。

别挑花了眼，母亲说，把自己耽误了。

放心吧，尚青说，你女儿可不想过孤寡女人的日子。

从家里吃过饭出来，往学堂走。

看天还亮，就顺着河滩岸堤，走到了西大桥上。

这座桥建于光绪年间。因为是木头的，不够结实，洪水一来，就会被冲掉。到了这会儿，已经重建过四次。因它位于迪化城西，就起名为西大桥。

桥头处，有一个公园，叫西公园。这里曾是一个沼泽海子，长满古树，一七五五年建成公园。

和杜涛好了以后，两个人经常跑出校园，跑到西大桥上，跑进西公园里，享受初恋之乐。这会儿站在桥面上，旁边没有了杜涛。但看着不远处红山上的那座古塔，还是不由得想起自己的手头一次被杜涛抓住时的紧张羞怯，还有兴奋。

站在桥上想了一会，尚青离开大桥，走进了西公园。一进公园门，便看到一座湖。

此湖叫鉴湖。湖边有一楼阁，名为“阅微草堂”。

清朝大文人纪晓岚一七六八年因泄密被贬塞外，两年间留下诗文一百六十多篇。杨增新都督为纪念他，于一九二一年建成这座楼阁。

湖边有成排的柳树，其中一棵柳树下有一个木凳。

尚青和杜涛来公园游玩，只要木凳上没坐别人，他们就会去坐。这会儿正好没人。尚青走过去，坐了下来。

就是在这个木凳上，她第一次和杜涛接了吻。如果说，拉个手，让尚青如触了电，那么亲嘴，会让尚青怎么样，就可想而知了。只是嘴唇刚碰到一起，尚青似乎就要晕倒。没有晕过去，却弄得尚青哭起来。

看尚青哭，把杜涛吓得不行，不敢再去亲。尚青说杜涛傻，主动把嘴凑上去，让杜涛亲。

爱这杯酒，是什么滋味，让尚青在吸吮和被吸吮中，完全品尝到了。可以说，这一年里，在接吻这件事上，一开始杜涛主动，后来，尚青比杜涛主动。

沉醉于爱河里，从来没有想过反对政府和领导人。知道内地有许多人在闹革命，但他们没兴趣。骂盛世才，只是对他所做的一些事，难以接受，说了过激的话，没有半点想干什么的想法。实际上，在这以前，杜涛和尚青，都和许多人一样，也把盛世才当作大救星一样敬仰着，尤其是杜涛。

杜涛家不在迪化，是在阜康县。马军攻下县城，对守城百姓进行报复，杜涛一家人被屠杀。杜涛因在学堂读书，幸免于难。打败了马军，等于给杜涛报了仇。那一阵子，杜涛对盛世才崇拜得不行，谁要说盛世才不好，他会不乐意，会和别人吵架。也是后来听到的事多了，说盛世才把当初推举他上台的，还有帮他打仗的军官，杀了一大批。杀的原因，没有别的，就是因为这些人功劳大，威信高，怕以后镇不住，给他带来麻烦。过去皇帝爱干这个事，坐上了江山，就会杀掉一块儿打江山的功臣。都已经是民国了，讲自由讲民主，还搞封建社会这一套，确实有些太过分。

杜涛和尚青不一样，他不想搞政治，可对政治关心。不想闹革命，但血是热的。他面对社会各种事物，有自己的见解。看到现实社会的一些阴暗面，难免会激动，大声骂几句。没有想到，骂着骂着，骂出了祸。

不过，那些话是对着同学说的，当时在那个小饭馆里，除了他们没有别的客人。杜涛的话，怎么会被盛世才的手下知道呢？尚青怎么想，也没有想明白。

天快黑时，尚青离开西公园，往学堂走。学堂在老城城北，要走半个多小时才能走到。这段路新近安了路灯，不太亮，但可以看见路上的坑洼，不用担心会被绊倒。

快到学堂门口时，听到路边树下的暗影里有人喊她的名字。

尚青停下来。暗影里走出一个人，一看是同学程丰。

班里女同学不少，占一大半，可长得出色的不多。男同学在一起排名次，把尚青排进前五。

说起来，程丰是头一个追尚青的。他家境好，父亲在省政府里任职，有优越感，做事比别人自信，胆子就大，直接拦住了尚青，向尚青表白。却不知尚青对他的骄傲张扬，有点不喜欢，不大想和他交往。可程丰长得帅气，尚青也不是没有一点动心。正在有些犹豫时，收到了杜涛的情书，尚青马上做出选择，拒绝了程丰，与杜涛好了起来。

男生在球场上打球，女生围着看，不是看球怎么飞进了篮筐，而是看男生的灵活矫健。杜涛是中锋，经常带球三大步跃起上篮。尚青去看打篮球，不是喜欢这项运动，只是因为球场上有杜涛。只要杜涛把球投进篮筐，尚青必会在一旁使劲鼓掌。

也就是说，这个时候，尚青已经在暗恋杜涛。所以，看到杜涛的情书，尚青顿时激动起来，马上就告诉程丰，她有喜欢的人了。

程丰问她喜欢的是谁？她也不避讳，大方地告诉他，她喜欢的是杜涛。

程丰追求尚青不成，倒也没有恼羞成怒，见了面，还会主动跟尚青打招呼。对杜涛也一样，还当成好同学来往。

程丰家里经济条件好，经常喊同学吃饭喝酒，次次都会带上尚青和杜涛。

尚青和杜涛请同学吃饭，也会把程丰喊上。

所以，三个人的关系，看起来倒是比班里别的同学关系还要好一些。

这会儿，尚青一脸愁容，让程丰看出她有心事，问她有什么事。

尚青叹了一口气。

路旁边一家小饭馆，有人进进出出。程丰说，咱们进去坐下来说吧。

进到小饭馆后，尚青说她吃过饭了。

程丰就要了两个凉菜，以及两大杯子格瓦斯。这是一种用大麦和蜂蜜发酵酿成的饮料，是俄罗斯人带到边城来的。说是饮料，也能让人喝得脸有些发红和兴奋。说是酒，却怎么喝都不会昏醉。大家凑到一起，就经常喝它。

喝着格瓦斯，先说到毕业以后要去哪儿工作的事。

程丰早就说过了，他上完学不会去当老师，他要去当官。

读书不当官，书就白读了。他告诉尚青，他已经上班工作，在省政府管教育的部门做事。

他问尚青打算去哪儿。

尚青说原想着去女中，现在不知能不能去了。

程丰说学师范的，哪个学堂都会抢着要，怎么去不了？

尚青这才说了杜涛目前的情况。

程丰听过以后，一脸吃惊的样子说，当时杜涛说这个话时，我也在场，不过是话赶话，随口说说罢了，哪里会有这么严重。

尚青说，可他现在真的是被抓了，并且还没有放出来。

程丰说，要不就让我爸出面，多大的事呀。

听到程丰这么说，尚青不由得有些感动，也一下子宽慰不少。

没有偷，没有抢，也没有杀人放火，就是说了几句气话，错到天上去，能有多大错？关上几天，教训一下，没有理由不会放出来的。实在不行，程丰父亲还能出面帮忙。

这么一想，尚青脸上的愁云消散了。

店主来收钱，尚青不让程丰给，非要自己给。

程丰当然不会让她给，两个人推来推去争了一会儿，最后还是程丰付了钱。

尚青知道程丰被她拒绝后，没有再在学堂找女朋友。他给别人说，除了尚青，没有女生再让他看得上。还听说，家里给他介绍过一个医院的护士，人长得挺俊俏。

走出小饭馆后，想问问是不是有这事儿。可再想想，这个话题还是不说为好，就没有问。

尚青回学堂住，程丰回家住，到了学堂门口，两个人说了再见。

有事来找我，都是同学，程丰说，千万别客气。

他还给了尚青一个电话，说有事可以直接打电话到办公室找他。

那可要麻烦你了，尚青说。

只要是你的事，程丰说，我永远都不会嫌麻烦。

见过程丰后，尚青心情轻松不少。夜里躺在床上，只想着明天杜涛放出来后，得找个地方庆祝一下，一定得把程丰喊上。不管帮上忙没有，人家说了那个话，愿意真心帮忙，就很够义气。幸亏有程丰这么个好同学，不然的话，出了这个事，连个可以商量的人都找不到。

第二章

无助

盛世才能成为镇边大吏，确实具有一定的戏剧性和偶然性。

杨增新“无为而治”。任期内疆土未失，社会安稳。功不可没。但较为守旧，造成社会发展迟缓。

金树仁当政时，办学修路，兴办实业，被称赞。可在用人上，偏重老乡甘肃河州人。民间有顺口溜流传：“早上学会河州话，晚上就把洋刀挎。”

盛世才毕业于日本陆军大学，来到新疆以为会被重用，没想到只让其任军官训练团教官，不得志，萌生出入疆之悔意，并动了择机离开的念头。

一九〇八年生于甘肃的马仲英，十六岁起兵造反。兵马多时达三万，在甘、宁、青闹事，被政府收编，授番号新编三十六师。年少，野心大，欲建马姓帝国。

趁新疆哈密有农民暴乱，马仲英借机发兵，于一九三一年初夏进军新疆。沿途张贴《为讨伐金树仁告新疆民众书》，罗列金树仁十大罪状，宣扬三十六师奉中央命令“志在排解纠纷，挽救危局，使同胞出水火之厄”。

吐鲁番失守，迪化岌岌可危。金树仁召见盛世才，让他去前线指挥部担任参谋长。盛世才的军事才能终于有机会得到展示。

盛世才带兵出战，阻挡马军于吐鄯盆地，让省军的危机暂时得到缓解。

金树仁再任盛世才为东路剿匪总指挥。

于是，发生在新疆的这场军阀之战，实际上就是盛世才与马仲英两个人的战争。

不得不说，是马仲英给了盛世才实现远大抱负的机会。

第二天，尚青去了省立女子中学，见到校长。校长以为尚青是来上班的，要给她办手续。她说现在不能办。男朋友有点事，要晚两天再来。

校长说，晚几天可以，太晚了可不行，还有半个月就要开学，要在这以前分配班级和课程，人不来报到，就没法安排。

尚青再三向校长保证，三天之后就会来报到。

平常三天时间，闭一下眼就过去了。可这三天，什么叫度日如年，尚青体会到了。

干什么都没有心思，平常最爱看的小说，翻上几页就不想再往下读。

想着上次见鲁警官给过两包烟，这次见鲁警官也不能空着手。可一摸口袋，一个铜子也没有了。家里人有饭吃有衣穿，但钱上面一直不宽裕。

上次回家问母亲要钱，说是最后一次，马上就工作了，自己能挣钱，就不会再向家里伸手。现在看来这话说得有些早，眼下真遇到困难，还是要回家向母亲开口。

母亲是能干的女人，很会持家过日子。父亲打铁挣钱，挣的钱全都会交给母亲。

尚青大了以后，两个姐姐先后出嫁，屋子里经常只有她和母亲两个人。

母亲会给尚青说些女孩子长大会遇到的事。尚青一开始还不好意思听母亲说，母亲却非要给她说，母亲说女人早知道这些事，才不会吃男人的亏。有母亲的点拨，再加上读过一些书，尚青就比别的女生要早熟一点。

回家路上，经过巷口。几个无事可干的闲汉子，凑在一起抽烟瞎侃。看到她走过来，全不说话了，用眼睛看她。

前几年，她在街上走，没有什么人看。这两年，在街上走，老是有人看。尤其是这个季节，天热，穿短袖薄衫，露着胳膊，还显出隆起的胸。那些看她的眼神，带着火，能烧到皮肤。不想被人盯着看，可真被别人看，也不会心烦。知道这是因为自己不难看，要是真难看了，请别人看，别人也不会看。明白这一点，被别人看几眼，尚青不会在乎。只要别看过以后，还不满足，还要说出别的语言，做出别的动作，尚青就会不高兴。

再往里走，又听到打铁声。作为铁匠的女儿，在打铁声中长大，对这种声音再熟悉不过。

从父亲和哥哥身边经过。往常走过，会打个招呼说句话，不会停下来。这次经过，打过招呼后，停了下来。

问父亲和哥哥，在干什么？

父亲说，打剪子。

尚青问，什么剪子？

哥哥说，什么都能剪的剪子。

尚青想了想说，给我打一把剪子吧。

哥哥问，你要剪子干吗？

尚青说，什么都能剪的剪子，我一定用得上。

尚青回到屋子里，母亲正在做针线活，用一把剪子在剪一块布。

尚青是女孩子，可不太会做针线活。有妈妈和两个姐姐，轮不到她做。看着母亲剪布，尚青说，我让爹和哥哥给我打一把剪子。

母亲说，以后，你有了丈夫和孩子，有些活得自己干，离不开剪子。

尚青说，是的，我越想越觉得我需要一把剪子。

吃晚饭时，父亲拿出一把剪子，递给尚青。

接过后，尚青看到把柄处刻着她的名字。

父亲说，有了你的名字，就不会丢了。

哥哥说，爹找了块炮弹的壳皮，说要给你打一把最好的剪子。

接过剪子，尚青握到手中，不大，也就是比她的手大一点，但十分锐利锋快，可以当锥子使，当刀子用。

尚青试着空剪了几下，发出嚓嚓的脆响，似乎是把气流剪断了。

尚青说，谢谢爹和哥。

吃过晚饭，要出门时，跟母亲要钱。

母亲问，上次不是说，毕业后，就不用给你钱了吗？

尚青说，算我借的，等上班发了钱，马上还你。

母亲说，要还，就把我从小养你到大的钱全还了。

尚青说，只要娘能说得出有多少，我一定还。

母亲说，你是欺负你妈不识字，没有拿一个本子给你一直记着。

母亲说着，从床板下面拿出一个包，从里面拿出三块银圆和几张零碎的纸钞，递给尚青。

尚青拿起银圆纸钞还有那把剪子，一起装进书包。转身出门前，没忘在母亲的脸上亲一口。

母亲问，你是不是有什么事，瞒着娘没有说？

尚青说，我能有什么事呀？就是等着去学校教书，挣钱还你债了。

母亲又问，有媒人来说亲，成不成，你是不是可以见一面。

尚青说，千万别让我见。

母亲说，万一遇到了一个可心的也说不上。

尚青说，我可没这个大运，也不想去撞。

话到嘴边了，差一点就把杜涛的名字说出来。尚青想好了，只要杜涛一放出来，就带他见家里人，就和他结婚，和他生孩子。

走到街上，天已昏暗。

这条街，是一条商业街。大小店铺一个挨着一个，密密麻麻。悬挂的灯笼和闪耀的霓虹灯，照亮夜空。晚风凉爽如水，使得人流反而比白天还要拥挤。走在其中，像一滴水落进河里，不由自主就会被推着往前走。

许多面孔涌过来，似曾相识，却又完全陌生。成群结伙者，会边走边说话。从说话的口音中，听得出是什么地方的人。

新疆人由来自全国各地的外来人口和新疆本地土生土长不同民族的人组成。不同地方与不同民族的新疆人，说着不同的语言。不过，语言包括习俗的不同，并没有影响新疆人的共生共存。倒是这种多样化的民族成分的构成，形成了新疆特有的缤纷多彩的风土人情。

尚青只要走在这条街上，总会觉得自己的两双眼睛有些不够用。

看这边有一台戏，唱的是秦腔。新疆陕甘人居多。秦腔一吼起来，立刻就会围上很多人叫好。

再看那边围了一圈人，在观赏中原人耍猴。猴子动作十分有趣，尚青每回看，都会笑个不停。

再往前走几步，是一些维吾尔人敲着手鼓弹着“热瓦甫”（一种弹拨乐器），在跳“麦西来甫”。新疆人聚会，都爱跳这个舞。尚青也会跳。

尚青还会跳哈萨克人的“黑走马”，塔吉克人的“鹰舞”，蒙古人的“萨吾尔登”。

学师范的，要求多才多艺。课程里有音乐和舞蹈。

尚青嗓子不错，腰也细。不管是音乐课还是舞蹈课，成绩都挺优秀。每逢节日庆祝联欢晚会，尚青总是台上不可或缺的角色。

经过一家洋行的门口，看到台阶上坐着一个俄罗斯青年，边拉着手风琴边唱着《三套车》（一九〇一年开始在俄罗斯流行的民谣歌曲）。

一个卖冰糖葫芦的小贩走到尚青面前，嚷着不甜不要钱。尚青买了一串，边走边吃。

看到一个瞎子拉着二胡，唱着小曲，她掏出一张纸币，递给他旁边端着碗的女人。

这条街离学堂不远，和杜涛好了后，常来这里散步。

这会儿，身边没有了杜涛，再有意思的场景，也没有心情多看。心里想，还是等到三天后，杜涛恢复自由了，再与他来这里好好游玩。

前边街道两边全是大小饭馆。想吃什么样的饭菜，在这都可以吃到。其中一家，规模最大。几盏红灯笼挂在门楣上，极惹眼。霓虹灯招牌上，闪动着“鸿春园”三个字。这家餐馆，主打的是川菜和湘菜。新疆人无辣不欢，所以川湘菜肴就更能吸引食客。此店自明末清初开办至今不衰，足见其经营有道。和杜涛商量过，结婚请客，就放在这里。

从门口经过，不由得往里边看了一眼，看到里边满满的都是吃饭的客人。正巧有几个青年军官吃过饭，从里边走出来，都喝了酒，身上散发着酒味。

其中一个看到尚青，往尚青跟前凑，说，这小妞长得挺俊。

尚青闻到一股酒味，往后退一步。一只手下意识地伸到书包里，摸到剪子。心想，不会这么快就用上吧？

注意到尚青的不安，另一个军官走过来，挡住朝尚青凑过去的军官。

他说，对不起，姑娘，他喝多了，你别在意。

说着，扶扯着那个军官往另一个方向走。

走了几步，这个军官又回过头对尚青说，对不起了，姑娘，当兵的，不太懂礼数，你别介意。

真是太小看人了，这么一件事，尚青怎么会介意。尚青真想对他们说，你们肩负着保卫国家的重任，怎么可以喝得醉醺醺的，实在太不像话。

不过，再转念一想，人家也许正是当年坚守迪化没有被攻破、让百姓免受涂炭的英雄，打了胜仗，多喝几杯庆祝的酒又有什么错呢。她有点后悔刚才没对那几个兵哥哥说几句赞扬他们的话。

尚青回过头看了看，人流早把他们淹没。这次是来不及说了，如果下次还能碰到，一定要夸夸他们。

不过，这个念头一闪过，尚青就笑自己瞎想。在大街上遇到的人，怎么可能还会下一次再遇到呢，就算是遇到，谁还能互相认得出来呢。

不过，刚刚那个回过头说了一句对不起的军官，他的样子，似乎在她的脑子里留下了一点印象。中等个头，瘦长脸，眼睛有点小，但炯炯有神。

三天后，尚青再次见到鲁警官。

看到尚青拿出一条烟，鲁警官有点不好意思。因为他知道尚青想要的是什么消息，可他并没有把这样的消息带给她。原本只打算把结果告诉尚青后，就离开去办别的事，可尚青这条烟让他不得不跟着尚青到旁边的小饭馆里多说了几句话。他看出了尚青没有什么社会经验，他要告诉尚青接下来该如何处理这件事。他不能白拿了尚青的烟。

鲁警官告诉尚青，杜涛已经承认他确实想把盛世才杀掉。

尚青说，这怎么可能呢，他真是只想当个老师，从没有想干别的。

鲁警官告诉尚青，他现在已经是政治犯，最终会受到什么样的惩罚，还不很清楚。但可以肯定的是最近一个时期想要获得自由是不可能的。

尚青问鲁警官，杜涛在酒馆里说的酒话，怎么会被警察知道?

鲁警官说，安全部门有许多眼线，可能他说话的时候，正好被眼线听见了。

尚青说，不可能的，一块儿吃饭喝酒的，全是我们的同学。

你怎么知道你们同学中没有眼线？鲁警官说，什么人都可以当眼线的。不会白当，是有报酬的，你要想当，我也可以给你找个机会。

我可不当，不过，尚青说，你能不能打听一下，是谁告发的杜涛？

这是督办侦探队管的事，很秘密，别的人不知道，鲁警官说，不过，我可以帮你慢慢打听这个事，只是就算你知道了谁干的，也不会有什么用。

当时一块儿吃饭的全是我们的同学，我很想知道是谁会干出这种卑鄙无耻的事情，尚青说，希望鲁警官一定帮我打听出这个人是谁。

我不敢说肯定可以打听到，但我会帮你这个忙的。鲁警官说。

尚青又问鲁警官能不能想办法让她去见杜涛一面。

鲁警官说杜涛已经交给负责国家安全的部门关押，他们这种主要维护社会治安的警察是不可能过问的。

尚青问鲁警官能有什么办法，把杜涛放出来。

鲁警官说，除非你有什么关系，可以找到权力更大的人，一般的人是办不成这个事的，你也不要去找，找也是白找，弄不好还会让别人骗了，我这个人心肠好，看你小姑娘怪可怜的，才给你说这些话，要是不好的人，不知会利用这个机会占你多大的便宜呢。

看来遇到的鲁警官确实是个挺好的人，没有利用尚青有求于他而难为她。虽然不直接办杜涛的案子，但毕竟是属于同一个系统的，不能把杜涛放出来，打听个消息还是可以的。

没有想到鲁警官却让尚青不要经常来找她。说同事们要是看见他老和一个姑娘来往，会以为他在干什么坏事呢。再说了，他能帮的忙都已经帮过，再找他也帮不上什么忙了。说罢，连尚青给他要的一碗牛肉拉面都没有吃完，说局子里还有事就匆匆离开了，留下尚青一个人坐在小饭馆里发呆。

尚青雇了一辆板车，把她的行李和杜涛的行李一起拉到女中。两个人都是学生，除了书以外，并没有什么别的东西。

杜涛肯定暂时出不来了，两个人一块儿去当老师的想法，不能马上变成现实。接下来要怎么办，别人不能替尚青拿主意，只有尚青自己来决定。

想来想去，除了先来学堂当老师没有别的选择。一是可以挣钱把自己养活，再也不用向母亲伸手要钱。二是可以边当老师，边想办法怎么样把杜涛弄出来。

进了女中校园，见到校长。

校长看到只有她一个人，问她杜涛怎么没有来。尚青没说杜涛被抓，只是说杜涛有别的事，要过一段日子再来。

听到尚青这么说，校长变了脸。说学堂女老师很多，缺的就是男老师。当时答应接收他们，主要是看上了杜涛是男的。现在杜涛不能来了，学堂也就不想只接收尚青了。没有想到在学堂这个地方还有重男轻女的现象存在。气得尚青不由得指责起校长歧视女性。

校长说，不是不想用女老师，是女老师事多，一生孩子就会休产假，搞得学堂到处找代课老师，实在太被动。

看校长态度坚决，不肯接收她，尚青一下子弄得有些不知怎么办。

恰在这时看到了桌子上的一台黑色电话机，想起程丰留给她的电话。程丰说他在教育厅工作，没准可以在这个事上起到作用。电话还真的打通了。接电话的并不是程丰。说了程丰的名字，别人把程丰喊了过来。

尚青在电话里把事情说了一遍。程丰让尚青把电话交给校长。程丰在电话里说了什么，尚青听不到。但从校长接电话的口气里，可以听得出来校长对这个电话很重视。

校长放下电话后，对尚青说，你真有本事，教育厅还有认识的人，行了，就冲你这个关系，就把你收下了。

校长对尚青态度不再生硬，问尚青还有什么别的要求，问她想教什么课？

尚青想了想说，我想教历史课，不知行不行？

行，当然行。那你就带初中一年级三个班的历史课吧。校长这个时候显然已经对尚青另眼相看。

其实学师范的，什么课都能教，只是尚青对历史偏爱一些。和校长说着话，就想着给程丰打的这个电话。程丰真有本事，刚参加工作几天，就把一个老校长训得服服帖帖。杜涛的这个事，看来不找程丰帮忙还真不行。要是程丰能把杜涛从监狱弄出来，那他就是她和杜涛的恩人了，到时候真不知要怎么感谢才行。

约程丰出来谈请他帮忙的事。

程丰说白天要处理公务，等到下班才有时间。

尚青说那就晚上一块儿吃晚饭吧。

程丰倒没有客气，说听从尚青安排。

去了最好的饭馆“鸿春园”，要了个小包厢。两个人坐下后，尚青问程丰喝不喝酒，程丰说尚青进了女中当老师，应该庆祝一下。两个人要了一瓶子老白干。

以前一块儿喝过酒，都知道对方的酒量。别看尚青是个女的，在酒量上并不输杜涛和程丰。喝着酒，程丰说其实女中校长不收尚青也没关系，他给父亲说一声，就可以在省政府里给她找个事做。

尚青说，我还是想当老师，不想干别的。

程丰说，我工作的那个部门，全新疆的学堂都可以管，所以校长一接电话就马上老实了，有我在，学堂里不会有人敢为难你。

尚青这会儿不想说自己的事，她更想说的是杜涛的事。她有些奇怪，程丰怎么坐下来这么长时间都没有提到杜涛。大家都是同学，也知道杜涛和她是什么关系，几天前还给他说过杜涛遇到了什么事，他没有道理不问一下。

顾不上程丰怎么想的了，尚青直接给程丰说，杜涛成了政治犯，不知什么时候能放出来，你说我该怎么办呀？你父亲不是在省政府做官吗，是不是请他老人家帮个忙，把杜涛弄出来？

听到尚青提到了杜涛，程丰说，本来想等一会儿再告诉你，既然你这么快就说到了他，我也就不瞒你了。那天你给我说了杜涛的事情后，我第二天就开始为这个事忙活了。起先我也以为只是个误会，可通过向有关部门了解情况，才知道杜涛确实与试图谋杀盛督办的组织有联系。

尚青一听便着急起来，说，你怎么也相信这个，他天天都和咱们在一起，哪会和别的什么组织有联系？

程丰说，这不是我说的，是他自己在审讯时说的。

尚青说，你没有听说过吗，特务在审讯时，都会严刑逼供的，他肯定受不了毒打，才那么说的。

只要说了，就会写在纸上。程丰说，白纸黑字，就是罪证，就要受到惩罚。

会把他怎么样？

肯定会坐大牢的。

这也太冤枉了吧，还是让你父亲出个面，把他保出来吧。

我父亲是管农业生产的，这一块他插不上手，我给父亲说了，他说这个事管不好，会跟着受连累。谩骂盛督办，危害国家安全，是政治犯，和刑事犯不一样，没有盛督办发话，谁都不敢随便把人放掉。

听你这口气，杜涛这事就一点办法也没有了？

至少马上要找到解决的办法是很难了。

本来想着程丰能给她指出一条路，没想到程丰说的全是让她不想听的话。这让尚青的心情一下子不好了起来。端起酒杯，也不与程丰碰一下，就一口喝光了。

把酒杯往桌子上重重一放。

程丰，你实话告诉我，你不会看到杜涛倒霉，有点幸灾乐祸，故意见死不救吧？尚青说，要是这样的话，你就把话说清楚，免得让我把你当大救星一样，还把希望寄托在你身上。

我真的要是这样的小人，早就和杜涛翻脸，成为势不两立的仇人了，尚青，我是真的爱你，是真想让你幸福，不想让你受委屈，如果不是怕你伤心，我是不可能让杜涛这么轻易得到你的。

不管程丰说的是不是真心话，这个话让尚青听起来，还是有些受用。如果世上没有杜涛，她或许真的就会爱上程丰。骄傲自大固然不好，可天下男人，哪个没有缺点？杜涛也不完美，和他好了以后，也发现了他有别的毛病，只是这些毛病，在尚青看来，都不算什么，用不着计较罢了。

也是的，这个事和人家程丰有什么关系，能这么上心已经不容易了，不说感谢的话，还要吊脸子摔酒杯，尚青有点为自己的行为不好意思了，脸上换了表情，对程丰说她是太着急了，让程丰别在意。

程丰也笑起来，说，男子汉大丈夫，怎么会和女人计较呢。

又喝了一会儿酒，吃了一会儿菜。

尚青说，程丰，没有想到，刚走上社会，就遇上了这样的事，你真的要帮我的忙呀。

不想帮你的忙，我也不会坐在这里了。

我也知道，现在要放他出来，是不可能的，但自从他被抓了以后，我连面都没有见到，他到底被整成了什么样子，我一点儿也不知道，你说，我怎么能不着急呢？

我理解你。

你一定要想办法，让我马上见他一面。

这个，我可以试试。

尚青举起了酒杯，对程丰说，谢谢你了，我敬你一杯。

把人放了难度太大，要办成不容易，见个面总能行吧。

尚青等着程丰通知她，什么时间能去和杜涛见一面，也好知道现在到底是个什么情况。学堂还要半个多月才开学，这会儿不太忙。要教的课本发到了手上，每天要做的事情就是准备教案。只是这会儿她的心思，不可能集中在备课上，常常是面对着课本教案，想的却是关于杜涛的事情。

办公桌靠窗而立。窗子大开着，坐在办公桌前，可以看到校园的操场，还可以看到进入校园的大门。

坐在办公桌前的第四天下午，尚青终于看到了一个人出现在校园的大门口。她的脸上马上由愁转喜，起身跑出办公室，穿过空无一人的操场，跑向了大门口。

那个人当然就是程丰了。

不过见到程丰的欢欣，在见到程丰以后，很快就没有了。

在大门口，话还没有说一句，就劈头问，什么时候带我去看杜涛呀？

程丰摇摇头说，晚了一步，等我找好关系，可以让你去看杜涛时，杜涛已经在前一天，被送到监狱了。

尚青说，什么，杜涛进了监狱？怎么会呢，他还没有定罪，怎么就被关进监狱了？

程丰说，抓了的人，不管定罪不定罪，都会被关进监狱。

尚青说，那我可以去监狱看他呀。

程丰说，监狱不在迪化。

尚青问，在哪里？

程丰说，我打听了一下，是在奇台县，离这有二百多公里。那里有一个石城子监狱，关押的都是危害国家安全的政治犯。

尚青一下子有些站不住，似乎马上要晕倒，程丰赶紧扶住她。

程丰问尚青宿舍在哪儿？尚青用手指了一下。程丰把尚青扶到宿舍里，让尚青坐到床沿上。

尚青一下子哭出声来。程丰坐在尚青身边，安抚着尚青。

尚青哭着哭着，要昏过去似的，整个人不由自主地靠到了程丰身上。

程丰搂着尚青的肩膀，轻轻地拍着，像哄一个孩子一样。嘴里轻声地说，没事，没事，有我在，什么事都不会有。

程丰的下巴触到尚青的头发。透出的一种气味，好闻得没法形容，让程丰不由得闭上了眼睛。

就在这个时候，正在哭泣的尚青，一下子不哭了，像换了一个人一样，一把推开程丰，腾地一下站起来。

眼睛朝门外看着。目光越过操场那边一片房子，又越过红山（高九百多米，因断崖岩石呈暗红色而得名，坐落于城市正中，是一个重要的地标）和山顶上的那座石塔（为镇压乌鲁木齐河中的妖魔而建于一七八八年，又名镇妖塔），落到天山的雪峰上。

程丰不知尚青为什么会这样，问尚青，怎么了？

尚青收回目光，转过脸，看着程丰说，我要去见杜涛。

程丰问，你说什么？

尚青说，我要去见杜涛。

说着，尚青弯腰从床底下拖出一个布挎包，开始往里边装东西。

尚青，你冷静一下，你不要这么冲动，杜涛是个政治犯，你跑去看他，会带来很多麻烦的。

我没有让你跟我一起去，接下来的事，和你没有关系了，你可以走了。

你这样做，很有可能会丢掉老师的工作。

不想听程丰在一旁泼凉水的话，尚青扯起程丰，把程丰推出门外，从里边把门反锁上。

你快走吧，别连累了你，让你不能升官了，尚青大声说。

程丰还在门外大叫，你一个姑娘，跑那么远路，兵荒马乱的，你就不怕遇到什么事？你想过了没有，万一遇到土匪坏人，你怎么办？

尚青这会儿已经铁了心要去与杜涛见面，对程丰的话怎么可能再听得进去。

这一夜，尚青是真没睡好。长这么大，还没有这样过。虽不是生在富贵人家，可长在城里，吃穿没缺过不说，说到困难挫折，她也是头一次遇到这么大的。心上人被抓，还被送进了监狱，放谁身上，都不可能睡得安稳。

第三章

遇见

一九三一年九月十八日，日本人挑起事端，趁机占领东三省。反抗的义勇军不断受挫，数万官兵退入苏联境内。苏联人同意他们在休整后，从新疆回国。

到三十年代初，中国共产党党员增至十几万人，在全国建立起多个农村革命根据地，红军武装力量已初步形成规模。

一九三〇年底，蒋介石与阎锡山、冯玉祥、李宗仁等军阀的混战结束。最终蒋介石获胜，成为民国总统。

一九三一年起，为应对动乱，新疆政府招募十月革命后进入新疆的俄国人，组成约三千人左右的归化军团。

一九三二年四月十五日，中华苏维埃共和国临时中央政府发布《对日抗战宣言》。

新疆本该太平，但省军与马军交战带来的动荡却使民众苦不堪言。百姓对谁来统治新疆并不关心，只是盼望战乱早早结束。

盛世才深知，要想成为新疆王，必须击败马仲英。

尚青在迪化出生，迪化紧傍天山而建，海拔八百多米使得它夏秋凉爽，无蚊蝇肆虐。冬有峰岭遮挡寒流，也不会太冷。不但宜居，还位于南北疆中间，所以，建成后不久，就成了新疆政治商贸文化中心。她在迪化长大，从来没有离开过迪化。去得最远的地方，就是参加学堂组织的春游活动，去了三十公里外郊区的南山。

在南山，尚青看到了街市里没有的大牧场、大峡谷和大森林，还有成群的牛羊。

没有出过远门，不等于对迪化以外的地方就不知道了。喜欢历史的尚青早就在心里边有一张属于自己的新疆地图。不但对于许多地名很熟悉，还能讲出与这些地名相关的一些故事。

说到要去的奇台县，尚青马上就想到了“旱码头”三个字。奇台县的地理位置较特殊，它是关内货物进入新疆和新疆货物发向关内的集散地。

民间对这个县名的出处，有多种说法。其中一个说法是，清朝从甘肃敦煌的阳关开始至迪化城，共设有三十四个台站。从迪化往东数，数到此地是第七个台站，七和奇音近，也就因此有了奇台这个地名。

通向奇台的这条道路，是一条非常古老的道路。自汉朝起，它作为丝绸之路的新北道，把长安洛阳与地中海罗马及沿途的众多城市村镇连接了起来，让不同种族、不同宗教信仰、不同习俗的人，有了充分密切的接触交流及文化融合。

只是到了这个时候，走在上面的就不再仅仅是马匹和骆驼。发明了才四十多年的汽车也开始在这条道路上行驶。

一辆经过改装的轰隆作响的苏联人制造的大卡车，成为来往于奇台和迪化的长途客车。尚青花一块大洋买了一个座位。车厢里加装了两条木头长凳，可以容纳二十多个人。尚青坐在车尾处。好处是她的右边是车厢护板，她的一条胳膊可以搭在上面，稍一转脸，就可以不被遮挡地看到路两边的风景。不好的地方是后轮卷起的灰尘，落到她身上最多，没有走出多远，就满身满脸尘土了。她只能和别的女乘客一样，用布头巾把头和脸都蒙起来，只让自己露出两只眼睛。

女乘客不多，只有三个人。看起来年纪都比她大。有一个坐在她身边，怀里还抱着一个吃奶的孩子。因脸被布头巾蒙住了，看不出长相。孩子哭起来，女人给孩子喂奶，并不遮掩。尚青想，不知哪一天，自己也可以敞开怀，给一个孩子喂奶。

出迪化市没有走多远，就是乾德县城。杨增新围地租田，在此地建乾德农场。一九二一年设县佐，一九二八年正式设县。战后留守的湘军官兵，擅种水稻，便使其因盛产米粮而闻名，后又更名为米泉县。

过县城，穿过谷牧地镇。再往前二十里，有一村庄叫紫泥泉。远远看过去，一片土房子，掩映在白杨与桑榆间，和别的村子没有什么两样。不知道的人，无论如何都不会想到，就在几年前，就在这个村子里，省军与马军进行过一场生死大战。

尚青知道这个事，还是听杜涛说的。杜涛爱看报纸，看到什么有意思的东西，就会给尚青说。有一阵子，杜涛爱说盛世才的事。盛世才怎么打仗，怎么当上总督的，全是听杜涛说的。要是不出杜涛这个事，尚青不会这么恨盛世才。什么事都不是无缘无故的。小人物的爱恨情仇，往往都是来自切身的得失感受。

从迪化到奇台县，中间要经过两个县。

一个县名字叫阜康。

此县名乃乾隆赐。意为“物阜民康”。境内有天池，天下闻名。神话传说中的王母娘娘，每年要在这里举行蟠桃会，还会在池水里洗澡。

另一个县叫孚远。

此县又名吉木萨尔，很古老。东汉时，后车师国在此建金满城。公元七十四年，东汉名将耿恭在这里率兵屯垦，与匈奴英勇作战。唐朝时，在此建北庭都护府，管辖西域。著名的边塞诗人岑参，作为当时驻守边疆的一个税务官，就经常骑马来往于此地的各个驿站，留下多首边塞诗，一直被后人传诵。

历史课成绩一直不错的尚青，在经过这两个县时，不但想起周天子与王母娘娘相爱的传说，还记起岑参写的“北风卷地白草折，胡天八月即飞雪，忽如一夜春风来，千树万树梨花开”的诗句。

汽车确实比走路和骑马快许多，但路面上到处是坑洼，是虚土，车子跑不起来。从早上跑到日落西山，也只跑了一半的路。车上的人，主要是生意人和农人。他们中有相互认识的，就不会干坐着，他们会通过扯闲话，打发坐车的单调。他们说什么，当然和尚青没关系。可有时候，他们的话，还是吸引了尚青。让尚青不但想听下去，还想插几句嘴。比如说，他们不但说到盛世才，还夸起了盛世才。说以前，去迪化，没有汽车，太不方便了。说这两年通了汽车，他做生意，进货出货周期短了，多赚不少钱。还说，他上台后，发行的纸币，可值钱了。有一个人，还拿出一张画像，是盛世才的，说刚才从书店里买来，准备贴到家里墙上。要是以前，听了这些话，不会有什么。可这个时候，一听到盛世才的名字，就觉得刺耳，就全身不舒服。听他们说个不停，说得起劲，真想大声告诉他们，盛世才可没有你们说的那么好，他其实坏得很。可她最终还是没有吭声，怕说不好了，再给自己惹来什么祸。

第二天客车又继续在尘土飞扬的道路上晃荡了一天，才驶进奇台县的县城。

停车的车站四周到处都是客店和饭馆，尚青找了一家价钱不贵看起来还干净的客店住了下来。客房很小，只有一张床，是个单人间。店主问她，是一个人住，还是和别人合住。和别人合住，房钱会便宜一点。

尚青想了想，说我一个人住。一个人住，清静，不会被打扰。可也有一样不好，胆子太小的人，会有些害怕。尚青也有一点怕。这以前，要么住在家里，要么住在学堂，还没有出过这么远的门，更没有一个人单独住过旅店。上床前，把门和窗子又检查一遍，看全都关严实了，才躺到床上。只是人躺下了，脑子里还在乱想。想这个时候，万一有个坏人破门或者破窗而入，她该怎么办？这么一想，不由得紧张慌乱起来，赶紧起身，把剪刀从挎包里拿出来，放到枕头边上。再一想，人活着，危险总是随身相伴，不能因为怕危险，想做的事就不去做了。只要能看见杜涛，冒什么样的险都值得。

在车上颠了两天，也确实疲累了，闭上眼睛，不大一会儿就睡着了。

早上离开小店时，尚青问店主石城子监狱在什么地方？

店主说这你可算是问对人了。就在五天前，有三个警察押着一个犯人在我的小店里住了一个晚上。

尚青听了一愣，心想，不会这么巧吧。莫非那个被押的犯人就是杜涛？

店主说，第二天他们出门结账时，与警察多聊了几句，才知道石城子监狱就在那个叫布拉可的地方，离县城有四十多公里。

四十公里说起来确实有些远，可再想一想似乎也不太远。在学堂里尚青参加过十公里长跑，也就是一个多小时就跑完了。她知道新疆这会儿大部分的地方都没有通汽车，要去县城下面的地方只能是自己想办法了。

按照店主指的方向，走出县城的南门，看到一条路朝远处一片山脉延伸。站在路边想等一辆车过来。不敢想会有汽车，想着能有一辆马车也行。可是等了好一会，才等到一辆牛车。问赶车的老伯，确认了这条路确实通往布拉可。不过，牛车走到前边的一个村子就不走了。她想，这样等下去不行，万一等到天黑也没有马车去布拉可怎么办？

尚青决定边步行往前走，边搭车。这样就算是万一搭不上车，每小时走上五公里，到天黑以前，也可以走到。这么一想，她不再犹豫，坚决地迈开脚步，向前走去。

离开县城时，早上在街边买了两个热馕（一种维吾尔人烤制的饼子）。刚出炉的馕，极好吃。边走边吃，很快就把其中一个吞进了肚里。另一个放进包里，打算走饿了再吃。

正值初秋，太阳已不再灼热，吹来的风中有些凉意。在野外路上大步行走，不会出一身大汗。

路两边的庄稼地里，不时可看到有农人在忙活。五谷与瓜果此时大部分都收获归仓，各种植物茎叶的色泽也由青绿转向了褐黄。

景色称不上美丽，只是城里长大的尚青极少见到，目光所触之处，便觉十分新鲜有趣。这么一来，一个人在望不到尽头的路上走，也不觉枯燥单调了。

走到日头高过树梢许多时，遇到从路边村庄驶出的一辆毛驴车。毛驴车上坐着一对年轻夫妇，看到尚青背着包在走，主动停下来问她去什么地方。知道尚青是去布拉可，赶车的男人说他们是去菜籽沟村，顺路，可以捎她一段。尚青坐上了毛驴车，坐在女人旁边。毛驴看着不大，可力气不小，新疆各地农民，家家都有毛驴，比马好养还耐用。

女人问尚青从什么地方来？

尚青说，迪化。

女人问，怎么一个人出这么远的门？

尚青说，不远呀，才四百多里。

女人说，城里女人就是不一样，村子里的女人，像你这么年轻的，一个人连村子都不敢出。

尚青说，是自己把自己吓住了，真走出去，就会发现外面的世界，没有想的那么可怕。

男人赶着车，不怎么说话。尚青和女人，一说两个人是同岁，话就多起来。通过聊天，知道了女人是新媳妇，结婚才一个多月。说想亲娘了，非要回去看看。丈夫就准备了东西，赶着驴车送她回娘家。说着，小媳妇掀开盖在篮子上的布，让尚青看里边的东西。尚青看到油饼子花卷子还有一条腌制的猪腿，还闻到一股散发出的香味。

新媳妇回娘家，似乎是个女人都会有这一天。可不知为什么，总觉得这一天，离自己有点远。

毛驴车走出约十公里后，要拐到另一条村道上。尚青下车时，小媳妇非要拿一个油饼子给她。尚青向男人和女人说了好几句感谢的话，并目送他们消失在芦苇遮掩的弯道上。

这个时候太阳才刚到头顶上，这样走下去，就算再什么车都遇不到，半下午时也可以走到了。这么一想，尚青迈动的双腿就越发起劲。

边走边想，女人同岁可不一定会同命。不但不同命，还会相差很大。人家有丈夫陪着坐驴车欢天喜地回娘家，自己呢，一个人赶这么远的路，去一个监狱看未婚夫。小媳妇看起来土里土气，肯定也不识几字，可举止神态里透出的满足幸福，那可是尚青怎么也比不上的。

内心有些不平衡，却不会沮丧。

爱的故事，从来都不会一个样。只要心里是爱，就不会在乎脚下的路有多远，有多难。

一想到很快就能见着杜涛，尚青不由得哼起那首哈萨克民歌《可爱的一朵玫瑰花》。

“那天我在山上打猎骑着马，正当你在山上歌唱婉转如云霞，歌声让我入了迷，从那山坡滚下……”

唱着歌走路，不会觉得累。再说了，杜涛喜欢这首歌，老让她唱给他听。因四下无人，就放开嗓门唱。好像声音大一些，杜涛就会听到似的。

又经过一个村庄，盼着还会出现一辆毛驴车，可以捎她一段。未见毛驴车，倒是有一个四条腿的东西跑了出来，是一条大白狗。白狗的突然出现，把她吓了一跳。

白狗看到她，发现是个不认识的人，就朝她叫。

尚青长大的小巷子里，一直都有狗。她倒不是怕狗，只是她无法断定这只狗是不是会咬她。她本能地向后退了一步，随手从口袋里掏出那把小剪刀，边朝着大白狗晃动着，边说，可别瞎了你的狗眼，我可是个好人。不知是不是大白狗听懂了他的话，还是看出她不是个坏人。总之，大白狗不叫了。不叫了不说，还朝着她摇起尾巴。

尚青对巷子里的流浪狗流浪猫，向来都很好。家里要是炖了肉，吃过的肉骨头，她都会拿给那些猫狗吃。所以那些猫狗，见了尚青，从来不叫，只是摇尾巴。

尚青收起了剪子，往前走，边走边对狗说，朋友，遇到你是咱们的缘分，你要是没事，就陪着我一块儿走一段路吧。听到尚青这么说，大白狗真的跟在了尚青身后，一块儿往前走着。尚青用手摸摸狗的脑袋，夸大白狗很懂事。

尚青早就想好，等有了自己的家，一定要养一只狗或猫。还问过杜涛喜欢不喜欢猫和狗。杜涛说，没想过这个事，不过，只要你喜欢，我就会喜欢。

这时尚青肚子有些饿，从袋子里拿出了烤馕。咬了几口后，撕下了一块，给了跟在身边的大白狗。大白狗倒也不客气，张开大嘴就接住了。

又往前走出一段，走过一个村庄时，大白狗不再跟着她了。尚青没有不高兴。狗对主人忠诚，不可能吃一块陌生人给的馕就跟着走了。迎面走来一个扛着坎土曼的农民，尚青问他，离布拉可还有多远?

农民说，再走个十几公里就到了。

快到布拉可时，后面驶过来一辆马拉的槽子车。车上坐着几个人，看到尚青后，不等尚青招手，车子就停下来，问她是不是要到布拉可去。

尚青说，是的。

坐上马车后，尚青要给钱。赶马车的说顺路捎个脚不要钱。车上的人都是布拉可的村民，问起石城子监狱没有一个不知道的。说那个监狱十分好找，只要到了布拉可村，远远就能看到它。起先他们以为尚青是到布拉可走亲戚的，问她要去的人家姓啥。

知道了她要去石城子监狱看人，都对她投去同情的眼光。说经常听到监狱里传出枪声，还看到有被枪毙的犯人的尸体运出来，扔到山里边。听到他们说这些话，尚青想马上见到杜涛的心情就变得更加强烈了。

布拉可村是一个很大的村庄，有七百多户人家，男女老少加起来，有三千多口子人。有数百间房屋大小高矮不同，散落在方圆十几平方公里的土坡间。

石城子监狱不在村庄中间，要下一道沟、翻一道坡才能走到跟前。不过，只要到了布拉可村，不管站在什么位置上，都可以看到它。因为它紧依天山而建，充分地利用了地形的险要，孤悬于绝壁高处。灰褐色的石块砌成的厚墙，使它看上去威严又坚固。

下了马车，不用再问路。一条土路，起伏弯曲。沿着它往前走，不要二十分钟就可到达监狱。到了监狱大门跟前，看大门紧闭，使劲推没有推开，改为用手掌拍。铁门拍起来很响，很快有人出现。大门没有完全打开，只开出一条缝，一个哨兵露出脸，问尚青有什么事。

尚青说来看一个关押的人。

哨兵说，探监时间，是每天上午的十点到下午二点，现在过时间了，你明天再来吧。

说罢，不等尚青再说什么，铁门就又重新关上。

一点办法也没有，只能等明天再来。尚青转过身，往坡下走。

已近黄昏，太阳即将落山。赶回县城不可能，只能在村子里找一个地方住下，待天亮之后再来监狱。不知村子里是不是也有旅店和饭馆，可以让尚青得到安顿。

从高处的监狱走向村子时，尚青顾不上去看土坡间翻滚的金色麦浪。这里依傍天山，气温凉爽，天山北边坡旱田的麦子要到九月份以后才能成熟。用这些生长期较长的麦子磨成的面粉，做出的馍馍面条会更好吃。不过，尚青并不在意这些麦子，只想着尽快找到一个可以吃饭睡觉的地方。

穿行于大大小高高矮矮房屋之间，看到了不同样式的砖瓦房和泥土房，但就是没有看到有一间挂着招牌的客店和饭馆。只好走进村路旁边一个杂货店。店主是位老者。尚青问有什么地方可以吃住。老人说村子里很少有外人来，也就没有什么客店和饭馆。偶尔有外来人路过此地，会找一大户人家解决吃住的问题。

尚青请他为她介绍一家。

老人说，大户人家有五六家，最大的一家姓吴。吴老爷早年在外边跑生意，挣了许多钱，还见了世面，村里有什么事，全靠他出头。他这人办事公道，又热心为村民服务。这些年不管是选保长甲长还是村长，大伙儿都会选他。老人想多说说吴老爷，可尚青却没有兴趣再听下去。

这个布拉可，如果不是有个石城子监狱，她这一辈子都不可能到这里来。就算是来了，也是因为杜涛，和杜涛没有关系的人和事，她自然不想知道那么多。打断了老人的话，让老人给她指了一下吴家的方位，尚青就离开了小卖部，朝着老人指给她的吴家大院走去。

尚青站到一幢大院的门口。木制的大门包着铜皮，门柱上雕着腾飞的龙与凤凰。院墙由青石灰砖垒砌。屋顶铺满黑色的瓦片，屋檐处有上翘的琉璃。这么气派的住宅，尚青在迪化城里也没有见到过几座。轻轻敲了敲包铜的大门。来开门的是个年轻女子。这让尚青有点意外（以为会是个老头模样的管家）。意外不仅仅是个年轻女子，还让她没有想到的是，这女子，竟然长了一个极好看的脸蛋，好看得让尚青都忍不住想多看两眼。

女子知道了尚青用意，没有让尚青进，说家里的客房不随便给陌生人住。

尚青说她是个学生，来这里办事，实在找不到落脚处了。

看女子半信半疑的目光，尚青掏出学生证给她看。

她看了一眼，对尚青说，你等一会儿。

看着女子拿着她的学生证进到了里边的房子，尚青注意到了她的身体竟凹凸有致，不似多半村妇粗如木桶。

过了一会，女子走出来，对她说，你进来吧。老爷子说你是城里的学生，能到我们村子来，不容易，让你白吃白住，不收你一分钱。

尚青说，这多不好意思，我有钱，该收多少钱，你们还是收吧。

女子说，老爷子说了，就得按老爷子说的做，要不，他会不高兴的。

女子带尚青走进院子。院子很大，有多个房间。

女子打开其中一间房，让尚青进去。女子说，床单和被子都换了新的，干净得很。

本不想多说什么，只是见女子长得可人，就多说了几句。

知道了这女子叫谷秀。是吴家刚进门不到一年的新媳妇。说到年纪比尚青还小两岁，怪不得看着那么水灵。谷秀嫁的是吴家的小儿子，一个驻扎在县城部队里的中尉军官。

谷秀知道了尚青来自迪化，说那是个大城市，村里没有几个人去过。说也不知这一辈子自己有没有机会去迪化看看。

谷秀问尚青晚饭怎么吃。说如果尚青不介意，可以和她们一块儿吃。

尚青说，还是我自己吃吧，如果不麻烦，给我做一碗臊子面就行了。

谷秀从客房离开后，尚青就在想，谷秀这个样子的姑娘要是生在迪化市，读书再读到中学，那不知又会活成个什么样子。

想到这不由暗自庆幸，同样身为女人，能生长在城市里，不但读了书，还可以自由恋爱，干自己想干的事。城乡的差别，在城里感觉不到，只有到了农村，有了对比，才会知道。

以为臊子面做好了，会有用人送来，没有想到谷秀亲自送来了。

尚青不好意思，说你是少奶奶，怎么做起了这个事。

谷秀说，要是别人我不会管，可你是女学生，不一样。

臊子面里不但有肉丁，还卧了两个荷包蛋。也是赶了一天路没有好好吃饭，吃起来时，尚青有点狼吞虎咽。边吃臊子面，边和谷秀聊天。不是尚青真想知道什么，而是愿意和谷秀说话。

吃过饭，谷秀问尚青要不要洗个澡再休息。连着三天在路上颠簸，身上不知落了多少灰尘，出了多少汗，实在是太想洗个澡了。可尚青怕给别人找麻烦，于是说，要是不方便就算了。

谷秀说，一点儿也不麻烦。

谷秀转过身，对着院子深处喊了一声，让伙计把洗澡水准备好。过了一会，谷秀就带着尚青去了另一间房子。

推开门，看到屋子中间放着一个很大的木盆，满满的一盆子水正冒着热气。墙角处有一个烧水和取暖用的大铁炉子。石头铺出的地面上，有一个水槽用来把洗澡水排到屋外。

尚青有点兴奋，不待谷秀走出门外，就脱起衣服，要往澡盆子里跳。

你在里边安心地洗，我在门外等着你。谷秀说完，转身走了出去。

洗完澡，走出来。看到谷秀坐在门口木凳上，正抱着一只花猫在玩。

怎么没有跟你丈夫一起住到县城里？尚青问。

军队有规定，不能带家属。谷秀说。

那你们多久才能见一次面呀？尚青问。

十天半月的，他就会回来一趟。谷秀答。

我要是你丈夫，走到哪，都会把你带上的。尚青说。

洗过澡的尚青看上去鲜嫩如雨后的一朵花。

也是太累，加上又泡了个热水澡，筋骨完全放松。一睡下去，就睡得如同死去。再醒过来，阳光已经透过窗子照到脸上。

怕耽误了探监的时间，尚青穿起衣服，背起挎包就往外跑。走出门后，想起什么，又走回来，从口袋里掏出十元纸钞放在床铺上。

到了院子里，没有看到谷秀，也没有看到别的什么人，顾不上跟谷秀打招呼，急慌慌走出院子，往石城子监狱快步赶去。

这一次没有错过探监时间。

哨兵把她领到一间办公室里，让她见到了一个姓陈的中年黑脸汉子。可最后的结果却让尚青十分失望。

因为不管尚青怎么说，陈典狱长就是不让她见杜涛。不是陈典狱长脸太黑，心肠太硬，要跟尚青过不去。而是典狱长公事公办，非要尚青拿出探视证明。尚青拿出了学生证，典狱长说这个证没有用，如果有结婚证书还可以考虑。

尚青说，他真的是我的男朋友，马上就准备结婚了。

陈典狱长说，嘴说有什么用，我怎么知道你是不是杜涛背后组织派来密谋什么诡计的。

陈典狱长劝尚青回到迪化，到公署的警察管理处开个证明，不要在这里瞎耽误时间。他是讲原则的人，没有齐全的手续，谁都不可能见到关押在这里的犯人。这里的犯人都是经过盛督办签字后押来的，出一点差错他可负不起这个责。

走出监狱的尚青，有些灰头土脸。回到迪化去开证明，能不能开上不说，光是来回的路程，想想都觉得可怕。但除此以外还有什么别的办法呢。

她边往坡下走，边盘算着时间。太阳刚升起来不久，这个时候往县城走，走到天快黑可以走到，住一晚上，明天再搭客车回迪化。她怨自己考虑问题不周全，只想着赶紧看到杜涛，却忘了杜涛现在的身份，怎么可能是想看就可以看到的。

走到坡底，看到土路中间游动着一条小花蛇。尚青在城里很少遇到蛇，来自书本对蛇的了解，让她不能不被吓了一跳，并下意识地去摸裤子口袋里的剪子。一下子没有摸到剪子，让她有些慌乱起来。不过，那条小花蛇似乎对她没有兴趣，感觉到了有人挡在它的前边，它就改变了游动的方向。看着小花蛇消失在一片乱草丛中后，尚青站在那里发愣。只是她这个时候的发愣，已经和小花蛇没有什么关系了。她是在想，我的那把剪子呢？想来想去，觉得很有可能是丢在了吴家大院的客房里。剪子装在裤袋里，裤子搭在凳子上，会不会是剪子从口袋里滑落了出来，掉在了地上？

本来走上土坡后，有一条路斜向县城方向，顺着走过去，就可以走到她昨天来的路上。

但她的剪子丢了，她不能不找回来。那可是父亲送给她的礼物，上面还印刻着她的名字。她只得转过头，再次往村子里那座气派的大院走去。

原以为不会再来这个大院，也以为不会再见到谷秀，没有想到刚刚离开没有多大一会，她就又回来了。

谷秀问她，为什么要走得那么急，连早饭都没有吃，还放下十元钱，让老爷子觉得你小看了这个家，有点不高兴。

尚青说，我着急去办一个重要的事情，很有可能把一件东西丢在了客房里，我想看看是不是真的丢在了这里。

谷秀说，只要是真的丢在了这里，不管是件什么样的东西，都一定还会在这里。

两个人一块儿走进客房，尚青一眼就看到了躲在木凳子下面的那把剪子。剪子重新回到了尚青的手里，可她并没有失而复得的欢喜。她脸上的愁云已经结成了团，让谷秀一眼就能看出来。

谷秀说，你是不是没有把重要的事情办成呀？

尚青说，你怎么知道？

谷秀说，你的脸马上就要下雨了，谁会看不出来。

这一说，尚青的眼睛里，似乎真的有雨滴一样的泪珠要落下来了。

明知给谷秀说也是白说，尚青还是说了，谁让谷秀长得让尚青喜欢呢。

听完尚青说了是怎么回事，谷秀说，老爷子，就是我公公，兴许会有办法。

尚青说，在种地的事情上，你公公可能什么办法都有，但在这个事上，他怎么可能有办法，探视证明只能回到迪化才能办出来。

谷秀说，前些日子，那个典狱长还到我家里和我公公喝过一顿大酒。

不信归不信，可就像落水的人，只要是漂过来的东西，不管是什么都会伸手去抓住。谷秀想帮尚青，问尚青愿不愿见一见她的公公。见见又不会让自己有什么损失，尚青没有理由不见。

第四章

悲喜

一九三三年三月，三万多东北义勇军经塔城和伊犁口岸从苏联归来，接受新疆当局的改编，成立了九个骑兵团一个炮兵大队及四个边卡大队。

东北义勇军的加入，让盛世才省军的实力大增。

一九三三年六月七日，马军穿过天山，占领了木垒、奇台、孚远三县，以近万的兵马朝迪化方向运动。

盛世才多次宴请东北义勇军的将领和归化军的首领，与他们称兄道弟，承诺打败马军后，会有福同享。

盛世才于阜康县境内的紫泥泉建立阵地阻击马军。下午四点，战斗打响。反复冲杀后，马军攻势渐弱，四百余人战死。

战至次日拂晓，马仲英无力再战，带三千子弟兵，沿公路东逃，经木垒河，抄天山近路，退至吐鲁番。

盛世才大战告捷，却并不意味着战事结束。等待他的危机将会一个接着一个。

那段日子，为摆脱困境，盛世才夜不能寐，绞尽脑汁。

谷秀把尚青带到公公吴老爷的面前。

吴老爷正坐在堂屋的木桌旁喝着茶，抽着水烟。他年纪确实不小了，应该年近六十，但满面红光，身体看起来很硬朗。尚青把给谷秀说的话，又给吴老爷讲了一遍，只是讲得稍稍详细了一点。说实话，心里并没有抱太多希望，她有点不太相信一个农村的老头会有多么大的能耐。

这么说，他是你的男人了？吴老爷问。

是的，我们刚刚毕业，打算分去了新学校后就结婚，尚青说。

你愿意当先生？吴老爷问。

我学的是师范，我想当一辈子老师。尚青说。

吴老爷不说话了，喝着茶，似乎在想着什么。

吴老爷，我想今天赶到县城，明天坐客车回迪化。尚青说。

她有点不想再和这个老头说那么多了，她只想抓紧时间回到迪化去，弄到探监证明。

不想见到你的男人了？吴老爷问。

没有探视证，他们不让我见。尚青说。

我有办法，能让你见到他。吴老爷说。

吴老爷，你真可以让我马上见到他？尚青有些着急地问。

可以让你见，但不能让你白见，有一个条件，你要愿意才行。

吴老爷抽了一口端在手中的水烟。

什么条件？尚青问。

到布拉可村来当先生。吴老爷说。

怎么也没有想到吴老爷会提出这样一个条件，尚青没有马上回答。她一直想着在迪化当个老师，从来没有想到过离开迪化。迪化是新疆的首府，是西域的一个大都市，她在迪化出生长大，从来没有想过去别的地方过日子。

你来当先生，我让你一个月能见一次你的男人。

吴老爷看出尚青的犹豫，把他提出的条件说得又更具体了一点。

我怎么可以相信你能说到做到？尚青还是有点不相信地问。

腿长在你身上，你可以随时拔腿就走。

这么说，你可以让我马上看到我对象？

我得让你信我。吴老爷说着，摸了摸下巴处的胡子。

吴老爷带着尚青往院子外面走。走到院门口时，吴老爷对跟在后边的谷秀说，多做几个菜，等会儿，我请先生吃饭。

谷秀答应着，转过身去准备了。

走出了大院后，吴老爷没有带着尚青直接往监狱方向走，而是带着尚青先去了村里的小学堂。

学堂离吴家大院不远，绕过大院，再走二百多米就到了。

走在路上，吴老爷说，村里办学堂，太难了，难就难在没老师。

尚青说，办学堂，离不开老师。

吴老爷说，就是这个理，有房子，也不缺钱，只要学堂用钱，有钱的愿意出钱，有力的愿意出力。可农村还是苦，条件不好，有文化的人不愿意来，好不容易请来一个老师，干不了几天，就跑了。

这不奇怪，连城里都缺老师，更别说农村了。都是当老师，能在城里当，有谁愿意再来农村当？新疆到处缺老师。上师范的学生，不愁找不到工作。

班里的同学，说到当老师，都说怎么也得在县城里当个老师。没有一个想着要去某个村子当老师的。要不是因为杜涛，不管吴老爷提出什么条件，尚青都不会对眼前这个小学堂有兴趣的。

学堂建于一处地势稍高的开阔地上。三排房子，有点像个取掉了一横的长方形。大大小小有十余间。全用石头和砖块盖成，房顶铺盖黑瓦，并不高大，可看起来结实坚固。

这么多房子，除了一间作为村公所，供村长处理村事和族长们开会用外，其他房子都是学生们和先生用的。因为没有老师，学生就很少。学堂里的房子大部分都是空着的。只有一间房子里传出了读书声。

往一间教室跟前走，听到读书声，读的是“人之初，性本善，性相近，习相远”。

站在窗子前，往里边看，看到有十几个男孩子坐在条形的木桌前，仰着头，张着嘴，像是等着喂食的小鸟。还可以看到一个戴着石头眼镜的老先生坐在讲台上，拿着一根油亮的戒尺，摇头晃脑地读着他早就烂熟于心的《三字经》。

站在尚青身边的吴老爷说，村子里能教书的，只有这个老秀才了。村子里已经有好些年没有孩子考上县城的中学了。

尚青说，应该让孩子们使用统一的国民教育课本。

吴老爷说，课本可以去买，可没有人教呀。

听吴老爷这么说，尚青没有接话。

看过学堂，两个人这才朝着石城子监狱走去。

走在路上，吴老爷说，我打听了，县城的先生一个月是二十块大洋，我每个月给你三十块大洋。我知道，你愿不愿意留下来，和钱没有什么关系，但钱还是很重要的，没有钱，就没法过日子。

钱确实重要。和要去的女中谈妥，头一年，一个月的薪酬是二十块大洋。不过，吴老爷说到钱时，尚青还真没有往报酬方面想。不是她对钱不在乎，是她还没有必须来这里当老师的理由。

到了监狱大门跟前，吴老爷停下脚步，问尚青想好没有？

我还没有看到我的对象，让我怎么能决定是不是答应你？尚青答道。

就算到了这个时候，尚青还是有点不太相信这个乡村长者有这个本事，可以让她马上看到杜涛。

再一次走进监狱大门，见到黑脸的陈典狱长，尚青受到了完全不同的对待。

一见面，吴老爷就指着尚青说，这是我请来的教书先生。

陈典狱长并没有马上认出尚青就是刚才来找过他的姑娘。陈典狱长说，这么年轻漂亮的先生还是头一次见到，不过，我怎么看着你有点面熟。

尚青说，你的记性还不算太坏，我们刚刚就在这里见过面。我想看看我关在这里的对象。

陈典狱长这才想起了尚青是谁。他没有再提探视证的事，直接让手下的人带着尚青去会见室。

尚青走出陈典狱长的办公室时，听到身后陈典狱长对吴老爷说，这么件小事，还有劳你亲自跑一趟，派个下人带她来就行了。

吴老爷说，这事是个大事，我不能不亲自来。

吴老爷说到做到，终于让尚青在杜涛被抓十七天后见到了他。

这段日子里，不知有多少次想象过见到杜涛的情景。

想着见到杜涛后，一定要扑上去紧紧地抱住他，可在她的前边竖起了一道比她还要高的铁栏杆，让她的想法落了空。

栏杆之间有空隙，她把胳膊伸过栏杆，却还是不能碰到杜涛。

别说是抱在了一起，就算都把手臂伸出栏杆，手与手之间还有一米多的距离。无论两个人怎么用劲，都不可能让手指碰到一起。

好在相互能看得见，好在说什么话，相互还能听得见。

眼前这个男人是谁，他真的是杜涛吗？

头发在头顶上乱作一团，像是一个鸟窝。有一只眼睛肿着，眼珠子上闪闪的水一样的光泽不见了。一直光滑的下巴上长出了黑色的胡茬，原本一张神采奕奕的脸上如落了一层无法洗去的灰土。

如果不说眼前这个人就是杜涛，尚青真的不可能一下子就会把他认出来。她无法不用惊讶的目光看着杜涛，同时心里刀绞似的一阵疼。

尚青说，杜涛，杜涛，你真的是杜涛吗，你怎么变成了这个样子？

杜涛同样也用惊讶的目光看着尚青，他当然不是因为尚青有什么变化，认不出来她了，他是没有想到尚青会出现在监狱里。

尚青，真的是你吗？我以为再也见不到你了，我没有想到还能见到你。

我是你的爱人，你怎么可能会见不到我了。

你知道吗，我差一点就死了，他们非要我认罪，我不认，他们就往死里打。打得有多狠，你看看就知道了。

说着，杜涛扯开衣襟，让尚青看那道道伤痕，像蛇一样爬满了他的胸膛。

你没有罪，为什么要认罪？

他们用辣椒水灌我，用鞭子抽我，用铁钳子夹我。我不想就这样白白死去。我才二十一岁，我还想继续活着。

你当然要活着，我还活着，你怎么能不活着。

可我不想活在监狱里。

你没有罪，不该活在监狱里。

我天天在写申诉书，我是遭人诬陷，等他们查清了原因，就会放我出去了。

我会等你出来，一直等你。

想说的话实在太多，一直说下去，说到天黑也说不完。站在一边的狱警不想再听下去了，大声嚷着，说探视的时间到了。

杜涛被押回牢房时，回过头问尚青，我什么时候还能见到你？

我会让你经常见到我的。

真的？杜涛的眼睛一下子明亮了起来。

这个话，杜涛听了，有点信，又有点不信。信是信尚青对她的爱，不信是监狱的墙太厚太高，进来不容易。依尚青的能力，这个困难，她无法克服。尚青的出现，对杜涛来说，无疑像落到水里马上要淹死的人，抓到了一根木头。被捕后，除了怕死外，另有一个怕，就是怕不能再见到尚青。

再走进典狱长办公室里，看到典狱长正往吴老爷的茶杯里续水。

吴老爷看到尚青进来了，指着尚青对典狱长说，老弟，看在我的面子上，以后，她来看她男人，就不要为难她了。

典狱长点着头说，您的话，就是圣旨，我一定会照办。

吴老爷接着又说，还有，对她男人，也要好一点，让他少受些罪。

离开石城子监狱往村子里走，尚青主动说，我愿意来布拉可当老师。

吴老爷说，那可太好了，全村人都会为这个事高兴。

不过，我要回迪化一趟，你知道的，这次来，没有想过要长住。

这是应该的。我知道，你在迪化还有父母，还有工作。

我想让你提前把这个月的薪水给我。

吴老爷愣了一下，还没有干活就要工钱，这样的事他还没有遇到过。

你要是觉得为难，就算了。

别人开口，我会为难，但你开了口，我不为难。

你真的不担心，我会拿了钱，再不见人？

我不担心。

你怎么对我这么相信？

我看到了，你疼你男人，你不想让他受苦。

这个老家伙，别看是个农民，却一点也不缺头脑。尚青可以带着三十块大洋跑了，可杜涛跑不了。她想让杜涛在监狱里有好日子过，她就不能让吴老爷生气。吴老爷不是典狱长，可典狱长听他的话。

回到吴家，吴老爷非要尚青吃过饭再走。

尚青肚子确实饿了，也就不再客气，大方地坐到饭桌前。谷秀端了菜上来，放下了菜，要离开，尚青喊住她，让她也坐下来一块儿吃。

谷秀看看吴老爷没有坐下。

吴老爷说，先生让你坐下，你就坐下吧。

听吴老爷这么说，谷秀才坐到了尚青旁边，拿起了筷子。

吃饭的时候，吴老爷对谷秀说，先生要回迪化一趟，你陪她到县城，把先生送上客车，再在县城住上几天，等先生回来，把先生接回村子。

听吴老爷一口一个先生，有点听不习惯，说不用叫先生，叫她老师就行了。

吴老爷说，叫先生习惯了，改不过来了。

吴家有自己带篷子的马车。一种叫“六棍棍”的马车。迪化城里很多，一匹马或两匹马拉着。一个铜板坐上去，可以去城里任何想去的地方。

吴家的马车，比城里的马车讲究，用篷布围盖，不会被风吹雨打日晒，坐在里边像坐在轿子里一样。民间也有人把这种马车叫“车轿子”。

两个女人坐在马车里，如同待在自己的闺房里。车里铺了一层棉垫子，可以坐，也可以卧。车夫坐在车辕杆上，有布帘子挡着，看不见她们。

我爹从来没有请过女人吃饭，你可是头一个呀。

他请的不是女人，他请的是先生。

他一直为请不到先生发愁，你能来当先生，实在让他太高兴了。

也不知道我这个先生，能不能当得让他满意。

肯定可以的，你长的样子，就是先生的样子。

起先，两个人面对面说话，说了一会，尚青说，你那边朝着太阳有点晒，你也坐到这边来吧。

谷秀就换了位置，和尚青肩并肩坐到一起。

多久没有见你丈夫了？

快一个月了。

想得厉害吧？

人家才不想呢。

不想，一说去县城，就高兴得不行。

那是因为能陪着你，听你说话。

马车摇晃着，有点像摇篮。摇着摇着，尚青有了睡意，不知不觉就靠着谷秀的肩膀睡着了。

看尚青睡着了，谷秀就让了一下身子，让尚青的头枕到她的腿上，完全放松了身体。

看到有一只苍蝇飞过来，想往尚青脸上落，谷秀轻轻挥手，把苍蝇赶走。

尚青睡了有半个小时才醒过来。看到自己睡得这么香，是因为枕在了谷秀的大腿上，有点不好意思。问谷秀要不要也枕在她的腿上睡一会儿。

谷秀说她一点儿也不瞌睡，就是想和尚青说话。

女人要是想说话了，就算是生活成长背景完全不同，也总是可以找到话说。

到了县城，马车驶到了一个门口站着两个哨兵的大院子前。马车夫下车，去对哨兵说了几句话，哨兵就把大院的门打开了，让马车驶进大院子。

一个哨兵走向一间房子，走到门口喊了一声报告后，推门走进去。过了一会儿，哨兵就和一个军官模样的人走出来。

不用问，这个人就是谷秀的丈夫。按说这个事和尚青一点儿关系都没有，尚青用不着太在意。但尚青的一双眼睛还是专注地看着走来的军官。她很想知道谷秀这么水灵的女人会找一个什么样的男人。

这时谷秀已经下车，尚青还坐在车上。她对谷秀说了，到了县城，谷秀去见丈夫，她就去客店住。她打算还去住来时住过的那家客店。

军官走到谷秀跟前，也走到了马车跟前。车帘子在谷秀下车时撩开，这样一来，尚青就清楚地看到了军官的一张脸。

这张脸，是平常男人的一张脸。一眼看上去，没有什么吸引力，尚青正打算不再继续看了，脑子里却闪过另一张脸。因为记忆中恍惚有一张脸和这张脸有点像。

谷秀转过身，向尚青介绍她的丈夫吴长明。

介绍时，吴长明看向尚青，目光也有些不一样，似乎想到了什么，却又不敢确定。

一个人与另一个人长得有点像，这种事常有。把人认错了，不管什么时候，都是件让人难堪的事。

尚青倒是没想那么多，问吴长明，是不是前些天你去过迪化?

是的，去参加了十天的青年军官培训班。吴长明答道。

有一天晚上，你们几个人是不是在鸿春园喝了酒？尚青再问。

吴长明被提醒，一下子想了起来说，我记起来了，我们中的一个人喝多了，出门时冒犯了你。

尚青笑了，是你拦住了他，还向我表示了歉意。

有了这么巧的事，尚青想自己去住客店就住不成了。不是尚青不去住客店了，是谷秀知道了尚青和吴长明曾经见过面，高兴得不行，一个劲儿说这是缘分，扯着尚青衣袖坚决不让尚青去住客店。

吴长明官不大，只是个中尉。可整个县城，只驻扎了这些兵力，他实际上就成了最高长官。在他的营区里，什么事都可以自己说了算。

他们也没有去街上吃，营房里食堂有炊事员，做出的饭菜，比饭馆里的一点儿不差。

一块儿吃过了饭，三个人又喝了一会茶，聊了一会儿天。尚青以明天赶路为理由，说要早点睡，就去了给她安排的房间。

说要早点睡，只是想给小两口多一点时间单独在一起。尚青与杜涛恋爱的这一段时间，让她对男女之情有了切实的了解，知道多日没有见面的他们，心里边想的是什么。

只是没有想到，安排给她的房间，会紧挨着他们小两口住的房间。本来躺下后，慢慢有了睡意的尚青，却听到了从隔壁传来的响动。

看不见是什么东西弄出的响动，只是一听这种响动，尚青就不能不明白这种响动是怎么弄出来的了。

九岁时，哥哥姐姐大了，放在另一间屋子睡。自己小，还和父母睡在一起。夜里被父母弄出的响动惊醒过来，不知发生了什么事，也不会在意，眼也不会睁，转个身又睡过去了。又大了一点，觉得好奇，想看明白是怎么回事。屋子里黑着，看不清楚，有一点月光照进来，可隐隐约约看见父亲压在母亲身上。母亲似乎在受父亲折磨，还发出类似疼痛的呻吟。终于有一天忍不住问母亲，父亲为什么半夜里欺负你？母亲看着尚青，说大人的事，小孩子少管。没过几日，就腾出一间小房间，让尚青自己住了进去。

随着身体各部位发生的变化，又上了学读了书，尚青就知道了小时候夜间听到的响动是怎么回事。女学生们在一起，不再那么封建，说起男欢女爱，也会语言放肆，神情兴奋。

知道是知道，明白是明白，真正体味到男女在一起的那个好，还是和杜涛认识以后。从拉手到亲嘴，这不难，再往前走，不容易。还是太神秘，还是很害怕，有几次，天黑透了，在小树林，在公园中，看四下无人，解开了腰带，尚青还是没有让杜涛再进一步。直到那一次，杜涛知道家人全都被匪徒所杀，失声痛哭，把尚青心疼得像搂一个孩子似的，让杜涛趴在了她的怀里。再后来，杜涛哭着哭着，就把尚青的衣襟拱开了。尚青只想安慰杜涛，顺着杜涛，让杜涛的痛苦能少一点，不再在意会给他什么，只要他要，她有，就会全给他。她流了一点血，可杜涛不流泪了。她痛得叫了起来，可杜涛似乎真的不再那么难受。他抱紧了尚青说，从现在起，你是我唯一的亲人。

也是这个时候起，尚青就发誓，和杜涛一辈子相依为命。

知道了隔壁传来的响动是怎么回事，尚青没有用被子把头蒙起来不去听，反而把耳朵更贴紧了靠墙的一面，想让传过来的响动更清楚一些。脑子里不由得会根据响动，想象着谷秀在这个时候会是个什么样子。

隔壁房间不再有响动，尚青也松了一口气，躺好身体打算快快睡去。可身体并不那么听话，弄得她很长时间都没有睡着。

第二天醒来以后，尚青和谷秀两口子一块儿吃早饭。吃饭时，尚青看谷秀的脸色果然有些不同。谷秀注意到尚青在看她，有些羞羞地不愿和尚青对视。

吃过饭后，两口子又把尚青送到路口，一直等到去迪化的客车从木垒县开过来。

车子停下来以后，吴长明去跟司机说了几句话。说完以后，过来对尚青说，你可以坐在驾驶室里，回来时，也可以坐在驾驶室里，我跟司机说好了。

谷秀扯着尚青的衣袖，对尚青说，你可一定要回来呀，不要让我在这白白等你呀。

尚青说，我看，有人巴不得我晚些天回来才好，这样你就可以在这里多待几天了，是不是呀，吴中尉。

吴长明说，我父亲一直盼望着能有一个真正的先生到布拉可来教书。

谷秀说，青姐，被褥那些东西，你就不用带了，家里都有，你就带上你的衣服和书就行了，带的东西太多，会把你累着的。

真的是太奇怪了，两天前，与眼前的这两个人还素不相识，现在竟像是家人一样在情深意长地互相关心互相问候了。还有那个叫布拉可的地方，以前压根儿就没有听说过，现在却一下子就要在这里当老师，开始新生活。

问题是，这一切的发生，并没有谁强迫她非要这么做，全是她心甘情愿地选择。这究竟对她来说是一种幸运，还是不幸呢？她无法说得清楚。正如，在接下来的日子里，到底还会再发生什么，也是她无法预料的。

生活似乎一直在告诉她，明天会遇到什么，只有到了明天才会知道。今天想得再多也没有什么用。既然没有什么用，那就不要去想，只管服从命运的安排，一步步往前走就行。

现在对尚青来说，下一步就是回到迪化，与过去告别，再提上行李箱，走向布拉可。

布拉可会把她当贵人，因为她是老师。可她要去布拉可教书，只是因为那里有她的爱人，所以，对她来说，当一个好老师，不会是她的主要目的。这也决定了尚青在布拉可的故事，不会只是一个乡村女教师的故事。

第五章

书声

一九三三年夏，南京政府派参谋本部次长黄慕松来新疆宣慰，试图解决纷争，平息内乱，一改新疆“名附中央，实为割据”的局面，把新疆纳入国民政府管理体系中。

黄慕松与陈中、李笑天、陶明樾酝酿计划设军事委员会，把各派力量联合起来，听从国民政府的安排，并撤销督办公署。目的是削弱盛世才的权力。

正在前线指挥作战的盛世才闻讯，于午夜潜回迪化，带着亲信直扑陈中、李笑天、陶明樾住宅，将三人当即枪杀。

扣押黄慕松，逼其给南京发电，告知新疆情况复杂，须有强力领导人才行，当下盛世才最合适，应尽快扶正其为边防督办。

黄慕松迫于压力，只得照办，方才脱离险境，离疆回到南京。

至此，新疆政界，尽管有人对盛世才不服气，但已无实力可与其对抗。

不过，想要解除马军对他的威胁却并不容易。比他小十六岁的马仲英年轻气盛，智勇双全。但盛世才老谋深算，总是能够在双方较量时占有先机。

回到迪化，先去了迪化女中，到校长办公室，告诉校长，她要离职。

校长有些不解，起先不要她，她找了教育厅的人，才留下她。可刚干了没几天，还没有上课，又说不干了，这搞的是什么名堂？简直是胡闹嘛。如果是别人，说不干了，校长不会在意。女中在迪化市是名校，想来教书的排成队。可她不一样，教育厅的人说了话。教育厅是管学校的，那可得罪不起。

尚青没有等校长说同意，就离开办公室去收拾东西。因为对她来说，不管校长说什么，都是一个结果。既然不可改变，也就不用听校长再说什么。

正在屋子里收拾着东西，程丰推开门走进来。看到程丰进来，知道是校长打了电话向他告状了。其实就算程丰这会儿不来找她，离开以前她也会去找程丰的。不管怎么说，一个班里，和她关系最好的，就是杜涛和程丰。程丰在她心目中的地位还是很特别的。和程丰没有成为男女朋友，但还是好同学好朋友。这么大的事，不能不给他说一声。再说了，他在省督办机关工作，要想把杜涛从监狱里放出来，也少不了让他帮忙。

看到程丰进到屋子里，尚青说，你来得正好，快帮我把这些行李捆起来。

看着床上卷起来的铺盖，程丰没有上前帮忙。问尚青怎么回事，校长说你不干辞职了？

尚青说，我找到了一个新的地方当教师。

什么地方的条件会比女中的条件还好？程丰问。

尚青说，条件是没有女中的条件好，可我看上了这个地方。

你看上的这是个什么地方？程丰问。

布拉可。尚青回答。

那是个什么地方，我怎么连听都没有听说过。

你是没有听说过，因为它不在迪化，它在奇台县。

在县城里？

不在县城里，离县城还有四十公里。

是农村呀。

是的，是个很大的村子，有好几百户人家。

再大也是个村子，你为什么要这么做？

你的脑子真的这么笨吗，你不知道我去干什么了吗？

我知道你去看杜涛了，但和那个村子有什么关系呢？

本来是和那个村子没有关系的，但石城子监狱就是在那个村子里，这就扯上了关系，你明白了吧。

程丰并不是脑子不好使的人，听到尚青这么说，他当然明白了尚青为什么要去这个村子教书了。只是明白了，他也更糊涂了。他需要听到尚青更多的解释才能明白，可尚青这会儿分明并不想和他多说什么。看到程丰不帮她捆行李，尚青就自己拿绳子捆起来。尚青说，我知道，你有许多话想对我说，我也想给你说，但我喊了人力板车来帮我拉行李，车子马上就要到了，我要把我的行李和杜涛的行李放回到我的家里去，到那个村子里去教书，用不着带那么多东西。正说着，外边响起人力车夫的吆喝声。

尚青说，帮我把东西搬到车子上去吧。

到了这会儿，再劝尚青不要离开女中就显得有些多余了，程丰无可奈何只好伸出手，把尚青收拾好的东西往外边的人力板车上搬。

东西装到人力板车上后，尚青对程丰说，我已经拿到了头一个月的薪酬，晚上八点钟你在红茶坊等我，我们聚一下，还有什么话，我们到时候再说，记住呀，不见不散。

红茶坊是个可以喝茶聊天的地方。同时还供应茶叶蛋、卤鸡爪和猪蹄子等熟食小吃。喝茶喝得肚子饿了，不用再去找地方吃饭，可以在小包厢里一直坐着，从早上坐到晚上。与饭馆酒店比，这里的安静实在难得，是聊天说话的好去处。尚青和杜涛来过一次，十分喜欢。只是作为学生，口袋中银子太少，舍不得拿出来买一杯上等的好茶和一段安静的时间。

这会儿尚青不一样了，口袋里有三十块大洋。长这么大，她手里的钱，从来没有多过五块大洋。而在这个“红茶坊”，她只要拿出一块大洋，就可以在这里喝上一天，吃上一天，坐上一天。所以想着请程丰出来坐坐时，就一下子想到了这里。

包厢有门，门上挂着竹帘。掀开竹帘进去，一块地毯上放着小方桌，四周有软的棉布枕，可以用来坐也可以用来依靠。那次和杜涛在这里，先是面对面坐着喝茶，喝着喝着就坐到了一起。门旁边有一根绳，连着一个铜铃。要喝什么吃什么，拉一下，侍者才会出现，不拉不会有人进来打扰。

尚青这么隆重地请程丰来坐一坐，当然不仅仅因为他们是同学朋友，也不仅仅是想祝贺自己挣到了第一笔薪水，从此可以自食其力了。其实她的目的非常明确直接，就是要把杜涛可怕的处境告诉程丰，让程丰利用他在公署工作的便利，一起努力把杜涛从监狱中救出来。

程丰答应尚青和她一起坐一坐，同样也目的明确直接，那就是阻止尚青到布拉可去当教师，就算她不在这个中学干了，他还可以安排她到迪化的另一所中学去。如果她不想当教师，也可以介绍她到行政公署去任职。一句话，他不想让尚青离开迪化，去一个离他很远的地方。

程丰认为尚青的理由根本站不住脚，能不能把杜涛从监狱里救出来，和她去不去那个村子当教师一点关系没有。决定杜涛人身自由和生死大权的人，并不在布拉可，而是在迪化森严的政府办公楼里，如果尚青想救杜涛，就该留在迪化城想办法。

不能不承认程丰说得有道理，但尚青又说，我如果能在布拉可，可以经常让他看到我，就会给他希望和信心，让他在监狱的日子变得好过一些。他已经没有一个亲人了，我是他唯一的亲人，你想想，我这个时候能出现在他的身边，对他来说有多么重要。我想迪化这边的事，有你操心着就行，我在不在都可以。

程丰提醒尚青，她和杜涛的关系，只不过是同学关系，顶多再加上个男女恋人的关系。不是结了婚的夫妻，她没有必要像俄罗斯的十二月党人的妻子（一八二五年十二月，一千多名贵族军官起义失败，遭到沙皇尼古拉一世残酷的流放。并要他们的妻子离婚，否则将永久取消她们的贵族特权，不得返回城市，但她们却义无反顾地跟随丈夫去了西伯利亚受苦受难）一样，跟着丈夫去受罪，而杜涛目前这种情况，她完全没有责任和义务非要牺牲自己的事业和生活。

尚青听明白了程丰的意思，看来有些话还是要给程丰说得再清楚一些才行。

尚青说，程丰同学，我和杜涛不再是同学关系，也不是你说的男女恋人关系，我们已经是夫妻关系，只是没有领取结婚证罢了，你说，看到杜涛被折磨成那个样子，我能无动于衷吗，能在此时远离他吗？

你不用告诉我，我也会想得到你们的关系发展到了什么程度，但这并不说明什么，就算是结了婚，也一样可以离婚嘛。你想过没有，如果杜涛在监狱里关十年、二十年你怎么办？难道也要在布拉可等他十年、二十年吗？

程丰的话说得尚青愣了一下，显然她还从来没有这么想过。她问程丰，你这话什么意思，你难道你不知道他是被冤枉的吗？

他没有罪，怎么会在监狱里关十年、二十年呢，只要我们一起努力，他很快就会被放出来的，时间再长也不会超过一年。

程丰看着尚青那张仍然稚气未脱的脸说，你实在太天真，这些日子，为杜涛的事，我没有少操心，公安管理处我都去找过人，他们告诉我，他确实打算谋杀盛督办，白纸黑字，他的罪名已经坐实。我问了，什么时候判刑，会判多少年？人家说这种政治犯，经常是一直关着不判，这就是说，杜涛很有可能会在监狱里待一辈子。

程丰的话，让尚青像个泄了气的皮球，瘫软在棉花枕上。她用不大的声音，像是在对程丰说的同时，也是在对自己说，不，不可能，绝不可能有这样的事，老天在上，不可能平白无故让一个人这样被冤枉被折磨。

程丰说，如果真的没有这样的事，那就没有窦娥冤了，就没有六月天的大雪纷飞了，哪个朝代，都会有这样倒霉的人，过去有，现在有，以后还会有。杜涛是自己运气不好，正巧赶上了，我们可以为他抱不平，想办法帮助他，但没有必要也跟着一块儿受惩罚。

尚青说，别的人可以袖手旁观，不受影响继续过自己的日子，可我不行，也是老天把我的命与他的命绑在了一起，我只能与他共患难同生死，所以，眼下我没有别的选择，只要他还活着，一天不从监狱出来，我就会等着他，在布拉可等他，十年、二十年都等，哪怕是等得头发都白了，我也会等。

尚青的话让程丰再也无法忍受，他隔着茶桌，伸出手来一把揪住尚青的衣领，大声说，为什么，为什么，你为什么会这样？

杜涛到底什么地方比我好，让你这么爱他？你知道吗，这一年多，我想把你的影子从我的心里赶走，可我怎么都做不到，不管什么样的姑娘，走到我的面前，我都无法让她替代你。

尚青从来没有看到程丰这个样子，也没有听到程丰说过这样的话。她有些不知所措。程丰把两个人之间的茶桌推到一边。也不再抓住尚青的衣领。他揽住尚青的肩膀，把尚青一下子抱在怀里。

尚青，离开杜涛吧，和我在一起吧，杜涛给你的，我都能给你，杜涛不能给你的，我还能给你，我一定会让你衣食无忧，尽享人间富贵，让你每一天都会在幸福快乐中度过。

这可是从来没有人给过尚青的承诺，连那么爱他的杜涛都没有说过，实在太悦耳动听，像音乐一样无比美妙，尚青觉得整个身子飘浮了起来。她只是个铁匠的女儿，一个再平常不过的姑娘，凭什么可以得到这样的福分，她一时有点眩晕。

程丰感觉到了尚青身心的异样，本能告诉他，不可错过这天赐良机。他的嘴咬住尚青的嘴，一只手解开尚青上衣的两颗扣子，把手往里面伸了进去。

就在此时，情况突然发生变化，飘浮在空中眩晕的尚青，像被什么蜇了一下子突然惊醒，落到地面。

被摔醒的尚青，坐了起来，重新面对着程丰时，手里多了一样东西。这个东西，就是那把父亲为她特制的剪子。

尚青说，你是不是不想再和我做同学朋友了？

剪子只是在程丰面前晃动着，并没有碰到他的身体，可程丰的样子，却和被剪子扎到心脏里没有两样，脸色变得灰白。

程丰不停地摇着头说，你真是个傻女人，傻得连谁对你好都不知道，傻得连什么是爱都分不清楚，傻得连正确的生活方向都找不到。

尚青说，我确实没有想那么多，我也许真的只是个头脑简单的女人，不知道明天等着我的是什么，我活在当下，只能去做我想做的事，无法再管对与错，也想不了那么远。

从红茶坊走出来后，两个人走了很长一段路，都没有说话。还是尚青先开口，说杜涛真的太可怜，你没有看见他的样子，看见了你也会难过的。

程丰说，没有看见，也想象得出来，刚才我也是太冲动了，你不要生我的气。

尚青说，我也不好，不该拿剪子对着你，你也不要在意，杜涛的事，还要你操心，多帮忙。

程丰说，咱们之间就不要说什么客气话了。

尚青突然想到什么，拿出五块大洋交给程丰。让他帮着买一些小学生的课本。程丰在教育厅工作，办这个事对他来说很容易。

两天后，尚青再次坐上同一辆客车，沿着同一条道路，向着同一个目的地赶去。上车前，见到了程丰。他送来了两大包新编版的小学生课本，还送给她一大包零食。坐到车上后，朝他挥手告别，程丰的样子有些难过。好像她要去受什么大苦大难似的。路途太远，看过的风景不想再看，随着客车的颠簸，不免会想很多的事。想到了杜涛，也想到了程丰。想到程丰时，不知为什么，对于他在红茶坊里对她的冒犯，过后想来，并没有那么生气。倒是有些理解程丰为什么会那么做。只是不太明白，自己只是个平常的女子，凭程丰的条件完全可以找一个比自己各方面条件都好的女子，真不知这个程丰是怎么想的。

打开程丰送的那包零食，看到里边有杏干、葡萄干、巴旦木，还有她喜欢嗑的葵瓜子。这一点，程丰真比杜涛强。杜涛从不给尚青买零食吃。而程丰被她拒绝后，还不忘给她送零嘴吃。这倒不是杜涛小气，而是他家真的很穷。吃了人家的，再想人家，就尽是人家的好了。只是这个好，只是一种朋友的好，还是与杜涛的好不能比。也是杜涛的好，没有别的男子可比，尚青才把自己全都献给了他。并且还在继续奉献着。

客车进入了奇台县城，还没有停下来，尚青就看到了站在路边的谷秀和她身后的马车。

想到以后在布拉可，经常会有一个这么可人的妹子出入左右，让她对接下来要开始的日子，就不再那么紧张不安了。

坐到马车上，两个人肩膀靠着肩膀，头挨得很近，用很小的声音说话，都互相听得见。这样她们不管说什么话，就不用担心被赶车的车夫听到了。

这几天老想着你会不会不来了，直到看见你从客车上下来，悬着的心才放了下来。

我才不信呢，小两口好不容易见了面，还能想得起别人？

不知为什么，明知你是女学生，读了好多书，与你不知差了有多少，可还是想见到你，和你说话。

这几日里，我也是一次次地想起你，你还好吧？那个吴长明没有欺负你吧。

他的脾气也还好，结了婚，还没有对我凶过。

你这美得如花柔得像水的女人，谁要是对你不心疼，他就不是男人。

不过，有时候他也有点吓人。

什么时候？

就是那个……有点像疯了一样，让人害怕，算了，不讲这个了，还是讲讲别的吧。

尚青笑了起来，说，你不用讲了，我知道。

你怎么知道，你还没有结婚。

可我也是女人，本来这个时候，如果不是我的男人被关进了监狱，我这会儿也该是新娘子了。

没想到城里的女人也会这么命苦。

只要是女人，都会各有各的苦。

那也该想办法让自己少受一点苦。

我是一个布拉可的外来人，以后还要你多帮我，让我少受一点苦。

只怕我帮不上什么忙。

只要把我当成你的姐姐就行了。

你才大我两岁。

大一天也是大。

到了布拉可村，车子停在吴家大院门口。谷秀让车夫往下搬行李。

尚青说，还没有到学堂呢。

谷秀说，我爹说了，让你住家里。

尚青说，我是教师，怎么能不住在学堂。

谷秀说，住在学堂不方便，没人照顾。

尚青说，我又不是孩子，不需要照顾。

正说着，吴老爷出来了。问她们在争论什么。

谷秀说尚青不肯住家里，非要住学堂。

吴老爷说，听先生的，先生高兴住哪，就住哪。

有了吴老爷这个话，马车就拉着行李往学堂走。吴老爷让谷秀帮着去把尚青安顿好，谷秀就从客房里，搬出了一套铺盖，放到了马车上。

尚青和谷秀没坐车，跟在马车后边往学堂走。学堂不远，一会儿就到了。学堂有三间大房子做了教室。还有五间房子做了先生的宿舍和办公室。老先生家在村子里，不在学堂住，宿舍一直空着。床铺桌子现成的，擦掉上面的灰尘就可以用了。

尚青和谷秀一块儿忙了一会儿。全是女人可以干的活，不太费劲就干完了。

睡觉的事解决了，还有吃饭的事。房子里有炉子，可要马上生火做饭，还做不到。尚青同意先在吴家搭个伙，等做饭的东西齐备了，再自己做着吃。

谷秀问尚青会不会做饭?

尚青说，不会可以学嘛，一个女人总要学会做饭，早晚的事。

谷秀说，到时候我教你。

去吴家大院吃饭，没和吴家人一块儿吃。人家一家人一起吃饭，多个外人，会让人家不自在。

尚青说，让我和管家、佣人一块儿吃就行了。

吴老爷说，这不行，你是先生，怎么能和他们一块儿吃。

吴家院子大，房子多，另搞了一个小房子，给尚青吃饭用。怕尚青一个人吃饭冷清，还让谷秀陪着一块儿吃。

吃饭时，尚青给谷秀说，这几天，帮我把做饭的东西准备齐了，我要自己做饭吃。

谷秀说，你真不嫌麻烦？

尚青说，人活着，就不能怕麻烦，处处都是麻烦，怕了，就没法活了。

听说来了新先生，是城里来的，报名上学的孩子多了起来，从十多个人变成了三十多个。不过，这些孩子，都是男孩子，没有一个女孩子。尚青问吴老爷这是怎么回事。

吴老爷说，女孩子早晚要嫁人，嫁了人也不出门做事，认不认字无关紧要。

尚青一听这个话，有点生气。说吴老爷您是走南闯北见过世面的人，不会也有男尊女卑的思想吧。女人认了字，一样可以走出家门做大事。

吴老爷说，多少年的老习惯，一下子改不掉。

尚青说，我不管，如果没有女学生，这个老师我就不当。

吴老爷一看尚青这样，只好去了有女孩子的人家。吴老爷的面子，没人敢不给。很快，就有十一个女孩子站到了尚青跟前。

尚青不但招了女孩子来上学，还让其中一个大一点的女孩子阿莲当了班长。同样年纪的孩子，女孩子要更懂事一些。阿莲总是会在尚青进教室以前，把黑板和讲台都擦干净。放学后，还会带着同学打扫教室。

尚青以一己之力，结束了布拉可村女孩子不能上学的历史。只是其间的意义，当时没人意识到，包括尚青自己。

屋子里，有一个闹钟，可以上弦定时，摆在尚青面前，铃声一响，尚青会起身走到屋外。屋外有一棵老榆树。树干上吊了一口钟，不大，是铜的。铁槌轻轻一敲，当当地响。听到钟声响起，像士兵听到号角，孩子们全往一间大房子里跑。

看到尚青走进教室，孩子们站起来，喊先生好。

明清时喊教书的人，都喊先生，进入了民国以后，才改喊老师了。只是在许多偏远的村镇，形成的习惯不容易一下子改变，还是会把教书的人叫先生。

尚青告诉孩子们，不要喊先生好，要喊老师好。让孩子们重新再喊一遍，孩子们就重新喊了老师好。

这场面不陌生，从小学到师范毕业，每一堂课，只要看见老师走进来，都会站起来，喊一声老师好。经历过无数次。只是这次不一样，身份换了，从学生变成了老师。当然，跟着变的，不但是身份，整个身心，似乎都在这一刻变得与过去完全不一样了。

课本是国民政府教育部审定的初等小学生使用的《开明国语

课本》。内容由叶绍钧先生编写，课本中的插图由丰子恺先生绘画。

在黑板上写下了天，写下了地，写下了日，写下了月。用教鞭指着黑板上的字，领着孩子们一遍遍地大声读出来。

随着孩子们认识的字一日日多起来，课文的内容也越来越丰富。

“秋野风高，妇女采棉，纺棉为线，织线为布，制布为衣，服之温暖，可以御寒。人之衣服，因时不同，春秋用夹衣，夏日用单衣，冬日用棉衣，帽著于头，鞋著于足，皆所以保护身体也。”

课文不但要让孩子们掌握更多的知识，更要让他们明白更多道理。

“园里花，朵朵开，弟弟要想摘，哥哥说，好花心里爱，不可用手采。”

“人生于世，饮食衣服，必不可缺，渴则思饮，饥则思食，寒则思衣。”

“瓶中有果，儿伸手入瓶，取之满握，拳不能出，手痛心急，大哭，母曰，汝勿贪多，则拳可出矣。”

……

读书声，像一群小鸟，飞出了打开的窗子，飞到了布拉可的各个角落，全村的人都听见了。因为好听，听了还想听，就停下了正做的事，仄起了耳朵听。

尚青不但教孩子读书写字，还要带着孩子们玩各种游戏。放风筝，跳绳，踢毽子，荡秋千，踢皮球，只要是城里孩子玩的游戏，尚青全都教给了她的学生。

尚青还教孩子们唱歌。有一首歌，名字叫《送别》。

尚青上小学时，就学会了唱这首歌。从此以后，就经常一个人时哼唱这首歌。说不上为什么就对这首歌喜欢得不行。

当上老师后没有几天，她就把这首歌教给了孩子们。她自己喜欢这首歌，也想让自己的学生都会唱这首歌

“长亭外，古道边，芳草碧连天，晚风拂柳笛声残，夕阳山外山。”

这歌，旋律简单，却十分好听。尚青唱几遍，孩子们就学会了。歌词不太懂不要紧，唱着唱着，意思也就明白了。

听到尚青唱这首歌，谷秀说真好听，也想唱，让尚青教她唱。尚青教会了谷秀，两个人到了一块儿，不想说话了，就唱这首歌。

“天之涯，地之角，知交半零落。一壶浊酒尽余欢，今宵别梦寒。”

第六章

激荡

一九三三年八月一日，国民党中央正式任命盛世才为新疆边防督办。

盛世才随即通电南京，表示同意新疆外交和军事由中央统一管理。

一九三三年九月三十日，新疆第三次代表大会在省会迪化开幕，十月一日由督办盛世才做政治报告。大会历时十一天。

盛世才设置督办公署。亲自选定一灰色砖石小楼作为他的官邸。

一九三三年，红军第一方面军取得第四次“反围剿”胜利。

蒋介石继续推行“攘外必先安内”的反动政策，不断加大对红军清剿的力度。

国民党中央想让盛世才与马仲英共同管理新疆。马仲英不接受国民党中央的调停，他提出要管辖整个南疆地区，被盛世才拒绝。一山不容二虎，他不能接受在新疆还有人与他分庭抗礼。

退守吐鲁番的马军重新集结兵力，计划择日攻占迪化。

离学堂不远，有一个集市。过日子，缺了什么，去集市上买，全可以买到。

尚青头一回去集市，是跟着谷秀一块儿去的。那天不上课，尚青不用早起，太阳好高了还在睡觉。房锁有两把钥匙，给了谷秀一把。平常尚青去上课忙，谷秀会来帮着整理床铺，收拾屋子。屋子里一直很整洁，全靠了谷秀帮忙收拾。

谷秀来找尚青赶集，看到尚青穿着短裤短衣，头发蓬乱，说尚青真能睡，太阳晒到了屁股，还不起来。

尚青说，骑马坐轿，不如黎明睡觉。

谷秀说，没嫁人时，也爱睡懒觉，嫁了人，睡不成了。

尚青说，丈夫不在，你一个人住，睡多久，谁会管你。

谷秀说，丈夫不在，还有婆家人，全盯着呢，懒婆娘招人骂。

听谷秀这么说，尚青心想，看来，凡事都有好和不好，女子大了，都想结婚，可结了婚，又会失去多少自在。

看尚青还没有吃饭，谷秀说，咱们去集上买点菜，我给你做饭吃。

尚青说，不能老让你给我做饭，你得教我做饭。

老爷子说了，先生要教书，没有时间做饭，让我给你做饭。

我是先生，可我也是女人。是女人不能不会做饭。

我可以一直给你做。

等我结了婚，有了丈夫，有了孩子，还能让你给我做？

到了那个时候再学做饭也不晚。

还是早点学会好。

看来，尚青一直随时准备着做一个好妻子、好母亲。

两个年轻女子出现在集市上，引来许多人看，主要是看尚青。不是尚青比谷秀好看，是尚青面孔新，穿着也不一样，全身布衣，没有一片绿，没有一朵红，上白下灰，素朴得与四周所有女子形成鲜明不同，一看就不是布拉可人。

发现别人盯着尚青看，旁边的谷秀，就对别人说，这是新来的先生。一说新来的先生，大家对上了人。这些天，老听说来了城里的先生，还听到先生的读书声。知道是个女的，可没有想到会这么年轻，这么好看。

别人看尚青，尚青看各种货物。尚青说，没想到东西这么多，想要什么都有，比城里的市场一点儿也不差。看到有西红柿、黄瓜、皮芽子（洋葱）和土豆，尚青拿出纸币要买。卖者知道了尚青是先生，就不要钱。尚青不干，说不要钱，就不买了。

卖者看谷秀。谷秀是吴老爷儿媳妇。怕回去给吴老爷说了，会被吴老爷骂不懂事，先生来买菜还收钱。谷秀说了让卖者收钱，卖者才一脸难色地收了。

提了一篮子菜，尚青说，咱们回去做汤饭吧。

谷秀说，做汤饭，得有香菜。

一旁小摊上，卖香菜的听见了，抓起了一把，扔到了尚青提的篮子里。尚青又要给钱，卖香菜的说，几根香菜，没法算钱。

往回走，谷秀说，你看，对你多好。

尚青说，不是对我好，是他们对先生好。

谷秀说，说你是贵人，你信了吧。

尚青说，这个贵人，要当好了才行。当不好，就成了坏人，罪人。

谷秀说，我哥的两个孩子，回到家里，老爷子问他们先生好不好，他们都说新来的先生可好了。

回到屋子里，谷秀要动手做汤饭，尚青不让。尚青让谷秀在旁边看着，当她的师傅。谷秀说，做饭这个事，再容易不过了，女人只要想学，没有学不会的。

果然，尚青第一次做饭，就做成了。面片不薄不厚，汤汁不淡不咸，菜丁有红有绿。

谷秀说，读过书的人就是不一样，干什么都干得好。头一回吃自己做的饭，尚青也觉得格外好吃。

杜涛如果这会在跟前，吃了她做的汤饭，不知会怎么来夸她，尚青心想。

想到杜涛，算了一下时间，还有十天才能去探监。嫌时间过得慢，有点等不及。见到吴老爷，问吴老爷，能不能让她半个月去看一次杜涛。

吴老爷摇摇头说，能让你一个月去看一次，已经是我最大的面子了，这已经违反监规了，不是这些年，我给了陈典狱长太多好处，他才不会同意让你去探视的。丫头呀，一个月去看一次，和半个月去看一次，并没有多少差别。你千万不要因为这个事，影响你教书过日子。

尚青说，我只是说说，不行就算了。

老盼这一天，这一天，就摆起架子，故意磨蹭着，不肯早早来到，让你在等待中，越来越想它，越来越重视它。随着会见日的到来，尚青除了上课外，脑子里想的全是要和杜涛见面的事。

第二天要去监狱了，想干干净净与杜涛见面。吃过晚饭后，去了吴家，给谷秀说，我想洗个澡。

这次洗澡，谷秀没站到门外。她一直跟着尚青忙活。她采了院子里开着的玫瑰花，放到了水里。

看着尚青脱光了衣服，谷秀说，真白，真光溜。

尚青躺到了冒热气的水里，看到谷秀还在一旁盯着她看，说盆子这么大，不如你也脱了衣服，咱们一块儿洗。

谷秀说，这多不好意思。

尚青说，这有什么，在学堂，我们洗澡，都是一群女生一块儿洗，还要互相搓背。

大约听到女学生都是这样，不想让尚青觉得她土气，谷秀就说，我也好几天没洗澡了，真的想洗了。边说着，边褪去了衣衫与长裤，迈开腿，跨进了水盆里，和尚青躺到了一起。

尚青说，你更白，更光溜。

在热水里泡了一阵，觉得身子骨泡软了，泡酥了，尚青说，来，帮我搓搓背。

搓背时，谷秀动作轻柔。

尚青说，使点劲，要不，灰搓不下来。

谷秀说，我怕用劲大了，把皮搓破了，你会疼。

尚青说，我可没有那么娇嫩。

尚青也给谷秀搓了背。

谷秀说，头一次让别人给我搓背。

尚青问，好不好。谷秀说，好。

那以后，咱们就一块儿洗澡，互相搓背。

那可太好了。

不过，你的那个吴长明回来了，怕就不行了。

他才不会管呢。

有一个月了吧，怎么不见他回来，你这样一个人儿，他也真舍得扔下这么久不管？

他不回来才好，我一个人更清静。

说假话了吧？

真的，这一个月，老跟你在一起，真是少想他了许多。

这是两回事，女人的好，替代不了男人的好。

在谷秀家，看到一只花猫，尚青抱起来，放在怀里。花猫顺着她，不乱动。抱了一会，花猫舔她的手。

尚青说，这只猫，真懂事。

谷秀说，你要喜欢，让它跟你走。

尚青说，你真舍得？

谷秀说，跟别人走，我不舍得，跟你走，我巴不得。

尚青说，你要真舍得，我就抱走了。

两个女人都知道，这只花猫，不是只小猫，是只大猫，早有了自己熟悉的人和家，不是你喜欢它，它就会喜欢你。它认识人，还认识家，它只会待在它想待的地方，而不是人想让它待的地方。可尚青想让它陪着她，抱它回家的路上，一直跟它说话。

到了屋子里后，把它放到了床上，对它说，花花，别走了好吗，跟着我吧，我会好好待你。

花猫看了看她，好像要看看这个人值不值得让它信任。看了一会，不看了，走到床尾处，卧了下来，好像对她说，给你个面子，先答应你。不过，你要对我真好才行，要不，我会随时离开。

花猫和尚青一块儿过了几天，没有离开。谷秀过来看到花猫卧在尚青床上，一副悠然自得的样子，对尚青说，看来连花猫都能分得出哪个女人好，我养了它那么久，你一哄，它就变了心。

尚青说，是你调教得好，懂事，它想，这个女人多可怜，我还是陪陪她吧，让她能开心一点。

第二天尚青一个人去了石城子监狱。走进监狱大门，先去了典狱长办公室。

他见只有她一个人，吴老爷没有跟着来，表情有点冷淡。身子靠在椅子上，一条腿搭在桌面上说，你这啥手续都没有，说来看就来看，真是让我为难呀，可吴老爷的面子我也不能不给。你说，我该怎么办呀？典狱长这么说时，一张脸似乎更黑了。

尚青赶紧从包里拿出了一个牛皮纸的信封，放到了他的面前。

尚青说，我知道长官为了这个事，费了不少心，想感谢长官，也不知长官喜欢抽什么烟，喝什么酒，只能麻烦长官自己看着去买了。小女子才刚刚自食其力，一点心意，长官可千万不要嫌少呀。

典狱长拿起信封，说这怎么能行，让吴老爷知道了，多不好啊。

尚青说，长官放心，小女子无什么才能，这点事还懂。这个事，不会有人知道的。

大约信封拿在手里，掂出了分量，典狱长脸上有了笑容。

别说是典狱长了，就是小狱警，尚青都想到了。一进到探视室里，就把两包烟塞到了狱警手里。狱警马上说，你们的见面时间，可以延长十分钟。

见到了杜涛，还是隔着两道栏杆，只能眼睛看着眼睛说话，别的什么事也干不了。就算是没有栏杆，有狱警在旁边，又能干得了什么呢。可那到底还是不一样，就算是只能相互看一眼，对于相爱的一对人来说，也是一种天大的幸福呀。

这一次出现在尚青面前的杜涛，头发不再蓬乱了，脸上的青肿也没有了，和一个月前见到的样子，明显不一样。看来典狱长还是说到做到了，没有让杜涛再受什么折磨。不能让杜涛马上恢复自由，但能让杜涛少受些苦，对她也是一种莫大的安慰。只是杜涛见到尚青，高兴是高兴，却没法太高兴。想听到的消息，没有听到，还要继续待在牢房里，这不能不让他失望。关进了牢房，没有了自由。自由有多重要，拥有的时候不觉得，失去了才知道它有多么珍贵。

有一首诗这样写道，“生命诚可贵，爱情价更高，若为自由故，两者皆可抛”（为匈牙利诗人裴多菲一八四七年创作，一九二九年由左联作家殷夫翻译，鲁迅先生引用后而广泛传播）。当时，他读过后，还认为这诗说得有些不对。生命没有了，爱情没有了，自由还有什么用。进了监狱，失去了自由，才理解了这首诗的意义。没有了自由，关在黑暗的牢房里，如同被活埋，和躺在棺材里有什么区别。没有了自由，想见爱人见不上，就是见了，也是像眼前的情况一样，被铁栏杆隔开，连拉一下手都不可能。爱情成了一个空洞的词语，带来的只能是痛苦。这种感觉，只有坐牢的人，才能体会得到。所以一听关于他出狱的事，还是没有结果，立刻就变得情绪沮丧，一脸灰暗。

本来想说说对他的思念，也想听他说说对自己的渴望。可一看杜涛的样子，那些话就说不出口了，只能说她找了程丰，让程丰帮忙。

尚青以为说到程丰，杜涛会生气，意外的是，杜涛反而夸尚青做得对，说程丰的爹是个大官，他要肯帮忙，一定能成。看杜涛也接受了让程丰帮忙的事，尚青赶紧说，程丰说咱们都是好同学，这个忙他帮定了。

一听这个话，杜涛的情绪好了一点。

杜涛说，听说盛督办下面有一个办公室，专门负责接待民众的上访，你可以让程丰带你去，把我的情况说说。

尚青答应了马上给程丰写信，让他先去这个部门问问情况。接着，才告诉杜涛，她当了教师，就在布拉可，离石城子监狱很近，来看杜涛很方便。还说，一个月有三十块大洋，生活不用发愁，需要什么，可以给他买。

杜涛想了想说，生活上的苦，都能忍受。受不了的，是精神上的折磨。

他让尚青不要给他买什么，买了也没有用，拿到监狱里，一下子就会被抢光，根本落不到他手上，还是把钱用在救他出去的事上。杜涛还告诉尚青，这个监狱里，隔几天，就会有一个人拖出去被枪毙，真不知哪一天，这种倒霉事，就会落在他的头上。

尚青从会见室出来，遇到几个狱警正押着一个犯人往院子的角落走。那里紧贴山壁，一道石墙后边就是深谷。走到了石墙跟前，一个狱警拔出了手枪，朝着犯人的后脑勺就扣动了扳机。枪声把尚青吓了一跳，顺着枪声看过去，看到几个狱警把打死的犯人抬了起来，扔过了石墙。山谷间鹰鹫盘旋，野狼成群，倒是省得挖坑去埋了。

这一幕震惊了尚青，也让她明白了杜涛为什么要急切地盼望走出监狱。

离开石城子监狱，回到学堂，尚青马上给程丰写信。让程丰千万抓紧时间，想办法找到关系，若需要花钱，不要疼惜，需要多少，只管开口，她来解决。还告诉程丰，要是不抓紧时间，杜涛在监狱里，说不定哪一天，就会把命丢了。她还给程丰说，听说盛督办下面有一个办公室，负责解决民众上访提出的要求，你去打听一下，杜涛的这个问题该如何解决。

每过几天，都会有邮差从县上来到村子里。

村公所设在学堂里。只要邮差出现，尚青都会看到。她把写好的信给了邮差，看着他骑自行车离开村庄，心里松快了一点。没准程丰收到信，去找有关部门，真的一下子就把问题解决了。让她很快就可以迎接杜涛走出石城子监狱，过上他们想过的好日子。

谷秀来了，说要和尚青商量一件事。

尚青说，咱们的关系，有什么事，还需要商量？直接说就行了。

谷秀说，长明回来了。

尚青说，你丈夫回来了，和我有什么关系？

长明说，要去刀条岭玩，让我请你一块儿去。

为什么？

不为什么，就是那里的风景好，到那里去散散心。

你们小两口去玩，我跟着不合适吧？

你是不是觉得我们家长明是个当兵的，有些瞧不上？

百姓的日子要过得好，离不开当兵的。你们家长明光荣又威风，我怎么会看不上。

那你就一定要去，你要是不去，长明会觉得你看不起他。

不至于吧，我对他什么态度，影响不了他什么。

可会影响我，就算看我的面子，你也要去，你要是不去，我就生气了。

你可不能生气，你要生气了，洗澡就没有人给我搓背了，你要是真想让我去，我当然要去。

刀条岭是一座山，山峰尖峭，如一把长刀展开，因此得名。顺着山势，不同海拔处，生长出不同样子的树与草。随季节变化，伸展的枝叶，开出的花朵，颜色形状，多姿多彩，好看得很。一条小溪从山顶一直流下来，到了山底处，汇成一个湖。湖不大，水中有鱼，空中有鸟，岸边有野兔跑跳。因湖水深，看起来如同染了墨一样，又称为黑湖。尤其到了太阳如火的暑天，来这里休息乘凉，就成了布拉可人会经常安排的活动。

去往刀条岭，尚青和谷秀坐在马车上。没有马车夫，吴长明赶着马车，只是他没有坐在辕杆上，而是骑在另一匹马上。这匹马是战马，是他在军队里使用的坐骑。他还是穿着军装，腰间仍然挎着手枪。看上去，他似乎并不是去游玩，而是要去上战场。尚青问他为什么不肯卸下盔甲。他说现在还不是太平盛世，要玩得开心，首先得有安全感。

吴长明问尚青会不会骑马，尚青说她会骑自行车，从来没有骑过马。

吴长明说，自行车在城里骑很方便，在布拉可就不行了，许多地方都没有路，只有骑马才能到。

尚青问谷秀会不会骑马？

谷秀说，布拉可的人都会骑马。

尚青说，那我也要学会骑马。

吴长明说，骑马一点儿也不难，只要把腿夹紧了，保持好重心，就行了。说着，吴长明从马上跳了下来，让马车停在路边。对尚青说，现在就学着骑，到了刀条岭，你就会了。

马身上有马鞍子，有马镫子。踏着马镫子，就可以翻身骑到马鞍上。马镫子有点高，尚青的脚抬不了那么高。吴长明让马站到马车旁边，利用马车的高度，尚青轻松地骑到了马背上。一骑上去，尚青有些紧张，两只手紧紧地抓着鞍桥，生怕从马上摔下来。再往前走，吴长明坐到了马车上，尚青骑到了战马上。起先，马缰绳还是抓在了吴长明的手上，走了一段路，尚青不那么紧张了，接过马缰绳，抓在自己手上。整个人也随之直起了身子。

吴长明夸尚青学得快，现在已经很像个骑手了。

坐在马车上的谷秀却一个劲儿对尚青说要小心些，还对吴长明说，你要是把尚青老师摔了，看爹怎么收拾你。

吴长明说，我知道尚青老师有多金贵，可尚青老师要在布拉可过日子，不学会骑马怎么能行。

说尚青已经学会了骑马，似乎还有点早。只能说这会儿她骑在了马上，知道了骑马是怎么回事。要说真正会骑马，那就不但能骑着马让马走起来，还能让马飞跑起来，能跨沟越崖，能急转闪躲。要达到这样的骑马本事，非要经过刻苦地训练才行。许多人骑了一辈子马，也掌握不了这个技术。不过，这时骑在马上的尚青可没有想那么多，她只是觉得骑在马上和坐车走路感觉完全不一样，好像自己一下子高大起来，看什么都比原来小了一些。

尚青问谷秀，我以后可以经常骑马吗？

谷秀说，马厩里有的是马，只要你想骑，不怕磨屁股，想什么时候骑，就可以什么时候骑。

到了黑湖，尚青还不肯下马，说还没有骑够，还要骑。湖边草多，又密，像铺了一层软毯。吴长明让尚青胆子大一点，让马跑起来。尚青不知怎么让马跑起来，吴长明说，轻轻踢一下马肚子，马就会跑起来。

尚青用脚后跟，踢了一下马肚子，马真的就跑了起来。有两次差一点把她颠下来，幸亏她放低了重心，两条腿使了劲，紧紧地夹住了马肚子，才没有摔下来。现在，她不但知道了如何让马跑起来，还知道了如何让马慢下来，停下来。马缰绳上的铁环拴在马鼻子上。只要马缰绳在手，马儿就会变得很听话。

尚青骑马这会儿，谷秀和吴长明在树底下铺开了毛毯，摆上了吃的喝的。尚青听到了喊声，才从马背上跳了下来。边朝两个人走去，边对他们大声说，我会骑马了，真的是太高兴了。

谷秀说，别太高兴，明天你就会吃到苦头了。

尚青问，什么苦头？

谷秀说，我不说，到时候你就知道了。

吴长明说，以前没有汽车，到哪去都是骑马，不会骑马，可以说是寸步难行，现在有了汽车，可在乡村荒野，要出门，还是得骑马。坐到谷秀身边，尚青主动端起了酒杯，说为我学会了骑马干杯。她抓过一个鸡腿，啃了起来，啃完了，又举起了酒杯，说谢谢吴中尉教会了我骑马。

谷秀挑了一块清水煮的羊肉给她吃，她吃过后，说这羊肉真香，一点膻味都没有。

吃饱了喝足了。尚青说，骑马骑得有点累了，想歇一会。

听尚青说歇一会，谷秀赶紧铺好毯子，让尚青躺下来。还拿了件自己的衣服，盖在了她的身上。

不凉也不热的风轻轻吹来，干净鲜湿的空气沁人心脾。说不上是美景醉人，还是美酒醉人，反正尚青侧卧在毛毯上，在暖意融融的阳光里很快就睡着了。

睡了不知多大一会儿，睁开了眼睛，看到了毛毯上没有人。刚才喝酒时，两个人全坐在旁边，怎么一下子不见了。尚青有些奇怪，眼睛离开毛毯，朝别处望了望。这一望，望到了他们。

两个人离她并不远，就在一片草浪里。他们不是坐着，也不是躺着，而是站着。不是并排站着，也不是相对站着，而是吴长明站在谷秀后边，一个紧贴着，一个紧靠着。一句话，是吴长明从后边抱着谷秀站在草浪里。

如果只是这样站着，尚青看上一眼就不会再看了。问题是接下来，尚青看到了没有想到的一幕，双手本来是在谷秀上身衣服里缓缓游动的吴长明，一下子变得野蛮了起来。他竟然与谷秀在阳光与风里，做起了夫妻只会在屋子里黑夜里做的事情。

对男女之事，不但已懂得，还经历过。可这么清楚地看到别人做这个事，还是第一次。人家小夫妻在野外这个样子并没有什么错，自己无意中看到了，也并没有什么错，但看到了以后，不肯闭上眼睛，还紧紧盯着看，就有点不对了。她是个新女性，这种事对她来说，已没有什么神秘，更不会十分好奇。所以，她这么盯着看实在没有道理，也有点不够道德。

尚青与谷秀，亲如姐妹。一块儿洗了澡，看了谷秀的身体，再有机会看到这身体，在和男人亲热时如何表现，当然会不肯错过。不过，这个时候，要是以为尚青只是因为和谷秀好，想知道谷秀和丈夫亲热的样子，让她对谷秀有更多了解，那就是个错误了。

真正的原因是什么，只有尚青知道。只是要她说明白这个原因，也有点不容易。因为事情过后，连尚青自己都不知道这一切是怎么会发生的。

曾多次回想到这个瞬间，总是越想越觉得不是真的。明明是发生在吴长明和谷秀之间的事，却让她的身体似乎也受到了强烈的撞击。并且是几乎和谷秀同时喊出了声。只是谷秀的声音落入了风中，而她的喊声却被自己的手掌捂在了嘴里。

看着谷秀和吴长明整理好衣服走过来，她瘫软无力地再次闭上了眼睛。

谷秀看到尚青的样子，以为她还没有睡醒。谷秀说，你咋这么野，要是青姐醒了，还不把人羞死。

吴长明说，她喝了那么多酒，一时半会儿醒不了，你看，她睡得多沉。

尚青双腿弯曲，手臂搭在额头上。蜷起的身体里，潮水仍然还在汹涌。她想起了杜涛，似乎在和杜涛屈指可数的亲热中，没有一次让她这样感觉强烈过。她想知道是怎么回事，可她的知识，包括经历，还有读过的书籍，都不可能给她答案。

第二天早上，尚青醒过来。不是睡够了，不想再睡，才睁开眼睛，而是疼痛把她给弄醒。似乎全身每一个关节都在疼，但最疼的地方，还是屁股上，准确说，在两条大腿的内侧。

昨天从刀条岭回来的路上，尚青还要骑马。刚学会骑马，和刚学会骑自行车一样，老想骑。谷秀劝尚青一次不要骑得太猛，日子长着呢，想骑马，以后机会多得很。尚青不听，说要巩固一下骑马的技术。非要吴长明坐到车上，她骑到马背上。想到屁股可能会疼，但没有想到会疼得这么厉害。用手摸了一下，发现不但磨得肿了起来，有些地方还把皮磨破了。尚青摸到了血。

尚青正躺在床上痛苦着，谷秀推开门走了进来，她有过这方面经验，知道这会儿尚青遇到了什么麻烦，更知道该如何解决尚青的麻烦。尚青见到谷秀，似乎疼得更厉害了，疼得哼出声音。

谷秀走过来，说，行了，别娇气了，我昨天就说了，你不听，活该。

说着，把尚青的被子大力一掀，惊得尚青“嗷”地叫了一声。

原来尚青睡觉时，喜欢脱得一丝不挂，觉得这样睡，才可以完全放松，睡得舒服。

你胆子真大，敢光着身子睡。

你敢说，你昨天晚上没有光着身子睡。

好了，别胡说了，还是来抹药吧。

抹什么药？

云南白药，我抹过，一抹就会好。

行，把药放下，我自己抹。

自己抹，抹不好，我来帮你抹。

尚青想了想，把两条腿分开，说，行，你来抹吧。

不是说，谷秀是个女人，就让她帮着抹药了。也就是谷秀，换任何一个女人，尚青都不可能会愿意的。

谷秀给她抹药时，尚青闭上了眼睛。过了一会儿，想起了什么，问谷秀，你这么早跑来，你家男人愿意吗？

他一大早回县城了。昨天玩得高兴吗？

从来没有这么高兴过。

等他下次回来，我们再去玩。

抹完药，又让尚青翻过身，脸朝下趴在了床上。再拿了毛巾，用暖瓶里的热水烫了后，敷在了尚青屁股蛋子上的青肿处。

谷秀又问，还有什么地方不舒服？

全身筋骨酸疼。

我给你揉一揉，捏一捏。

从尚青的脚腕处开始，一个个关节依次揉捏上去，从膝盖胯部腰椎到肩膀胳膊脖子，一处都不肯放过。

谷秀手指用力不大，可每一下，都让尚青身体里的酸疼减弱。

当最后一丝酸疼在谷秀的揉捏中消失以后，尚青坐了起来，看着谷秀说，你是不是学过中医呀，怎么会揉捏得这么好。

谷秀说，没出嫁前，父母经常腰酸腿疼了，就让我给捏一捏，可能时间长了，就学会了一点。

尚青扯过谷秀让她坐在床边，你也累了，坐下歇歇。

谷秀坐了下来，两个人的脸离得极近，彼此能感觉到对方呼出的气息，那气息像绸缎滑过彼此的肌肤，她们体内有什么东西在蠢蠢欲动，让她们有些莫名的兴奋。

谷秀说，你真的是太招人喜欢了，看到你，我真恨不得变成一个男人。

尚青一脸认真，你要是个男人，我谁也不嫁，就嫁给你。

明知这是玩笑话，两个人还是说得一本正经。

莫非这世上真有一种情感和性别无关，不然的话，尚青和谷秀的关系就真的不好解释，让人难以置信。

尚青正青春。除日常工作生活外，还该有另外的乐趣，在她想得到时，可方便获得才对，但实际情况却正相反。心仪的男子近在咫尺，立于窗前可见监狱石墙，却无法相聚。这种折磨，如同刑罚，让尚青在承受中如何不会疼痛？于是，救杜涛出狱，也是救自己脱离苦海，她怎能不全力以赴呢。

第七章

天寒

一九三四年四月，盛世才接见著名探险家斯文·赫定，并赠予自己身穿军装的照片。

一九三四年五月十六日，斯文·赫定划船进入罗布泊，确认其为塔里木河的终端咸水湖。正是他于一九〇〇年三月，在塔克拉冯干沙漠中发现了已失踪千年的楼兰古城，并由此闻名世界。

一九三四年，红军第五次“反围剿”失败，开始举世闻名的万里长征。

盛世才上任后，立即成立了督办公署侦探队和他的卫队。所有队员他都会认真考察。队长皆由他的心腹亲信担任。

盛世才开始研究苏联政治经济管理办法。并谋划他自己的治疆方略。

盛世才早年读过马克思的书，也参加过“五四”学生运动。可他不打算受某个主义局限。作为“新疆王”，他需要的是政绩和地位的稳固。

盛世才上任初始，就抱定主意，不能让前任杨增新和金树仁的悲剧在自己身上重演。

三天后，谷秀带着尚青走进吴家的马厩。这里至少有七匹马可以让尚青挑选。尚青选了一匹看起来强健而又温顺的枣红马。谷秀夸尚青有眼力，说她也喜欢这匹马，要骑马出去就会选它。

尚青说，你喜欢的，当然我也会很喜欢。

尚青不想一个人骑马四处走，非要谷秀也骑上一匹马，两个人一块儿骑着马走在起伏的土坡间看风景。谷秀也愿意和尚青一起骑马玩。于是连着好多天的下午，学生放了学以后，尚青就和谷秀骑着马出现在了布拉可的大路小路上。

谷秀说得很对，那一次以后再骑马，不管怎么骑，屁股都不会磨得破了皮，连酸疼都感觉不到了。不过，两人一起骑马四处行走的场景，并没有保持多久，顶多也就是两个多月后，村民们看到尚青骑马出现时，身边没有了谷秀，觉得奇怪。想着两个人是不是因为什么事，关系不好了。女人心眼小，好着好着，就会因为什么事，谁都不理谁了。

这么想，不是没有道理，不过，要这样来想尚青和谷秀的关系，那就是个错误了。其实其中的原因实在是再简单不过了，因为谷秀怀上了孩子，不能再骑在马上晃来颠去。

谷秀告诉尚青，她怀上孩子了，不能再和她一块儿骑马了。尚青用不太相信的目光看着谷秀，准确说，是看着谷秀的肚子。似乎在问，怀了孩子，肚子是鼓起来的，你的肚子为什么没有鼓起来呢。看出了尚青目光里的意思，谷秀说，要过些日子才能看得出来，现在是看不出来的。

当天夜里，尚青躺到床上，用手抚摸着自己的腹部。好像谷秀怀孕了，她的肚子也要有什么反应才对。谷秀比自己还小两岁，很快就会当妈妈了，可自己连妻子都还没有当上，别说妈妈了。

不过，想当妈妈这个事，虽然让她这一会儿睡不着，可却不会成为困扰她的问题。因为对她来说，只要能让杜涛恢复人身自由，回到她的身边，她不用发愁自己当不上妈妈。

没有谷秀陪着，尚青一个人也会骑着马四处走走。一个人走，没人陪着说话，是要冷清些。可旁边没人说话，倒利于一个人想心事。眼看一个月过去，又要去见杜涛。不知为什么，期待中，又有点怕见他。因为杜涛盼着她去，不光是想看到她，更是盼着她能带来好消息。她去看杜涛，是想给杜涛带去安慰，带去希望，可她带不去好消息，只能让杜涛更绝望。这样的探视结果，怎么能让她不惆怅？

每过几天都会有骑着自行车从学堂门前经过的邮差，每次经过都让她想到程丰。想着程丰收到她的信后，会去怎么做。那天虽然程丰对自己有些冒犯，可这种冒犯也恰好证明了程丰对她的在意。这种在意是会让他努力为她做事情的。

同样想一件事，骑在马上想和待在屋子里想，有很大的不一样。在屋子里有四面墙挡着，看不远，也就想不远。骑在马上，人高了许多不说，往任何方向看，都可以看到没有边际的远方，不管想什么事，都能让思绪飞扬起来。

上完课，或者说到了休息日，有了空闲时间。尚青就会去吴家的马厩，牵出那匹枣红马。用不着给谁说，吴家的人，上上下下都认识她，知道她在吴家地位特殊。她到吴家来，就像进自己家一样，做什么事都不会有人过问。

四处走，没人管。骑在马上，只顾想心事，让马自己走。走到了山口处，往前看，不见了麦田和房屋，只有峰峦起伏重叠。有点好奇，想再走走，看看前边有什么，没注意到从旁边大树后面，闪出两个年轻男子，身上背着枪，对她说，先生，你不能往前走了。

原来这两个年轻男子，是村里的农民。村子里有一支农民自卫队，也是吴老爷组织起来的。平常没事，各忙自家事，一旦有突发情况，村庄的安全受到威胁，就会集合起来，拿起刀枪，保卫家园。

年轻男子告诉尚青，他小名叫大狗子，大名叫陈天全。说吴老爷给他们说过，不但要保护好丰收的果实，还要保护好学堂先生的安全。所以看到尚青骑马到了山口外，他们就拦住了尚青，告诉尚青不能再往前走，再往前走，会有可能遇到土匪和野兽。

麦子已经熟透，各家各户都在收麦子。麦田里，男人们挥动着镰刀，女人们把割下来的麦子捆成捆。到了黄昏时，土路上全都是大大小小的车子，拉着新麦往晒场走，吹过来的风中，弥漫着麦子的香味。

布拉可村的人主要都是汉人，但和尚青生长的那条街巷的汉人不同，他们不是跟随左宗棠大军进疆的，而是在两千年以前的西汉，他们的祖先就作为屯垦戍边的士兵来到了西域，从此就和当地的胡人一起成为了西域人。

到了吴老爷这一辈，老家在内地的哪个省份已经没人知道，也没有人会对这个事再感兴趣。只要是中国人，生活在中国的土地上，具体在什么地方，确实没有那么重要。布拉可已经成为他们的故乡。肥沃的土地，充沛的雨水，带来的丰衣足食，对他们来说已经别无所求。只要头顶着一片蓝天，脚踩着一片沃土，无论乡关何处，都会一样幸福安逸，何必在意曾从何方来。

人类历史，本就是一部迁徙史，从森林里走出来，走向河流，走向平原，走向农业种植和工业生产，才让世界有了今天的样子。曾经叫西域的新疆，有过许多类似部落的小国。

西汉的一个男人，名字叫张骞，在公元前一百三十八年，从长安出发，走过了嘉峪关，打通了连接西域的通道，后来设立西域都护府，在天山南北屯田戍边，从此把中国的版图扩展到了天山一带，也让华夏民族有了更大更多的栖息地。其中不少汉人进入到西域后，在共同的劳动生活中融合到当地的族群中。新疆哈密吐鲁番一带的许多维吾尔人长相上与汉人相似，就是这种混血的证明。不过，布拉可村的村民，虽然在天山北坡生存了千年之久，却仍然保持着纯正的汉人血统。当然，这样的村庄在新疆还有许多个。

尚青读的书比吴老爷多，可知道的事情，并不比吴老爷多。吴老爷虽是个农人，却因年少时读过私塾，年轻时去阿尔泰山淘过黄金、去喀什噶尔卖过茶叶、去俄罗斯贩运过皮毛，去波斯罗马卖过丝绸，还去兰州西安进过瓷器。闯荡多年又回到布拉可村，见识与胆识胜于别的村民。知道了吴老爷的人生经历，也就明白了吴老爷为什么会成为布拉可的富人和乡绅，为什么会对乡村办学这个事那么用心和舍得投入。

像吴老爷这样的长者并不容易遇到。尚青在怎么也想不出解救杜涛的好办法时，当然也会向吴老爷请教。

吴老爷说，人活着，谁也不知会遇到什么。可没有人会一直倒霉。

尚青说，你是说杜涛肯定能从监狱里被放出来？

吴老爷说，相信老天，它会把什么都安排好的。你是个心肠好的丫头，你教孩子们读书认字，是积大德，老天会帮你的。

尚青不信什么鬼神，但信因果报应。听了吴老爷的话，她的心，多少踏实了一点。

收到了程丰的信。拿出剪子去剪开信封时，心怦怦地跳。她不得不在剪开信封后，先放在胸口处贴了一会，才去慢慢地抽出里边的信。信倒是写得很长，只是尚青想听到的话一句也没有。

信里边三分之二的话，还是劝尚青回到迪化市，并保证给尚青找到一份称心如意的工作。三分之一的话倒是说到了杜涛的事。说他按尚青说的，去了盛督办接待民众来访的办公室，与负责人谈了杜涛的事，负责人说要是别的事，他们或许还可以帮上忙，但关系到反对盛督办的事，谁都不敢不小心，弄不好，不但会丢掉官职，还有可能会丢掉脑袋。程丰劝尚青不要在一棵树上吊死，不要去做没有可能做成的事。每个人都有自己的命，杜涛的命只能是看他的造化了，谁也没办法去帮他改变。最后他还在信上说，他们教育部门每年都会去各地巡视教育情况，很难说什么时候，他就会来到布拉可村的学堂看她。

这样一封信让尚青看了以后，除了把它撕成碎片撒出去，不可能再有什么别的选择。看来想救杜涛出狱，程丰是再也指望不上。

程丰的信，让尚青情绪不好。去见杜涛，想着高兴些，却装不出来。

一进探视室，没等尚青说话，杜涛先开了口，问得很直接，是不是不行了？程丰那小子，是不是不帮忙？

不是不帮忙，他帮了，实在帮不成。

我问你，你说，他是真帮不成，还是真不想帮？

我看他是帮不成。

谁告的密，你问出来了吗？

没有。

那天一块儿吃饭的同学，有八九个，你说，谁会是告密者？

我觉得谁都不会。

我觉得只有一个人会。

谁？

除了程丰，还会是谁？

程丰有些傲气，可没有那么坏。

别忘了，人心隔肚皮，他想和你好，没有好成，看我和你好了，他能不生气？妒忌心发作起来，可是什么事情都干得出来的。

程丰可是咱们的好同学好朋友，你可不要乱猜疑。

行，我不猜疑，那总不能让我一直关在监狱里吧？

我不是一直在想办法吗？

你一个黄毛丫头，要什么没什么，能想出什么办法？

那你说怎么办？

你要去找有权势的人，去找有本事的人，让他们出面才行。

我又不认识他们，怎么去找他们。

你这样的姑娘，去找谁，别人都不会不给你好脸子。

人家凭啥会给我好脸子？

你真的不知道吗，只要是个男人，见了你，没有不想多看两眼的。

你这话是什么意思？

你知道，我没有了亲人，只有你了，除了你，没有人再管我了。

要不是因为这个，我会跑到布拉可来当老师吗？

不能光想着当老师这个事，你得把我救出去。使用什么手段，并不重要，重要的是结果，我要自由，自由，自由……

杜涛这句话不是说出来的，是喊出来的，像一头关在铁笼里的狮子发出的咆哮。

杜涛的话，有那么几句，让尚青听着有些不舒服。可再想想，一个人没有了自由，又可能会随时被枪决，还要让他保持理性怎么可能。

杜涛没有疯，没有精神失常，已经不错了，怎么还能要求他言语得体呢。

所以，这会儿，不管杜涛说什么，她都理解，不会生气。

不过，杜涛说程丰的话，当时觉得不对，回到屋子里，静下来，想了想，似乎也不是全错。任何人做一件事，都会有动机。损人不利己的事，一般不会做。都是青年学生，关系相对单纯。要说谁会恨杜涛，认真想起来，只有程丰才会。再想想那天在红茶坊，要不是自己拿出了剪子，程丰肯定不会停下正在干的事。那种行为，可以理解为爱，也可以理解为趁虚而入，借机满足私欲。不过，就凭这些事，就断定是程丰告的密，尚青还是难以接受。凭着直觉，似乎程丰还没有卑鄙到那个程度。

既然救杜涛出狱这个事指望不上程丰，那就只能另想办法。

见到陈典狱长时，问他，杜涛这样的，用什么法子可以放他出来。花点钱行不行？

陈典狱长说，有些罪，花点钱是可以放人的，可他这个罪，不是花点钱就可以放人的。

尚青说，要是多花点钱行不行？

陈典狱长说，你想花多少？

尚青说，一百块银圆行不行？

陈典狱长一听哈哈大笑起来，摆了摆手让尚青快走，说你要是真想办这个事，还是去迪化吧，如果能找到管事的大官，你不用花一块银圆，就可以把杜涛弄出去。

不能说典狱长说得不对。自古草民有了冤，都是找当官的喊冤。正好喊到一个当官的面前，他心肠善良，想当个清官，愿意为民做主，又管得上这个事，还真能给草民把冤伸了。这样的故事，书本里有，戏台子上也有。在现实中，自己没有看到，不等于没有。谁敢说，尚青就不会遇上一个好官？没有去试，怎么会知道，说不定一去试，就真的能让杜涛脱离苦海了。

吴老爷说得对，没有人会一直倒霉。她和杜涛没有做过缺德事，老天不该总是和他们过不去。这么一想，尚青心情豁然一亮，似乎看到好运像只小鸟，已经跳到了眼前的枝头上，她只要一伸手就可以捉住。她高兴起来，抱起花猫亲一口，花猫也回亲她一口。

不再犹豫，立刻开始收拾行装，前往迪化。

已是秋末，晨有冷霜。地里的庄稼已全部收割入仓，树上的叶子也掉得净光。衣服不穿多一点，会冻得打哆嗦。

去给谷秀说回迪化几天办点事。谷秀怕她坐长途客车会被冻着，非给她一个棉披风让她拿上。

幸亏一路上有谷秀给的棉披风，尚青坐在敞篷卡车上，才差一点没有把身子骨冻透。

第八章

云乱

伊犁屯垦使、六十八师师长张培元，镇守边疆多年，认为督办该由他当。遂于一九三三年十二月决定与马仲英联合讨伐盛世才。

被两面夹击，盛世才深感难以招架，不知如何破解当前危局，盛世奇决定求助苏联。

盛世才派外交署长与苏联领事见面，并把苏联领事带进他的住宅，让苏联领事看他摆在书架上的马克思和列宁的书。

苏联一直想在新疆找一个亲苏的领导者，起先打算支持张培元，可张培元素来对苏联人没有好感，说自己家的事，不想让外人参与。

盛世才对苏联领事说只要苏联支持他在新疆主政，他可以答应除了主权以外的各种要求。

盛世才的要求被提到苏共政治局会议上。斯大林做出可进一步与盛世才来往的指示。

盛世才提出“反帝、亲苏、民族平等、和平、建设、清廉”六大政策。

盛世才与苏联签署各种经济军事合作协议。

盛世才完全取得了苏联人的信任和支持。这让他有了彻底击溃马军的实力。

回到家，见了家里人。没说在布拉可当教员，只说在县城教书，每个月有三十块银圆。怕家里人不信，拿出二十块给父母，给了两个哥哥一人五块。看到尚青挣了钱，以为她日子过得不错，全放了心，不再多问。

母亲和她说悄悄话，问她咋一个人回来了，没带一个人？

尚青说，下次带。

母亲说，总是下一次，不知你的下一次，什么时候是个头。

尚青说，我都不急，你急个啥？你又不缺女婿。

母亲瞪了尚青一眼，我看，上学把你上傻了，连好歹都不知道了。

尚青笑了笑，不再多说什么，太多的事都对母亲隐瞒了，生怕哪一句说漏嘴，露了馅。

督办公署大门开着，随便进。里边全是房子，有上百间，要进哪一间，才能找到管这事的人，不知道。那个人是个什么官职，也不知道。这两个不知道，让尚青为了难。想了想，还是先去找了程丰。

不相信程丰会告密，但对程丰没有把事办成，还是有些不满。不满归不满，心里边还是把他当同学朋友。

知道程丰在哪个部门上班，找起来一点儿也不费事。随便问了院子里遇到的两个人，就找到了他。

程丰坐在办公室里看文件，见到尚青出现在眼前，一脸诧异。不过，闪了一下，就换成了喜悦。他边让尚青坐下，边给她泡茶。

问程丰，管杜涛这个事的最大的官是谁？

程丰说，是公安管理处的处长李英奇。

问程丰，可以不可以带我去见这个处长？

程丰说，我只认识他的部下，他这么大的官我也说不上话。

尚青说，这么说你从来没有跟他说过杜涛的事？

程丰说，他手下的人告诉我不要去找他，找了也是白找，我就没有去。

尚青说，没有去找，怎么知道是白找。

程丰问，你真的打算去找他？

尚青说，为什么不？

程丰说，我劝你还是算了，不要去自讨没趣了。

尚青心想，和杜涛受的罪比起来，讨个没趣又算得了什么。

程丰见尚青非要去见公安管理处处长，也知道尚青的性格，不拦了。邀请尚青晚上一块儿吃饭。说上次是尚青请他，这次该他请尚青了。尚青没有一口答应，说看事情办得怎么样，再说吧。

出门时，尚青停下，突然冒出了一句，程丰，你告诉我，杜涛被抓，是不是你告的密？

完全没有想到尚青会问出这么一句话，程丰愣住了。尚青紧盯着程丰的眼睛，好像看到了里边的一丝慌乱。

不过，程丰马上就镇定了下来，说，尚青，你这么问，我可要生气了，我有缺点，可还不是个卑鄙的小人。

尚青笑了笑说，只是随口一问，你不要当真。

走出门后，尚青觉得自己太傻，这种事要是能问得出来，那世界上就没有什么事会弄不清楚了。对了，那个鲁警官怎么忘了，他可是答应要帮她打听这件事的，这么久了，应该打听出来了吧。抽个空，该去问问他才对。

尚青去见公安管理处处长李英奇，没有见到。不是处长架子大，不肯见她，是处长不在办公室，他去参加一个盛世才召开的会了。

李英奇原是东北军一名普通军官，抗日失败后绕道苏联退入新疆，加入了盛世才的省军与马军作战。因和盛世才同是辽宁开原人，又打仗凶狠，得到盛世才赏识重用，成为他统治新疆的得力助手。盛世才在效仿契卡（克格勃前身）成立了公安管理处以后，就让他担任了处长。

处长办公室的工作人员，对她很客气，问她有什么事，可以说出来再转达给处长。

她说，必须亲自给处长说。

工作人员看她不肯说，让她明天十点钟来，说那个时候处长会在办公室。

不知道是不是真的像杜涛说的，她这个样子，都会给她好脸子，还是这些工作人员对谁都是这样的态度，反正没有见到处长李英奇的尚青，走出那座灰色的建筑后，心里是一片亮色。要是早知道会这样，就不求程丰了。自己找上门，没准这个时候已经把事办成了。

出了督办公署大院，又去了那个最初抓了杜涛的警察所。她让鲁警官打听的事，一定有了结果。没有想到去了以后，鲁警官不在，他的同事告诉她，鲁警官去南疆喀什办案，要半个月以后才能回来。

第二天，准时去了督办公署，也准时见到了公安管理处的处长李英奇。

尽管是个处长，但由于这个职位的特殊性，他的权力实际上非常大。许多与他平级甚至高一级的官员，见到他以后，都会对他毕恭毕敬。但他在见到尚青后，却并没有摆出高高在上的架子。他让侍卫给尚青倒了茶以后，又耐心地听完了她的诉求。

她从他的目光里看到了同情，还从他的神情看到了希望。杜涛的案子一点儿也不复杂，随便一个人，只要用脑子想一想，都会发现其中被冤枉的缘由。

李英奇听完了尚青的讲述后，闭上眼睛，皱了一会眉头，才开口说话。

姑娘，这是个特殊时期，盛督办刚执政，敌对势力活动猖獗，目前我们的原则是，宁可抓错一千，绝不放过一个，所以，就算你的男朋友，确实被冤枉，也不得不暂时受一点委屈。

居然还有这样的理由，尚青眼睛大睁。

尚青问，暂且会是多久？

李英奇说，这不好说，可能很快，两年三年，也可能很长，八年十年。

尚青失声叫出来，什么，要这么久呀？

尚青眼冒金星，脑袋像被敲了一棒子。身体开始东倒西歪起来。

李英奇喊人进来，让人送尚青出去，还嘱咐手下人，如果尚青不舒服，可以送她去医院看看。

尚青只在门外站了一会，头就不再眩晕了。她对送她的人说，我没事了，你们去忙吧。

尚青走到督办公署大门外，看到一个妇女头缠白布，身着黑衣，跪在地上，面前铺开了一块白布，上面用黑墨写了一个大大的“冤”字。“冤”字下面，有数行小字，说恶霸打死了她的丈夫，不赔钱，也没有被法办，只是因为恶霸和县长是亲戚。

尚青站在跟前看了一会，拿出了一块大洋放在白布上。同时，她也在想，自己是不是也可以写一个“冤”字，把冤情写到白布上，跪到石狮跟前，让这些政府的官员，包括那个盛督办也能看到？

事情办得不顺利，心情不好，也就不想再和程丰一块儿吃饭。想干的事情干过了，没有干成，再待下去也没有必要了。还是抓紧时间赶回布拉可吧。

再回到布拉可，赶上第一场大雪。远处的山近处的坡，站着的树趴着的草，还有一间间大大小小的房子，全被白雪覆盖。整个布拉可白雪皑皑，一片洁净。

尚青又站到讲台上，带孩子们念起课文来。她的声音还是那么清亮悦耳，她挥动教鞭的样子，看上去一点儿也没有变。

只有吴老爷看出了尚青的不一样，他去问尚青学堂有什么困难时，他看到了飘忽在她眼神中的忧愁。

吴老爷知道尚青这次去迪化办事，一定没有办成，可他一句也没有问是件什么事。对他来说，只要尚青能在这里教书，别的事他都不想再管。

尚青只给谷秀说了她的迪化之行，什么事都没有办成。因为只有谷秀是真的为她着急。看尚青比自己大两岁，身边连个男人都没有，她觉得尚青太受委屈，心疼得她恨不得把自己变成一个男人。

谷秀能给尚青收拾房子，能给她做饭，还可以在洗澡时给她搓背，骑马骑累了给他揉揉捏捏，不管尚青需要什么，她能给的，全都会给。只是在如何救杜涛出狱这个事上，她一点忙也帮不上。

尚青给谷秀说这个事时，压根儿没有想让谷秀帮什么忙。这不能说谷秀对尚青不重要。其实这些日子，如果不是遇到了谷秀这个人，她在布拉可不知会活得有多难。谷秀对她来说，就像是寒冬里的阳光。

回迪化这一趟，没有办成想办的事，也不能说一点收获没有。让她死了心，明白了找一个大官帮忙，不再有一点可能，以后她就可以不再往这个方面多花心思了。

这一条路被堵死了，就得去找另一条路。尚青没有别的选择，对杜涛来说，不自由毋宁死，对她来说，不救杜涛出狱，没法活。

她必须尽快地找到办法，改变眼前的情况。

厚厚的白雪如同棉被，被盖住的布拉可，没有那么冷。轻轻拨开积雪，可以看到入冬前播下的麦子长出的绿苗。

晴天太阳出来后，空气中会荡漾着一股暖意。许多人在这个时候，会走出家门，去做想做的事情。就算是没有事做，也会坐在门口靠着墙，让阳光晒透身子。人和植物一样，多晒太阳才可以长得壮实。

学堂门前的空地上，来了四十多个青年男子，全在十八九岁的年纪。每个人肩头都扛着一杆长枪，其中就有尚青在山口处遇到的陈天全。他们全是村民自卫队的成员。

所以把他们集合起来，是因为吴长明回村休假，可以抽出时间来训练他们的军事技能。吴长明上过杨增新开办的陆军学堂，从士兵到军官，他成了职业军人，他最大的本事就是使用刀枪和指挥作战。

吴老爷重视笔杆子，也重视枪杆子。村里自卫队的大小事情他都要管，他不但负责解决装备自卫队的经费，平常的训练和巡逻也会亲自安排。

到了冬天农闲季节，吴老爷会让儿子吴长明回村来教村民们拼刺刀和射击。训练前他会讲话，给年轻人讲军事训练的重要性，讲布拉可村如何依靠刀箭和枪杆子才没有失去家园，一直生存至今的故事。

训练时，上完课的尚青，也会站在一边看，就像看她的学生们在空地上做游戏一样。不光尚青来看，许多村民都赶过来看。布拉可的日常生活，难免有些单调枯燥。一群小伙子的舞刀弄枪，还是很有吸引力的。

吴老爷讲完了话，尚青搬了一个凳子让他坐下来，还泡了一杯热茶端给他。接着，自己也拿了一个凳子，坐在了他的身边，与他边看训练边说着话。

吴老爷说，没有枪可不行呀，村里的男人，身强力壮的，都会有一把枪。平时过日子，觉得用不上，到了乱的时候，枪就比啥都重要了，要是没有枪，我们这些人，在布拉可，不可能一代代活下来。老祖先那会儿，没有枪，但有刀和弓箭，一样可以保家卫国。几年前，马匪闹得凶恶，把县城都打下来了，死了不少人。一群匪兵来到了布拉可，也想血洗。就在刀条岭，全村上百杆枪，齐溜溜排在了山顶子上，硬是没让他们进村。

新疆这个地方，与内地不太一样。这里是边疆，从古到今，屯垦的农民，一直都有护边维稳的责任。一手拿锄，一手拿枪，对他们来说，属于常态。也就是说，这一阵子，在冬闲进行军事训练的，全疆各地，不知有多少年轻的男子们。

吴老爷问尚青打过枪没有。尚青说没有。

吴老爷说，你应该学会打枪。

尚青说，没想学过，反正打仗也不会轮上我。

吴老爷说，这可不好说，没准什么时候就用上了。你要知道，一乱起来，什么事都可能发生。

训练结束后，吴长明走过来，问吴老爷，这么训练行不行？

吴老爷说，这些熊孩子，对他们还要再严厉些。

吴长明说，他们毕竟不是士兵。

吴老爷说，可打起仗来，他们和士兵没两样，平时多流汗，战时少流血。

吴长明说，爹，我知道了。

吴老爷指着尚青，对吴长明说，先生连枪都没有摸过，你教教她怎么用枪。

吴长明说，只要尚青老师愿意学，我当然愿意教了。

尚青说，从来没有打算过摸枪，不过，刚才听吴老爷这么一说，手就有些痒了。

吴长明说，女人用不着学习用长枪，会使短枪就行了。

说着，吴长明掏出了他的勃朗宁手枪。

学习打枪，不能在村里学。子弹乱飞，弄不好就会伤了人和牲畜。尚青和吴长明各骑了一匹马，朝一条僻静的山谷里走。

吴长明说，正好可以让我看看你骑马的本事。

尚青骑马给吴长明看。她冲下了陡坡，又冲上了一个高坡，还拐了一个急弯。

吴长明给尚青竖起了大拇指。说，没想到你骑得这么好，比谷秀骑得还好，有文化的女人就是不一样。

尚青说，都是女人，有什么不一样的。

吴长明笑了笑，没有再说什么。找到了一棵大树，离大树二十米处，两个人站下了。吴长明掏出了手枪，开始教尚青使用手枪。

第一次摸到手枪尚青有一点紧张，冰凉透过手掌一直渗透到骨子里，让她有点兴奋。可坚硬光滑的枪柄，握在手中，又让她产生了莫名的紧张。

把子弹从枪膛里射出去，一点儿也不难，只要握枪的姿势正确，知道瞄准的要领，手指轻轻一扣，就可以完成了。

吴长明给尚青做了个示范动作，让尚青照着去做，尚青总是做得不太标准，吴长明只好站到了尚青身后，手把手地教尚青如何握枪和扣动扳机。

这并不是个复杂的动作，尚青更不是个笨女人。手把手教了一会，尚青就学会了。吴长明打开了手枪的保险，让尚青朝着前边大树射出她人生的第一枪。

枪响了，子弹飞了出去。但几乎就在同时，尚青发出一声惊呼，整个人被枪的后坐力推了一下，让她连连后退。

子弹打到了树上没有，尚青不知道。可这一退，退到了站在身后的吴长明身上了，这倒是真的。吴长明怕她摔倒，赶紧伸手扶住了她。准确地说是扶住了她的腰。

隔着衣服，尚青感觉到了吴长明手掌的力道和灼热。

尚青想，学习打枪在什么地方不可以，为什么非要跑到这个四下无人的地方？莫非吴长明对她别有用心，要做什么对不起谷秀的事？

脑后没有长眼睛，可她分明看到了吴长明的一只手，正不怀好意地伸向她腰带，要去扒她的裤子。

不，绝不能让这样的事情发生，尚青腾地一下跳了起来，柔韧的身子，极其灵活地在空中转了一个圈，再落到地上时，她不但整个人面对了吴长明，并且还把手枪对准了他。

吴长明被尚青的举动吓坏了，连忙朝着尚青摆手，不停地说，快把枪放下，把枪放下，一定要记住，除了敌人外，任何时候都不能把枪对着人。

尚青说，你就是敌人。

吴长明说，尚老师，你怎么了？你怎么这样说，你怎么脸红得那么厉害，还出了那么多汗？

尚青这才看清楚吴长明举止神情全都处于十分正常的状态中。

尚青有些无地自容了，说不好意思，第一次打枪，我太激动了，有点不知所措。

吴长明说，没事，多打几枪，就好了。子弹多得很，随便打。

尚青重新站好，按照吴长明教给的要领，双手端起手枪，朝着那棵百年老松，连着打出十颗子弹。枪口处青烟缭绕，空气中顿时弥漫起浓重的火药味。吴长明站在一旁为她鼓起掌。

吴长明说，行了，你以后就是会打枪的女人了，老爷子交给我的任务完成了，走，回去吧。

尚青问，这就完了？

吴长明说，完了，你还有别的事吗？

尚青说，是你带我来的，我还能有别的什么事，都听你的。

打枪有一种快感，是干别的事得不到的。回到学堂的小房子里，躺在床上，尚青还在回味。她用手比画出手枪的样子，闭着一只眼睛，朝着墙上一幅画瞄准着。

瞄着瞄着，又感觉到了站在身后的吴长明，这个家伙，幸亏还算理智，没有干出什么。要不然拿着枪的自己，真不知在那个时候会不会朝他扣动扳机。

不过，好像那个时候，他的样子似乎并没有想干什么，是他善于伪装自己，还是他真的就没有动什么坏心思？如果他是善于伪装，那就不说什么了。如果他是真的没有动坏心思，那就有两种可能性，一是他确实是个正人君子，二是自己没有能让他动心。

尚青从来没有把自己当成美艳的女子，可从来在长相上不缺自信，不管是在镜子里看，还是在洗澡时看，尚青都觉着自己挺好看。不然的话，也不可能会让杜涛和程丰都看上了她。

如果吴长明是个正人君子，尚青真的为谷秀高兴。但话又说回来，吴长明如果是一点儿也没有对尚青动心，也让尚青有些失落。

自那次看到了吴长明与谷秀野合后，那一幕不止一次出现在尚青的脑海里。让她不可遏制地想象着自己真的在那一刻成了谷秀。因为永远不可能发生，想象就会越发放肆大胆。

正在这时，听到敲门声，想不出会是谁。谷秀的肚子越来越大，走路都困难了。就算她想来，也不能再来了。不是谷秀会是谁？她摸到了枕头下的剪子，问，谁？

是我，吴长明。

一听是吴长明来了，尚青马上警惕起来。莫非白天没有达到目的，想趁着黑天干点什么。尚青把剪子放到了枕头下面，走过去开了门。

吴长明端了一个大碗，里边是油亮的红烧排骨。

吴长明说，谷秀不方便走路，非要让我给你送一碗，说你喜欢吃。

尚青说，是的，我确实喜欢吃，

吴长明把大碗放到了桌子上，说，你慢慢吃吧。

尚青说，一来就走？坐一会儿吧。

说着，尚青拿了一个板凳放在吴长明的跟前。吴长明坐了下来，看着尚青，不知该说什么。

谷秀是我妹子，你可要对她好。

我没骂过她，也没有打过她。

光这还不够，你一个人在县城里，谷秀不在身边，可不能做什么对不起她的事。

从小家教严，从来不会干不正经的事。

这我信，吴老爷的儿子，应该各方面都优秀。

聊了一会天，吴长明说，不早了，该走了。

尚青想起了什么，对吴长明说，想给你要件东西，不知你给不给。

只要我有的，一定会给。

这东西，你肯定有，没有我就不说了。

你对谷秀那么好，要什么，说就行了，千万不要客气。

我想要你的枪。

吴长明一下子没听明白，问，枪？什么枪？

就是你的那把手枪。

吴长明有点意外，怎么也没有想到尚青给他要的东西是枪。

尚青说，过去没有摸过枪，不知道打枪是什么感觉。摸了枪，打了枪，真的是有点喜欢上枪了，你要是觉得为难，就算了。

吴长明说，这有什么为难的，你会打枪了，又喜欢，当然应该有一把了。再说了，这个年头，一个人住，有把枪在身边，也不是多余的。

说着，吴长明真的把腰间的手枪解了下来，递给尚青。

那个年代，对私人持枪，公法不禁。只要想有，谁都可以有。

尚青有了一把枪，算不了多大的事。可对于才走出校门不久的女学生、一个女老师来说，这个事还是有点不同寻常。

吴长明走了。尚青拿着枪，舍不得放下，举着它四处瞄。瞄到了花猫。花猫有点不愿意了，朝着她喵喵地叫了两声。

尚青说，你又不是人，还害怕枪？

花猫又叫了两声，好像在说，我不是人，可你要把我当成人才行。

当天夜里，尚青玩手枪玩到很晚。睡着了以后，那把黑色冰凉坚硬的手枪还被她抱在怀里。似乎有了枪，胆子就大了。一个人睡在小屋里什么都不用害怕了。什么都不怕了，睡起觉来，就格外踏实。枕着一把枪，可以治失眠。这个发现不知尚青是不是天下第一人。

也是从这一日起，尚青再出门，总是不忘把吴长明给的手枪带在身上。她当然不会把枪挂在腰间而只会连同一本正在阅读的小说一起放进书包。她并没有想用这把手枪干什么。这把手枪对她来说，有点像一个孩子意外地得到了一件自己喜欢的玩具。

第九章

如愿

一九三三年十二月，马仲英在吐鲁番开誓师大会，宣布要消灭盛世才。

张培元闻之，立即自任北疆总司令，率兵马杀出伊犁河谷，直扑迪化。

盛世才下令三千东北军和归化军，在乌苏一带阻击张培元。

苏联红军两个团，换穿中国军人服装，以归化军之名，在伊犁攻占张培元的大本营。

得知老巢被袭击，张培元顿时慌乱，失去方寸，被省军击溃。

张培元于冰天雪地中，带亲信随从逃往南疆。途中，在天山冰大阪上饮弹自尽。时年四十岁。

一九三四年元月二十日，省军开进伊宁，盛世才任命刘斌为伊犁屯垦使兼伊犁警备司令，宫振翰为伊犁区行政长。进入伊犁的苏军自行撤回，而张培元的新编第八师残部被盛世才改编为新疆边防军第七旅。

张培元失败的消息，马仲英并未及时知晓，仍于一九三四年一月十二日，聚集上万兵马，围攻迪化。迪化顿时人心惶惶。一旦破城，谁都知道，会有多惨。城在人在，城失人亡。别无选择，大家只能以命相拼。迪化城九千多士兵及省城市民公务人员和学生一万多人，聚于城墙上进行防守。

盛世才担任守城司令，多次出现在马上就要失守的缺口处，组织反攻。战斗最激烈一日，双方伤亡者，达千人以上。

白日盛世才在城墙上指挥作战，夜间去与苏联领事见面，催促苏联红军出动飞机坦克解围迪化。

不管世界多么纷乱，生活仍然得继续。生与死，不管在什么地方什么时候都是大事。这一年，在布拉可村就发生了两件与生死相关的大事。

一件事是教了一辈子私塾的老先生，那位清朝末年村子里的最后一位秀才，布拉可村识字最多的人，老死在了浮动的麦香中。

老先生教过吴老爷的父亲，又教过吴老爷和他的儿子和孙子。全村人没有一个人说到他时，不会怀着感恩的心情。

老先生家不是村子里最有钱的，也不是家族人口最多的，但他的葬礼却是布拉可村最隆重的。他的棺材被六十个人轮着抬向村后的墓地，布拉可村的每一个人都走在送他去安息的队伍里。

尚青和吴老爷走在一起，她的身上披了一道黑色的长纱。她不是他的学生，可这些日子向他请教过不少读古文遇到的问题。他已经老得没有多少气力了，还是一点也不吝惜地全都用在了孩子身上。

在老先生的葬礼上，尚青感受到了作为一个教书先生在村民中的地位。

第二件事是谷秀生了一个儿子，吴家添了新丁。

作为孩子的干妈，还有学堂的教书先生，吴家人请尚青给孩子起个名字。尚青想了想说，就叫他吴可龙吧。

都说这个名字好。谁不希望自己的孩子长大后可以成为一条龙呢。黄河是一条龙，长江是一条龙，中国就是一条巨龙。每个中国人都是龙的传人，龙的子孙。

满月那天，尚青第一次把吴可龙抱在怀里，让他喊自己妈妈。他眨巴着眼睛，看着尚青，好像真的要有什么话对尚青说。

看着谷秀给吴可龙喂奶，她的胸脯也似乎变得鼓胀起来，充满了一种被吮吸的渴望。

尚青心想，不知什么时候，我也能当上母亲。

老先生的离去，让学堂只剩下了尚青一个人。一个人不是不可以教书，只是要把学生教好，就算是她每天都不休息，从日出工作到日落，她也无法让每门该学的课程，都能教给孩子们。

吴老爷来和她商量这件事，对她说，你不是还有同学吗？你能不能请一个来这里当先生，我可以保证给的报酬会比城里学堂的高。

尚青说，吴老爷，这不是钱的事，我的同学我了解，他们绝不会为了多拿几个钱，跑到布拉可这样的村子里来当教师的。

吴老爷说，那你总得想办法再找一个先生来吧，你一个人是不可能把这个学堂办下去的。

尚青也自言自语着，是啊，我一个人不可能把这个学堂再办下去，是要找一个人，是要找一个人，找谁呢……

突然，尚青像是被雷电击中了一样，目光直直地看着吴老爷，把吴老爷看得有些摸不着头脑。连忙问尚青怎么啦？

尚青问，吴老爷，你真的想再找一个先生来？

这还用问吗？

我有一个同学，只要让他来，他绝对会来。

那还等什么，快让他来呀。

只是他现在有一点麻烦，得把这个麻烦解决了，他才能来。

什么麻烦，你快说。

这是个你可以解决掉的麻烦。

只要是我能解决掉的麻烦，那就不叫麻烦。

只要没有了麻烦，他明天就可以来到学堂上课。

这个人到底是谁呀？

吴老爷，你是个智者，说到这，我想不用我再多说，你就知道了我说的麻烦是什么了吧。

这一说，吴老爷马上就明白了过来。

你是说你的男人杜涛？

他是我同班同学，每次考试成绩都比我高。

让他来学堂当先生？

他毕业时和我一样，什么都不想干，就想当老师。

可他是罪犯。

他是被冤枉的，他从来没有干过坏事，只是说了几句不该说的话。

他不能走出监狱。

他们允许外出劳动，教书也是一种劳动。

这很难。

对别人来说，是很难，可对您来说，并不是没有可能，这是在布拉可，石城子监狱在您的地盘上，陈典狱长与您的关系不同一般。

吴老爷摇摇头，我也是人，不是神。说到底，我只是个农民。

尚青说，如果真的是这样，那我也不好意思了。

吴老爷问，什么意思？

尚青说，您也说了，这个学堂一个人是没办法干下去的，我想我还是离开，去别的地方当老师吧。

吴老爷说，你不能走，你要是一走，这个学堂就会垮掉。

把杜涛弄出来当老师，弄不出来我就走。

你真要走，扔下杜涛不管了？

我在这里，也只不过是一个月能见到他一次，还要隔着铁栏杆，见到他和没有见到他有什么区别？再说了，我们也没有结婚，大不了我和他分手，也用不着在穷乡僻壤受这份苦。

尚青说着，当着吴老爷的面，开始起身收拾行装，脸上显出决绝的表情。

吴老爷说，丫头，你不要着急，给老汉一点时间，让我想想，想想。

谷秀抱着吴可龙来看尚青。尚青只要一见到吴可龙，马上就会把他抱在怀里。这个干妈，可不能白当。除了没有乳汁可以喂给他，该给的母爱一点也没有少。

你给老爷子说，你要走，不会是真要走吧？

你以为我给老爷子开玩笑？

你真的愿意离开我和小可龙？

你都当妈妈了，我总不能一直这样下去吧。

可龙也是你的儿子呀。

我还想有个亲生的儿子。

就算你真的想走，你也走不了。

什么意思？谁还能用绳子把我捆在布拉可？

我是说老爷子是不会让你走的。我看到老爷子拿着两根金条出了门。在布拉可，没有什么事，是老爷子想办而办不成的。

说话时，小可龙抓尚青的衣襟，头往里面拱。

谷秀说，他饿了，想吃奶了。

尚青把可龙往谷秀怀里送。

谷秀不伸手接，却说，你也是他妈，就让他吸两口吧。

瞪了谷秀一眼，尚青说，这种话，你也好意思说。

谷秀笑起来，你不是想知道当母亲的滋味吗？

那我也得有奶水才行呀，尚青说。

谷秀说得果然对，吴老爷在布拉可确实没有办不到的事。

三天后的上午，吴老爷就来对尚青说，咱们一起去把杜涛接出来吧。

没有选择大白天去，而是日落西山后，天已经昏暗到走在路上看不清脸的程度，才去接的杜涛，为的就是不让村里人看到杜涛是从哪里来的。

陈典狱长对尚青和吴老爷说。这个事可不能让别的人知道，要是迪化的长官知道了这个事，那我就彻底完蛋了。

陈典狱长再说什么，尚青已经不听了。因为这个时候，她看到杜涛已离开牢舍，正朝着她走过来。

尚青两步并作一步，迎向杜涛。

自两年多前的那天黄昏，两双抓在一起的手被迫分开以后，过去了整整七百多天，同样的两双手才再次抓到了一起。

他们甚至顾不得吴老爷在跟前，就紧紧地抱在了一起，两张嘴不停在对方的脸上亲吻着。

吴老爷的意思，先到他家里吃一顿饭，大家一块儿庆祝一下。尚青说庆祝的事可以往后放放，他们现在最想做的事情，就是进到学堂的那间小屋子里。

没有大花轿，没有鞭炮响，没有跪拜天地，没有举杯祝福，只有月光从窗口照进来，落在了他们年轻的身体上，见证着他们不同寻常的新婚之夜。

此时尚青二十二岁，杜涛二十三岁。

当他们一丝不挂时，身体的每一个部位都如大理石一样结实光滑。他们每一个汗毛孔绽开时，都散发着四月草木的气息。

尚青说，这是我们的家。

杜涛说，有点像做梦。

尚青说，这个山村小学就是我们的天堂。

杜涛说，我们真的又在一起了。

尚青说，我们还会有自己的孩子。

杜涛说，你是我的日月星辰，没有你，就没有我的今天。

尚青说，我们早就该有这一天。

杜涛说，我们要把每一天都当最后一天过。

这一夜，两个人一直抱在一起不肯把手松开，似乎还在担心，一松手，面前的这个人就会被黑暗重新吞没。

大花猫睡了一觉醒过来，听到尚青和杜涛还在说话，它钻到了两个人的中间，喵喵地叫了几声，似乎在问，天马上就要亮了，你们为什么还不睡觉呀。

太阳升起来以后，尚青让杜涛再躺一会，先起身打开炉灶，给杜涛做好了早饭。看到小桌子上摆出的饭菜，杜涛问你学会做饭了？

尚青说，给谷秀学的，就是想着以后能亲手给你做饭吃。

吃着尚青炒的酸辣土豆丝，杜涛说炒得太好吃了，让他想起了妈妈的味道。

上课的铃声响过以后，尚青带着杜涛走进教室，把杜涛介绍给一群孩子。听到孩子们大声喊着老师好，杜涛的眼睛湿润了。

五十多个学生，按照年纪和学习成绩，分成了两个班。两个人各带一个班，城里学校有的课程，这里一门都不能少。

除了语文算术等主课两个人都要上以外，副课也做了分工。尚青负责给孩子们上图画课和音乐课，杜涛给孩子们上体育课。

杜涛会打篮球。吴老爷让木匠做了篮球架子，又让人去买了五个篮球。布拉可村第一次有了篮球场。

杜涛先是带着小学生们打篮球，后来又把村里的年轻后生吸引到了球场上。杜涛教他们如何运球，如何三大步跳起来把篮球投进篮筐里。

小学生和年轻后生们打篮球时，好多村民都跑来看。杜涛按村南村北分成两个队，让他们比赛，看哪个队投进去的球多。

比赛让打篮球变得更好看。一到比赛时，村民都跑来看。再以后到了什么节日，他们就自己组织起了篮球比赛，请杜涛给他们当裁判。

尚青向吴老爷保证，在这里上完小学的孩子，如果去县城和省城读中学，绝不会比城里的孩子差。

吃过晚饭后，尚青会和杜涛走出小屋去散步。在路上，碰到村里人，不管是谁，都会主动向他们打招呼，问他们好。

没过多久，全村人都知道了。老先生不在了，又来了个年轻的先生。这个先生，是女老师尚青的丈夫。他们是同学，在读书时就好上了。但不知为什么，没有和尚青老师一块儿出现，快两年了，才来到村里。他们有点疑问，但也不会多问。之前一直担心，年轻的尚青老师会受不了山村的冷清，干上一段时间就不干了。现在好了，女老师的丈夫也来了，两口子在一起了，没有牵挂了，就可以安心教书了。

大家说起这事，全都很高兴。

麦子长得好，要靠天上的雨水和阳光，孩子们要有出息，得靠在学堂里读书。这个道理，布拉可村的人越来越明白。所以，不管啥时候，见了尚青和杜涛，都会很客气。有了好吃的，会主动给他们送。不管是菜还是肉，从来没有让他们缺过。

与杜涛相聚，让尚青如愿以偿。尚青的一张脸上，总是笑靥如花。倒是杜涛却会时常面露怒色。只是杜涛生气，无关尚青和村民，他生气，是嫌社会黑暗，官员腐败。

尚青把见到公安管理处处长李英奇的事，给杜涛说了。杜涛一拍桌子，愤怒地说太他妈的无耻了，明知是冤案，还不平反。

学堂订了一份《新疆日报》，尚青很少看，上面的事，和布拉可没关系，看了白看，还耽误时间。可杜涛张张都要看，只要一看到盛世才的名字，就会骂几句，说这个坏蛋，也不得个大病死了去，或者出个义士，要了他的命。

杜涛一骂，尚青就四下看，还会说他，也不接受教训，还想再抓回去。杜涛说，这种独裁统治，早晚得推翻。

尚青说，行了，你别没事找事。

杜涛说，这次关进监狱，让我明白了不少道理。

尚青说，什么道理？

杜涛说，领导人专横霸道，社会就不会有真正的民主自由，老百姓就不可能幸福，灾难就会随时落到头上。

尚青说，你是运气不好，太倒霉。

杜涛说，人活着，不能靠运气，要靠社会的公平和正义。

说道理，尚青说不过杜涛，也不想说，没兴趣说。她问杜涛，这段日子，过得好不好？

杜涛说，好。

尚青说，知道好就行了，别再胡说八道。

好日子过得快，还没有怎么过呢，一年多就过去了。

这一年什么都好。只有一样不太好，就是没怀上孩子。尚青没远大志向，更无政治抱负，当个教师，做个贤妻，成为良母，一生足矣。做贤妻容易，身边只要有丈夫，就能做成。做良母要难一些，光有丈夫还不行，还得怀上丈夫的孩子，并把孩子生下来才行。都在上课，忙了一天，回到屋子里，不让杜涛干活，全都是自己干。让他看书，看报纸，喝茶，再吃饱饭。为的啥，就是想着晚上躺到床上，杜涛可以精力充沛，让她有机会早日成为母亲。

杜涛正年轻，身体不存在问题。可这么长时间过去了，尚青居然还没有怀上孩子，这让她有点想不明白是怎么回事了。问谷秀是咋回事？谷秀非要尚青说出来和杜涛在一起，杜涛是什么样子的。要是别人让她说，她不但不会说，还会给别人难看的脸子，可谷秀让她说，不但不生气，还真的把原本不该给别人说的事，全都给谷秀说了。

谷秀说，怀孩子确实不太容易，说她和吴长明也是一年多以后，才怀上了可龙。

尚青说，你和长明分居两地，我和杜涛可是天天在一起。

谷秀说，刚才听你说，你们总是一个姿势，可能也是一个原因。

说到姿势，主要是谷秀在说。说不知吴长明是怎么知道，反正吴长明从来都是要把谷秀像烙煎饼一样折腾过来折腾过去。什么事都怕比较，一比较，就会比出不同，比出差别。这个时候的尚青，在谷秀面前倒有点像小学生了。也是的，人家谷秀结婚早，还有了孩子，这方面的经验，尚青自然就不如谷秀了。

为了能让尚青早点怀上孩子，两个女人全没了羞涩，说起了床上的事，就像是说如何做饭一样。

和谷秀讨论过这个事回到家里后，主动要求杜涛变换姿势。杜涛也想让尚青早点怀上孩子，就很听尚青的话。结果，真的没有过多久，尚青就怀上了孩子。这样的好消息，当然要去向谷秀报告了。谷秀也高兴得不行。为了庆祝尚青怀上孩子，三个人带着可龙，坐着谷秀家带轿子的马车去了县城。吴长明知道尚青和杜涛是个什么情况。每次回到布拉可，都要和杜涛一起喝上几杯。知道他们来县城以后，马上放下了手头的公务，陪着他们去了最热闹的街市，还去看了一场刚上映的新电影，是赵丹和周璇主演的《马路天使》。过后，又带他们去了县城最热闹的地方。

城中有一条商业街，卖什么的都有，人多得走不动。集市的熙熙攘攘，说明了时局的稳定。吴长明顺嘴夸了盛世才几句，说他治疆有方。不想，杜涛有些不同意，说他比杨增新将军差远了。尚青可不想让两个男人发生争论，忙插进来，说肚子饿了，快找个饭馆好好吃一顿。

奇台有一道名吃，叫过油肉拌面。它源于早年来疆的山西人。山西人爱吃面，奇台产的小麦生长期长，碾出的面粉延展性强、有筋骨，用这样的面粉拉出的面条，再配上过了油的牛羊肉，实在没有理由不好吃。

吴长明知道哪一家做得好。带着两家人，直奔这家饭馆。一看是吴长明来了，老板一口一个长官，客气得不行。赶紧安排了个小包间，让他们坐下。

吃过饭，他们还一起去照相馆，一起照了合影。两家人还商定，等尚青和杜涛的孩子生下来一周岁时，再来县城庆祝。

一年三百六十天，大多数的一天过去就过去了，压根儿什么都记不住。过和没有过一个样。可说不上哪一天，就会因为一件事，把这一天记住了，不管啥时候，都忘不了。因为这件事，往往就是决定了这个人一辈子会活成什么样的事。

第十章

伤悲

一九三四年二月，马军围城第二十天，天空中出现轰炸机，地面出现坦克。苏联红军一个机械化团，从塔城入境配合盛世才的省军，围剿马仲英的骑兵师团。

省军与苏军两面夹击，马军难以招架，只得放弃围城。

马仲英失守吐鲁番后，率领残余兵马退向南疆，落脚在喀什噶尔。

一九三四年七月中旬，马仲英由苏联代表陪同，带着二百八十多名军官随从，三十头骆驼驮着大批金银细软，由乌恰县的斯姆哈纳，从伊尔克什坦边卡进入苏联。把他创建的三十六师留给了他的姐夫马虎山。

一九三五年，马仲英的一盘讲话录音带被信使带回到了他的旧部。但不可思议的是从此以后，关于马仲英再无音讯，生死不明，成为历史之谜。

一九三五年，新疆省政府确定以“维吾尔”，取代“畏兀儿”“回部”“回纥”“缠回”等称谓。“维吾尔”是团结联合协助的意思。

胜局已定，盛世才迅速组织成立“新疆各民众联合会”；成立整顿吏治的“行政监察委员会”，惩治贪官污吏；经济上实施“三年经济计划”。

一九三五年，苏联人在阿尔泰富蕴县可可托海建起矿山，采挖绿柱石等含有多种稀有元素的矿石。

一九三六年四月，新疆省政府和苏联政府决定联合成立独山子石油考察团，开始在独山子进行石油地质调查和钻探工作。

自一九三六年起，迪化汽车运输公司就开通了多条连接各地区县的长途班车线路。

盛世才执政后加大畜牧业投资。在各地建起畜牧局、割草站、兽医站、种畜厂、兽医学校等。全疆牲畜数量较一九三三年前翻了六倍多。

这一天，和往常一样，早上起来，尚青挺着大肚子做早饭。熬了玉米粥，烙了饼子。把学生家长送的咸菜切成丝，再淋上芝麻香油。坐在小桌子前，两个人边吃饭，边说着教学上的事。也没有什么大事，只是交流一下学生的情况，说七月份去县城考中学，估计有七八个学生可以考上。

上午的课，都是主课。上午上课，学生精力集中，重要的课，都会放在上午上。只有她和杜涛两个老师，就算是怀有身孕，尚青还是要大半天时间站在讲台上讲课。

正上着课，透过窗子，看到七八个警察走了过来。尚青顿时心里一紧，有些慌乱。小村庄，没什么案子，警察很少会来。就算来，顶多一两个，来落实个什么事，问完就会离开。这么多警察一块儿来了，不会是小事。布拉可近些天太平得很，没有杀人放火的事，他们来又会为什么？再一看，一群人中，还走着吴老爷。他身边两个警察，抓着他的胳膊。怕他跑才会这样。

尚青讲不下去了，想走出教室门去，腿却有点发软。

就这样，好日子到头了。杜涛从教室里被抓出来，戴上了铐子。她追上去，喊着杜涛的名字。杜涛回过头，看了她一眼，想往她跟前走，和她说话。两个警察拦住了她，她硬往前闯，发生了撕扯，她被摔倒在地上。正好腰部碰到草丛里一块废弃的石磨，当时就有一股筋断骨碎的疼痛，让她挣扎了好一阵子，才爬起来。

警察又扯住她，把她扯回房间。一个拿出了本子，一个问她话。她脑子是空的，问的是什么，一句也听不进去。只是在想，怎么会呢？怎么会呢？都两年了，一点事都没有，怎么说有事，就有事了呢？

警察问过了话，又在屋子里翻了翻，没有翻到什么，就走了。看到他们走了，脑子有点清醒了，又追上去，问警察发生了什么？

警察说，你不要装糊涂，你丈夫是什么人，你不清楚？

尚青说，我当然知道，他没有罪，他是被冤枉的。

警察不理她了，走出房子，往石城子监狱方向走。

杜涛被抓了，尚青病倒了，没人上课了，只得让学生先回了家。学堂空荡荡，就她一个人待在屋子里，空气里全是杜涛的味道，让她想哭。

杜涛被抓时回头看了她一眼，那一眼，不知有多绝望，多伤悲。

就在三天前，杜涛还在说，我们走吧，离开这里。

尚青问，为什么，在这多好呀。

杜涛说，这几天，老做梦，梦到被蛇咬。

尚青说，梦是反的，不可信。

杜涛说，你有手枪，吴家有马，往天山里跑，这里有一条道，可以跑到天山那边，跑到吐鲁番。到了那里，就没人认识咱们了，咱们有文化，不管到哪里，不愁找不到事做。

尚青说，别瞎想了。咱们跑了，不说学堂办不成了，连吴老爷，还有陈典狱长都跟着受连累，这害人的缺德事，别说是去干了，连想都不该想。再说了，我怀孕了，东跑西颠的，怎么生孩子养孩子。

杜涛说，我是真怕，真怕再回监狱。

尚青说，这么久了，都没有事，你就放心吧。

怕什么就来什么。要是听了杜涛的话，真跑了，至少杜涛不会再回监狱了。尚青心想，这会儿，不知杜涛心里边有多么怨恨她。要是早知会有这一出，她肯定会和杜涛一块儿跑了。

天黑下来后，想去吴家看看，看吴老爷回来没有，问问到底是怎么回事。站了起来，觉得肚子有点疼，走了两步，疼得厉害，就退了回来。趴到了床上，用床帮顶着肚子，想着过一会儿就好了。女人肚子疼是常事，坚持一会儿就过去了。可一会儿过去了，还是不行。她觉得肚子里，有什么东西往下坠。她想到了孩子，她害怕了。难道说刚才摔到地上那一下，碰到石磨，动了胎气？还有三个月孩子就要出生了，千万不要在这个时候出什么事呀。

不能一个人待在屋子里，得去找谷秀，万一有个什么情况，还能让她帮着照应一下。

尚青忍着肚子越来越厉害的疼痛，向谷秀家走去。她看到了她家窗子亮着灯光。可她却疼得再也迈不动双腿。她感觉到有东西往外流，已经湿透她的裤子。隔着窗户，她喊了一声谷秀的名字，就双腿一软，两眼一黑，倒在地上，不省人事。

孩子没有了。流出来的不光是血，还有已经成形的胎儿。

谷秀说，可以看得出来形状了，是个男孩。

尚青听后，心痛欲碎。

吴老爷关了两天后，被放出来。

吴老爷说，不知谁告了密，上面知道了把杜涛放出来的事。杜涛被抓了回去不说，陈典狱长也被抓了，押回了迪化，所有财产没收，很有可能会被枪毙。看我年纪大了，说可以不蹲大牢，罚了我一千块银圆。

看尚青一直不说话。吴老爷说，就是这个情况，你都看见了。新换了一个典狱长，不知什么时候才能搭上话，你想再去见杜涛，我也办不到了，学堂又要剩你一个人，要是觉得干不下去了，你就走吧，你在布拉可也干了五个年头了，也把十几个孩子送到了县城中学，你给布拉可出了力，我代表乡亲们谢谢你了。以后不管你走到哪里，别忘了布拉可村，有时间回来看看，我们还是会把你当贵人的。

尚青眼里闪出泪花。她说，吴老爷，我心里乱得很，让我想一想，明天给你回话。

回到学堂，进了屋子。早上吃饭扔下的碗碟还没有洗，床上的被子也没有叠。赶着去上课，想着放了学再收拾。

上课时，心绪太乱，讲着讲着，就忘了接下来要讲什么。干脆不讲了，布置一道作业，让学生自己去做。

放学回到房子里，看到桌子上，扔着一包烟，口开着，还剩十根左右。

杜涛以前不抽烟，在监狱里学会了。一开始，闻不惯，让杜涛不要抽。杜涛说这个东西抽上后，再想不抽有点难。闻了一阵子，不再觉得难闻。

这会儿，真想看到他在自己面前，能闻到他身上的烟草味。可就是这样一个愿望，又不知何时才能实现。

尚青走过去，拿起那包烟，看了看后，放在鼻子下面闻着。犹豫了一会，从里边抽出一支，拿火柴点着了。试着吸了一口，咳了一下，吸第二口，又咳了一下。再吸，就不咳了。

这天晚上，她一共吸了六支烟。先是站着吸，站在窗前，边吸边往窗外看。看树上一群黑乌鸦，飞起又落下。看天边一片云，慢慢地移动。后来，天暗下来，又半躺到床上，边吸着烟，边看着纵横交错的梁椽。觉得它们类似某种神秘图案，却又不知喻示着什么。

不过，接下来要去干什么她不再犹豫。

第二天，天亮后，尚青提着包，来到吴家，给吴老爷说，她要回迪化。

以为尚青是来告别，会一去不返。吴老爷说，这么走，怎能行？怎么也得一块儿吃个饭，给你送个行。

尚青说，送行就不用了，反正很快就回来了。我想好了，学堂还要办下去，可我一个人不行，我去迪化招人。给他们高工资，要比城里教师的高，估计会有人愿意来。

吴老爷脸上有了笑容，说可以可以，只要有先生愿意来，给多少大洋你来定。

昨天老师被抓走，学生们看见了，回家给家长说了。早上有人看见尚青提着包离开学堂，以为尚青也不干了。这几年，尚青教书教得好，和尚青有了感情，都喜欢上了尚青。不想让尚青走，可尚青真要走，也留不住。想一想，心里有些难过，就走出家门，来到吴家门口，想挽留尚青不成，就给尚青道个别。

尚青从吴家走出来，看门口站了一群人。

一个妇女拿出鸡蛋，刚煮的，闺女，还热着呢，带在路上吃。

一个大叔站出来，能不能不要走，孩子们上学不能没有先生。

这一说，一片附和声。全在说先生不要走。知道村民们误会了她，吴老爷走出大门，说尚青丫头还要继续当先生，她去迪化，还会回来，不是一个人回来，还要带新先生一块儿回来。

村民一听，全很高兴，朝着尚青鼓起掌来。

坐马车去县城。马车上，除了尚青，还有谷秀。谷秀还带上了吴可龙。

尚青主动说，让马车送我，到了县城，我回迪化，马车等着，新来的老师，带着行李，没有马车不行。

谷秀在一边马上说，我送尚青去县城，顺便带可龙看看他爹。

吴老爷同意了，让谷秀一定要等到尚青回来，把她和新先生一块儿接回来。

马车走了没多远，大花猫追上来。尚青一招手，花猫跳上马车。尚青把它抱在怀里，对她说，花花，我出去办事，办完了事，就回来了，你在家等着我。花猫听懂了尚青的话，从尚青怀里跳出来，跳到马车下边。站在路边，看着马车拉着尚青慢慢走远。

花猫走回学堂，蹲在了小屋门口。

还是同一辆马车，还是去县城的路上，还是两个同样的女子，只不过，两个女子的身边多了一个小人儿。小人儿对两个女子都喊妈妈。只不过其中一个妈妈前边会加一个“青”字。有了这个小人儿，说话也有了新内容。

谷秀说，昨晚上，一夜没睡好，怕你真走了，可龙想读书，都没人教了。

尚青说，是啊，想想还有可龙和你，我也不能走呀。

马车走到半途，尚青拿出纸烟，用火柴点着，含在嘴里。

谷秀吃惊，张大了嘴看她。尚青说，想抽，也来一支。谷秀急忙摆手，不抽，不抽。

尚青说，杜涛留下的，不抽浪费了。

谷秀说，抽烟对身体不好。

尚青说，一抽烟，就真的没有那么烦了。

谷秀说，想开点，日子还长着呢。

尚青说，我觉得自己已经老了。

谷秀说，自己觉得不算数。

如果说，还有什么不同，这不同，别人看不到。只有尚青知道。手提包里，除了女性用品和那把剪子外，还多出一把手枪。自拿到吴长明给的这把手枪，就算是黄昏时分，在村子里散步，她也会把手枪装在口袋里。不过，这次把手枪带上，却不仅仅是出于对这把手枪的喜欢。

跟吴长明学打枪，给吴长明要枪，并没有想用枪干什么。可那天夜里，一个人在小屋子抽着烟，看着放在面前木桌上的手枪，她突然有了一个不曾有过的想法。

冷冷的月光，从窗外照进来，落在枪身上，使它透出了一缕寒意。

莫非跟吴长明学会打枪，还要了这把枪，就是打算要用它干点什么。尚青头一次想到了“以牙还牙”四个字。

回到迪化城，进了家。母亲看尚青脸色不好，问她怎么了？她说没什么，都挺好的。又拿出了二十块银圆，给了母亲。在布拉可，没有地方花钱。当老师挣的钱，花不完。

母亲收了钱，又问她个人的事。想了想，还是什么都没说。不是存心骗母亲，有些话，不说还好，说了反而更糟。孝道这个事，尚青没有想那么多。可作为女儿，她知道不能让母亲为自己牵肠挂肚担惊受怕。

找出毛笔和纸还有墨汁，写了十张纸。每张纸上写着一样的字："招聘小学教员，月薪三十五块大洋。有意者面谈。地点：西公园鉴湖右侧柳树下。时间：六月四日下午三点。"

写完招聘告示后，又用钢笔写材料，写给盛世才。

想好了，贴完告示，去督办公署，争取面见盛世才，陈诉冤情。

煮了一点面糨糊，装到空墨水瓶子里。拿着告示，揣上写好的材料，走出门。

大小十字街，来往人多，分别往电线杆子上贴了五张。另五张，去了几所中专学堂，贴在了大门外一侧墙上。

贴了招聘启事后，去了督办公署。门口石狮子前，仍然还有跪地者，不是那个妇女了，换了个老汉。不过，铺在面前的白布上，写的那个字没有变，还是"冤"。没有停下来问老汉，他的冤情是什么。这会儿，只想着给杜涛申冤。别人的冤，她确实顾不上过问。

背着挎包往公署里边走，不断遇到进进出出的官员。他们长相不同穿的衣服也不同，可脸上表情却是一样的严肃。

尚青拦住其中穿西装的一个官员，问盛督办的办公室在什么地方？

穿西装的官员朝一座灰色的小楼指了指，说盛督办就在那里办公。

尚青朝着那座灰色的砖石青瓦小楼走过去。

尚青其实见过盛世才。

那是一九三四年的冬天，迪化被围，岌岌可危，城门几次失而复得。还是中学生的尚青与一群童子军，给守在城墙上的官兵送水送吃的。恰好看到盛世才提着手枪，正指挥作战。她听到有人在喊叫着盛督办和我们在一起，我们一定能胜利。

她当时透过硝烟看到盛世才站在城墙上，任凭子弹在四周横飞，仍然镇定自若，从心里边觉得他就是个大英雄。

还有一次是那年省立师范学堂开学典礼，请新任督办盛世才来给新生致贺词。

盛世才一身呢子军装脚蹬大马靴，走在木板搭成的台子上声音很响。他嗓门洪亮，用东北话说出的国语听起来很有磁性。

他说，新疆之光明未来，须全体民众共同创造。而吾辈青春健儿，担负之责任更为重大。所以，各位须坚韧不拔努力向上。

尚青鼓掌时，用了很大劲。回到宿舍，几个女生都说，督办有男子汉气概。

边走边想，如果真的能见到盛世才，当面给他说明白杜涛为什么不该抓。没准他一听，说原来抓错了，就大手一挥把杜涛放了。那她就跪下来朝他磕一个头，对盛督办千恩万谢。可如果情况恰恰相反，盛督办不等她说完，就说杜涛这样的人就该杀头，绝不可能放他出监狱。那她又该怎么办呢？对了，她的挎包里，不但装着一份申诉书，还有一把手枪。那就把手枪掏出来，直接把他干掉。只要盛世才死了，反对他的人也就不会有事了。这样做，自己可能会丢命。但自己的死，如果可以换来杜涛的自由也值了。这么一想，她的热血一下子沸腾了起来，似乎自己马上就要成为一个传奇故事中的女侠客了。

正想着，听到一声大喊，吓得她一哆嗦，赶紧站下来，往四下看。

这一看，看到两边树丛间，突然跳出了四五个大汉，长短枪指着她。问她是什么人，要干什么去？

她赶紧说，我是个学生，对盛督办无限崇拜，想让他给我签个名。

大约看出她不但是女的，也确实像个学生，大汉们没有上来把她摁倒在地，搜查她的包。

她的包里藏着一把手枪，如果搜查出来，她准会被当成刺客。

他们并没有对她动手，只是大声吼叫着，让她赶紧离开。

尚青脸色灰白，赶紧转身跑了。

不要说尚青胆小如鼠，就算她是个训练有素的刺客，她也不可能伤到盛世才一根毫毛。从当上督办那天起，一直到他死的那一天，想把他杀掉的人不知有多少个，可从来没有一个人得逞过。一个人想杀掉另外一个人，从来都不是件容易的事。而一个平常人想杀掉一个权力很大的人，更是难上加难。

想见到盛世才是不可能了。可书包里还有一份写好的材料，如果能把材料转交到盛世才的手上，还是有可能让盛世才知道这个事情的。没准，盛世才看到了这份材料，真的心生慈悲，大笔一挥，就把杜涛给赦免了。

尚青走到一间房子前，看到上面挂着民众上访的牌子，她停了下来。

程丰在信里说，他来这间办公室打听过杜涛的事，说杜涛这样的案子是不会受理的，当时她信了程丰的话。但现在，她想证实一下，程丰对她说的是不是真话。

推开门走了进去。看到工作人员中居然有一个是女的，这让尚青没有想到，也让尚青有些高兴。女的心肠软，易生同情心。把她说动了，兴许会有用。工作人员问她有什么事，她就说起了杜涛的事。工作人员听了以后说，你最好能写一份材料。尚青拿出了在家写好的材料，希望工作人员能转交盛督办。

工作人员说，你放心好了，我们一定会认真处理。

尚青问什么时候会有结果，工作人员说，你不用再往这里跑了，有了结果会通知你的。

看来，情况并不像是程丰说的那样，人家根本不受理杜涛这样的案件。这让尚青不能不紧接着又问了女工作人员，有没有一个叫程丰的来过。看女工作人员有点听不明白她的话，尚青说，他也在这个大院里上班。

女工作人员问，你说的那个程丰是不是教育厅的？

尚青说，我说的就是他。

工作人员说，他可从没有来过我们办公室。

尚青问，会不会他来的时候，你正好不在？

女工作人员问办公室里的其他人，别的人都说程丰没有来过。女工作人员又问尚青，这个事和程丰有什么关系？

尚青说，没有什么关系，我只是随口问问。

尚青不知道，她刚走出门，她写给盛世才的信，就被女工作人员扔进了废纸篓子。这几年，以诽谤罪危害社会安全罪谋反罪抓进来的人成千上万，没有一个人不说自己被冤枉了。他手下的人，才不会为一个女人写的什么申诉材料去麻烦盛督办的。盛督办日理万机，多少军政大事都操心不过来，怎么可能顾得上过问这些无关社会大局的个人诉求呢。

尚青从督办负责接待来访民众的办公室走出来，没有马上回家。

程丰的工作地点也在这个院子里，她来过一次，记住了房间。老同学老朋友，从门口路过，顺便去看望一下，这是人之常情。

只是这会儿，尚青走向程丰的办公室时，心里想的可不再是人之常情。

本来还想着去找鲁警官确认一下那个告密者是谁，现在看来没有一点必要了。一个人如果在一件事上撒了谎，那他就可能在任何事情上都会撒谎。

程丰在办公室看到尚青，无法不意外。他觉得尚青似乎不该出现，因为就在半个月前，他们才见过面。他出公差去奇台县了解公办学校的情况，想去看看尚青，就抽了一天时间，借了一辆自行车，骑着去了布拉可村。

在办公室里，不能说更多的话，她问程丰，能不能告诉她，关于救杜涛的事，他去找过谁。她说事情没有办成，也应该当面去感谢人家。

程丰说，不好意思，名字不能说，欠的人情我来还，你就不用管了。

尚青问，那你去过督办的民众接访处吗？

程丰说，当然去过，接到你的信，我就去了。

尚青问，接待你的工作人员是个男的还是个女的？

程丰愣了一下说，当然是个男的了，在那个地方工作的人，怎么会有女的呢？

看来程丰确实从来没有去过接访处，尚青停顿了一下，没有再问下去。说还有事要与程丰商量，在办公室里没法说。同时，一个关于复仇的计划正在脑子里迅速形成。接着她对程丰说了一个旅馆的名字，让程丰下了班以后去找她。

程丰没有想到尚青会约他去一个旅馆见面，一下子反应不过来，看着尚青一时不知说什么。尚青顺手拿起了桌子上的铅笔，在纸上写下了旅馆的地址和名字。

程丰问，要不我们先一块儿吃个饭吧？

这个时候和程丰一块儿吃饭无疑是种折磨。尚青说，吃饭就免了吧。

程丰说，我请你。

尚青说，你要是不想来，可以不来。说完把纸条递给了程丰，朝他笑了笑。她努力想让自己显得温柔一些，甚至还有了点暧昧。随后她转身走出门。

离程丰下班的时间还有两个多小时。先找了个小饭馆，尚青走进去。还不到吃饭时间，饭馆里还没有食客。尚青要了两个小菜，又要了一小瓶白酒。边吃边喝着，其间还两次点了烟，放进嘴中抽。饭馆老板看着她抽烟，有些吃惊。看到了老板怪异的眼神，尚青没有理会，慢慢地吃着喝着抽着，直到瓶子见了底，才起身结账离开。

到了给程丰说的小旅馆，交了钱，拿到钥匙。

她给老板说，等会儿有一个年轻男人来，如果说找一个姓尚的人，你就把房间号告诉他。

老板没有多问，懂事地点了点头。

尚青进到房间里，坐到床铺上。坐了一会，又换位子，坐到木椅上，拿出了一包烟，撕开了包装。进小旅馆前，路过小卖部，进去买了一盒烟。原想着把杜涛留下的这一盒抽完了，就不抽了。没有想到，抽完了以后，还想抽。想做的事，一定要去做，不管是什么事。知道女人抽烟，别人会看不惯，尤其是年轻的女子，很容易让别人想到这个女人不是个好女人。可尚青这会儿，已经不在乎别人怎么看她了。

抽完一支烟，她取下了布包，里边装了手枪还有剪子，有点重。尚青把它放在床边的桌子上。去见盛世才时，想到了手枪。这会儿，要见程丰，尚青居然再次想到了手枪。不过，想到了，不等于真的会用。她还有一把剪子。如果能用剪子解决的问题，最好还是不要用手枪。如果那个告密者到底是谁在这之前一直无法确定，那么现在已经不存在这个问题了。

尚青把手伸进包里，摸到手枪，抚弄了一会，放开了。又摸到了剪子，把它拿了出来，放到了桌子上。剪子家家都有，是最平常的日用品。放在什么地方，也不会有人在意。要问尚青这会儿最恨的那个人是谁，已经不是盛世才，而是那个告密者。因为就算盛世才再残暴凶恶，如果没有人告密，灾祸一样不会落到她和杜涛身上。

天色完全暗下来。没有开灯，站在窗子跟前，点着一支烟，边抽边往外看。看到大街上，有车子驶过，有行人走路。这条街，不是主要的一条街，没有那么热闹。

还没有看到程丰走过来。没有答应和程丰一块儿吃饭，程丰下了班以后，肯定会先吃点东西再过来见她。连饭都不愿和程丰一块儿吃了，这个变化有点大。可没有办法呀，当有些事情发生了，一切就和过去不一样了。

半个月前，正在上课，听到自行车车铃响，以为是邮差送报纸。开门看到了程丰，推着自行车朝着她微笑。程丰说过会来布拉可看她，以为他只是随口说说，没有想到他真的会来。不是别的原因，主要是太远了，交通太不方便。所以，看到程丰，惊讶的同时，还有些喜悦。好同学好朋友就是不一样，总是心里会有牵挂。那么多同学，别的人没有来，只有程丰来了。只能说明他们的关系是真的好。

上完课的杜涛走出教室，看到了程丰。两个人都愣了一会。紧接着，他们伸出手臂，不是握手，是抱在了一起。

打篮球时，一个是中锋，一个是前卫，两个人配合默契。与别的班比赛，总是能取胜。这一年多来，说到程丰，想想在校园里，大家在一起有多么快乐。也是因为这一点，杜涛同意了尚青的分析，认为程丰不可能会是告密者。所以，看到程丰来，杜涛也是非常兴奋。他乡遇老友，人生一幸事。

村子里，不像在城里，要吃饭，要喝酒，只能在家里吃，在家里喝。菜肉和酒，都不缺。学生多，先生有地位。家长尊敬先生，不会说好听话，就会送东西表达心意。送的东西，主要都是吃的。这几年过日子，尚青教学生认字，谷秀教尚青做饭。到了这会儿，谷秀不在，尚青一样能做出一桌饭菜，好看又好吃。

饭菜摆到小桌子上，程丰夸尚青，你真了不起，做了这么多菜。

杜涛拿出一瓶子白酒，真没有想到，咱们同学能在这见面，得好好庆祝一下。

酒量三个人差不多，一瓶子酒，怎么喝也不会有人喝醉。

程丰说，下午还要赶回县城去，晚上县长安排宴席，不能不去参加。

杜涛让程丰住一晚上再走。程丰说这次不行了，等下次来再说。喝到一半时，杜涛出去上厕所，屋子里只有程丰和尚青两个人了。

程丰问，我以为还是你一个人在这教书，没有想到杜涛也在。

尚青说，学堂没老师，只能把他从监狱弄出来顶上。

程丰说，你行呀，有这么大本事。

尚青说，不是我有本事，是村里的吴老爷和典狱长关系不一般，吴老爷花了大钱才把他弄了出来。

程丰说，这事可不能让别人知道。把犯人放出来教书，可是个大罪。

尚青说，那可不是，村里人除吴老爷家人，别人都不知道。

正说着，杜涛从屋外走进来，两个人就没有再说下去。

一个班有四十多个同学，杜涛出了事后，他们两个就和别的同学断了联系，只和程丰还有来往。程丰倒是和不少同学有来往，听他说了一些别的同学的情况。他也说到了他自己，说他工作得不错，得到了上司的肯定，说最近要提拔他当一个科的科长。

说到了盛世才，两个男人看法不太一样。进了监狱，杜涛更恨他了，说起来，没有一点好。程丰是政府工作人员，看问题角度不一样。说盛世才这几年，确实干了不少好事，新疆如果没有他，现在看来还真不行。

杜涛说，那也不一定，换了别人，没准比他干得更好。

尚青在一旁，不让他们争。骂杜涛，你怎么还不接受教训，还想再进监狱呀。

两个男人不争了。

转了个话题，问程丰的个人婚恋情况。

程丰说，家里给介绍了一个。

尚青说，肯定长得好看。

程丰说，还凑合吧。

听得出来，程丰并不太满意，不想多谈这个事。

告诉程丰，尚青有了身孕。程丰很高兴，忙举杯向老同学表示祝贺，还提议为尚青肚子里的小宝宝干一杯。

路灯昏暗，人走过时，看不清脸，但可以看出个大概模样。和程丰熟悉，他一出现在路灯下面，尚青就看到他了。他边走边朝路两边看，找旅馆的招牌。看到了招牌后，他离开了主路，拐上了辅道。他一身西装，戴了一顶礼帽，步伐轻快。看得出来他的心情很好。

尚青看着他走进旅馆。这间房子在二楼，过了一会，听到楼梯响。响了几下后，不响了。尚青听到敲门声，走过去，把门打开。

那天，在布拉可，程丰走了后，尚青没想那么多，还说程丰够意思，到奇台出公差，还抽出时间来看他们。倒是杜涛不断提出疑问。杜涛说，程丰并不知道我放了出来，正和你一块儿在学堂教书，他要是知道了，你说他还会来吗？

尚青说，你也和他是同学，他怎么不会来？

杜涛说，如果我还在监狱里，只有你一个人在学堂，他会只是吃上一点饭喝上一点酒就走了吗？

尚青说，你不要把男女同学的正常交往想得那么下流。

杜涛说，你相信男人和女人可以保持纯洁的好朋友关系吗？

你信不信我不知道，反正我不信。

尚青说，我看监狱把你的胸怀弄得越来越小了，行了，你如果总是这样疑神疑鬼，那以后我们跟程丰就不要来往了。

杜涛叹了一口气说，没有办法，经历过被抓、被审讯、坐大牢这些事，我真的是很难再对人信任了。

程丰离开后的那几天里，杜涛明显有些心神不宁。看他好几次闷着头抽烟，不说话。

尚青问，你想啥呢？

杜涛说，那天，你看程丰来，就该不让他见到我。

尚青说，我也不知道他要来，太突然了，我怎么会想那么多。

杜涛说，迪化那边，没有人知道我在当老师，他是第一个。

尚青说，你不是也认为，他没有那么好，可也没有那么坏吗？

杜涛说，鲁迅的话，大概意思是说，中国人的恶，怎么去猜测估计都不会过分，我们还是太善良，总是不愿意把人想得那么坏，可人性很复杂。

尚青说，程丰要真那么坏，他可以让你死在监狱里，我们怎么还有机会一块儿来当老师。

杜涛说，你怎么知道他没做，很有可能他去做了，没有做到罢了，想救一个人和想杀一个人都不是件容易的事，都需要本事。

尚青说，行了，别想那么多了，好好过我们的日子吧，再过三个月，咱们的孩子就出生了，我们也一样是世界上最幸福的人了。

尚青说着，站到杜涛面前，撩起衣摆，露了肚皮，像拍西瓜一样拍给杜涛看。杜涛忍不住笑了起来，抱住尚青不停地亲她的肚子。

他想那么多，不奇怪，换谁，都会一样。可心里边，还是希望一切都如尚青所愿，不然的话，就算是尚青再反对，他也会在警察来到之前，骑上马，逃离布拉可。来之不易的自由，谁都不愿轻易失去。

当时，如果能预见到后面发生的事，她怎么都会和杜涛想办法逃离布拉可了。

程丰站在门口，似乎察觉到了什么异样，没有马上走进来。尚青笑着扯动程丰的胳膊，显得有些迫不及待地让他快进来。

程丰走进来，屋子里只有一张椅子，尚青已坐在上面，他只能坐到床上。

尚青面对着程丰，靠着桌子。桌子上放着她的书包。书包旁边放着那把刻了她名字的剪子。屋顶吊着一盏灯，不知是电力不足，还是瓦数太低，一点儿也不亮。地面和墙上，残留着各种污迹，空气里有一股潮湿的霉味。

程丰扫视了一圈，提出换一个地方。他说有一个俄国人开的酒吧还不错，去那里坐坐，会更浪漫，更有情调。

尚青却认为这个地方安静，没有人打扰，说什么话做什么事都方便。听到尚青这么说，程丰一脸疑惑地看着她，似乎不明白有什么话什么事，非要到这里来说来做。

不过，尚青很快就让他有些明白了。

尚青并不想绕更多的弯子，在告诉了程丰最近发生在她身上的事后，就说她后悔了，后悔没有听程丰的劝告，非要跟着杜涛走到这一步，落得个受苦于乡村让孩子流产的下场。她明确表示了想与杜涛彻底分手，离开布拉可，回迪化市当老师的意愿。而且如果程丰不嫌弃不忌讳她和杜涛之间发生过的事，她也愿意考虑与程丰走到一起。

不知是不是幸福来得太突然，让他一下子有点招架不住，发了好一阵子呆，才低声地说了一句，我和女朋友已经定了下一个月结婚，不过……

“不过”这两个字，让尚青看透了程丰的心思。尚青站起来，站到了程丰跟前，问程丰是不是已经不喜欢她了。她有意离程丰很近，近得整个胸部几乎贴住了程丰的脸。使得程丰不得不一下子抱住了她的腰。

程丰说，如果你真的拿定了主意，我就和女朋友分手，马上娶你。

尚青说，程丰，你真的这么爱我吗？

程丰说，我早就说过，为了你，我什么事情都可以做。

这句话似乎把尚青真的感动了，她的身子明显软了下来。

尚青的肢体语言，是那么的清楚明确，只有傻子一样的男人才会听不到，听不懂。他不但明白尚青为什么会安排在这里见面，还明白了尚青这会儿最需要的是什么。

他去解尚青衣服的纽扣，尚青扭动了一下身体躲开了。尚青说不要着急，等一会儿，再说说话。

原来尚青还不想马上做那件事，还想再说一会儿话。这也可以理解，毕竟女人和男人不一样，把这件事看得很重。和杜涛那么好了，猛一下再换一个男人，对尚青来说难免会有些不适应，说说话调整一下情绪也是正常的。

心急吃不上热豆腐，这么几年都过来了，也不会在乎这一时半会儿了。程丰听了尚青的话，停止了身体的动作。不过抱着尚青的手并没有松开，两个人还是紧紧地贴在一起。像天下所有相爱的人一样，在为那最激动时刻的到来做着准备。

尚青这个时候问了程丰一个问题。准确说，不是问，而是要让程丰承认。只要承认了，他就可以马上得到尚青的身体，得到他一直想要的东西。

那天流产过后，在吴家休养了三天，尚青回到了自己住的屋子里。半躺在床上，点上了杜涛留下的烟，抽了几口后，她就开始意识到了一个问题。天下确实有许多很偶然的巧事，但多少偶然的后面都能找到必然的蛛丝马迹。这么长时间过去了，他们都没有一点事，偏偏在程丰来过十天以后，事情就发生了根本性的改变，谁要是说和程丰一点关系都没有，实在是难以让人信服。

可是要让尚青就坚信这件事是程丰干的，尚青还是无法做得到。回想与程丰交往的点点滴滴，总觉得他并不是那样的人。可不是他又会是谁呢？尚青确实阅历不丰富，可到底也读了不少书。书中的故事，一再告诉读书者，人心叵测，知人知面不知心，害人之心不可有，防人之心不可无。

尚青想要让疑云消散，只能是回到迪化亲自去证实。她给谷秀和吴老爷说去招聘老师，去想办法让杜涛出狱，但还有个给谁都没有说的想法，那就是要弄清楚程丰和这件事到底有什么关系，并确认他是不是告密者。也就是说，找出告密者，让其受到惩罚，是她此行迪化的主要目的。而此时告密者终于浮出水面，站立在她的面前。已经没有什么可以阻止尚青采取进一步的行动了。

第十一章

惩罚

一九三六年六月，为恢复中共中央与共产国际已经中断的联系，中共中央派人经新疆赴莫斯科，初步建立了中共中央和当时新疆的实际控制者盛世才的联系。

一九三七年五月，西路军在西征途中被马步芳匪徒的疯狂追杀中死伤惨重，有四百多人突围进入新疆，成为“新兵营”学员。学习汽车、装甲车、炮兵、无线电、航空等多项课程。盛世才亲自接见了这些战士，还给予他们每月一万五千银票津贴，并发放衣装和枪支弹药。

一九三八年，盛世才把一幢土木结构、青砖压檐砌腰、中俄合壁的二层小楼，交给中国共产党驻新疆代表专用。原于一九三七年九月设在新房子的“八路军驻新疆办事处”，遂迁此办公。

八路军驻新疆办事处，是中国共产党在新疆的办事机构。同时又是党的工作人员来往于延安、苏联途中在迪化停留时的招待所。

一九三八年，盛世才利用养病的机会，到了莫斯科，见到了斯大林。他要求入党的事斯大林同意了，给他办了入党手续，还给他发了党员证。编号是1859118。

一九三八年二月，毛泽民同志受党中央派遣，先后出任新疆省财政厅、民政厅厅长等职，他的货币改革稳定了新疆的经济和市场。盛世才对他很赏识，多次与他面谈讨教。

新疆几乎每个县都盖起了电影院，看苏联电影和小说、唱苏联歌成了青年人新的时尚。新疆在国人口中有了“小延安”的别称。

国民党对新疆的现状很恼火，却又找不到制约替代盛世才的办法。

新疆多处场所悬挂起盛世才的画像照片。

尚青发出质问，让程丰承认。程丰不承认。

几年前，问过一次，程丰没承认。没承认，也就算了。那会儿，只是怀疑，没有确定，所以，程丰不承认，也没当回事。现在不一样了，再问程丰，不是怀疑，而是已经认定。也就是说，这个时候，程丰承认不承认，都不重要了。这个事，在尚青心里，认定了就是程丰干的，不会再有别人。想让他承认，有点悔意。只是想着，还能看到他的一点良知，下手时会轻点。当然，也会有一种可能，证据进一步落实，对想做的事，态度更坚决，手段更强硬。

程丰不承认，尚青明显失望。说程丰不真诚，不是真爱她。嘴上说为了爱她，什么事都可以做，可在她面前，明明做过的事，连承认都不敢，让她怎么信任他。好男人，就得敢作敢当。再说了，是为了爱才那么干，虽是坏事，也不是不能理解，不可以接受。一句话，只要程丰承认了，不但可以得到原谅，还可以让尚青更爱他。

确实，没有什么比爱这个东西，更能乱人分寸。承认了，就可以得到尚青，并且马上就可以得到。这个诱惑，对程丰来说，实在难以抗拒。不就是一句话吗？不就是几个字吗？说出来，天又塌不下来，反而能抱得美人归，程丰又有什么理由不说呢？

行，行，你非要我承认，我就承认了，你说的事情，确实是我干的。

你为什么要这么干？

这还用问，不就是为了得到你吗？

看来，你真的是为了得到我，什么事都可以干得出来呀。

那当然呀，为了你，赴汤蹈火，在所不辞。

这会儿，再和尚青说什么话，程丰都没有兴趣了。尚青提出的要求，程丰做到了。那尚青答应的事，程丰当然也可以去做了。程丰想做的事，是每个成年人都会做的好事。按说，到了这个年纪的程丰早就应该做过了。这和结没结过婚关系不大。民国了，年轻人不封建了。在城里边，男女谈朋友，没有只谈不做的，做了以后，谈不好了，还会一样散伙。要说这样的好事，程丰一直没做过，真的让人难以置信。但事实却真的是这样。尚青没有和他好，和杜涛好了，可心里边，尚青一直在。和别的姑娘交往，想到了进一步，姑娘也愿意，可总是会在最后一刻又放弃。没办法，一想到尚青，不管眼前的姑娘多丰润、漂亮，也会顿然没了兴致。男人也有第一次，程丰是真想把自己的第一次交给尚青。以为永远不会再有机会，没有想到惊喜会来得如此突然。所以，此时的程丰会激动成什么样子都不奇怪。

程丰不想尚青再说话，用嘴堵住了尚青的嘴，同时一只手去解尚青的裤带。

尚青一把推开了他。

把程丰推开，不是头一次。同样一个动作。这一次和上一次有了本质的不同。上次推开，并没有真的生气，这一次推开，除了愤怒，再没别的。

尚青伸手抓起桌子上的剪子，朝程丰扎去。同时大声喊着，你害了我的爱人，又让我失去了孩子，我要报仇，我要杀了你这个卑鄙的告密者。

程丰不但强壮，更机灵敏捷，他身子一闪躲开尚青的剪刀，反手抓住尚青手腕，夺下剪子，扔到地上。

没有了剪子，尚青想起了手枪，转过身，从书包里取出了手枪，朝着程丰举了起来。可一着急，忘了打开保险，一扣扳机，枪没有响。

程丰又上前一步，抢过了手枪。

程丰说，你是不是疯了，你想过你这么做会有什么后果吗，你难道不知道杀人要偿命这个简单的道理吗，你是不是真的不想活了，想去死了？

程丰拉开门，要转身时，又对尚青说，我现在只要去报警，警察就会马上把你抓起来，凭着这把剪子和手枪，你就会关进大牢，但你放心，我不会这么做，因为我爱你，还有，我要告诉你，你让我承认的事，我真的没有做过。

程丰走了，屋子里只有尚青了，静得只能听到自己的喘息声。她愣怔好大一阵，才把剪子和枪从地上拾起。程丰刚出门，这会儿只要拿上枪，打开扳机，追上去，一样可以报仇。可尚青没这么做。不是她害怕了，不敢这么做了，也不是信了程丰的话，认为这事和他没有关系了。而是程丰最后几句话，还真提醒了她。

没错，她很愤怒，很想报仇。可同时，她还想活着，还不想死。还想做人妻，为人母，和杜涛继续过相亲相爱的日子。惩罚恶人，不能也把自己一块儿惩罚了。与恶人同归于尽，实在不值得。那怎么办？不管了，把这口气咽下去，看着程丰结婚生子，升官发财，逍遥自在。不，决不能这么便宜他，有仇必报，这是天理。就冲着流产的那个孩子，对程丰怎么惩罚都不过分。

不用剪子，不用枪，还要报仇，这有点难。尚青点着了一支烟，想这个事。

尚青没有离开，一直待在小旅馆里，想到了天亮，一盒烟抽完，真的就想到了一个办法。只是想到这个办法以前，先是想到了古书上的一句话。

这句话很多人都知道，就是“以其人之道，还治其人之身”。

太阳升起，还是一样明亮又温暖。大街上人来人往，仍然十分热闹。尚青从小旅馆走出来，走进人流中。四周全是人脸，没有一张她认识。没有人知道她在想什么，也不知道她是去干什么。她一直走进了督办公署，走进了警察管理处侦探队的办公室。里边的人问她有什么事，她说她要举报一个人。问她举报什么人，她说这个人叫程丰。问她举报程丰什么事？她说程丰辱骂盛督办，还想杀了盛督办。一听她这么说，问她话的人认真起来，拿出纸和笔，让她别着急，慢慢说。

从警察管理处侦探队出来，站在督办公署大门前的石狮子旁，她长长地吁出了一口气。全身随之一阵轻松，郁结于胸中一团憋闷的乌云，顿时被风吹散。她真的不再那么愤怒了，她甚至还有点愉快。侦探队的人不但肯定了她对盛督办的忠诚，还向她表示，那个叫程丰的家伙，一定会受到应有的惩罚。不用提供证据，尚青的举报，就是铁证。

不要说，尚青的行为属于告密，有些卑鄙，但千古以来，以牙还牙，以血还血的复仇，都属正义。

程丰这个曾经的同学和朋友，从现在起，与她不再有一点关系。

既然一点关系都没有了，那么从今以后，就可以不再去想他了，可以让他从心里彻底消失了。对她来说，当下心里只有一件事，那就是带着招聘的新老师，回到布拉可，回到离杜涛最近的那个村庄，回到谷秀和可龙的身边，回到她的学生中间，继续她的坎坷人生。

按约定时间到西公园，与招聘的人见面。

柳树下站了十几个青年男女。先说了每月的薪酬，全一脸高兴。三十五块银圆，比在官府里当差的拿得还多。再一说要去奇台县当老师，脸上换了另一种表情，马上走了一半人。再又说去的是奇台县下面的一个村子，立刻走得只剩两个人了。两个人是一对青年男女。

原来这两个人，想结婚遭到家里人反对，正打算逃到别处去生活，看到了招聘告示。

尚青说，至少要干一年。

他们说，要是好，会一直干下去。

这个话，尚青相信。只要有爱情，在哪都是家，雨天也是晴日。同样，为了爱情，什么事都会做，都敢做。能招聘到这样两个人，尚青很满意。马上拿出了十块银圆，让他们准备行装，明天一大早去车站，一块儿坐客运卡车去布拉可。

这两个人，男的叫许林，女的叫方云。把尚青当救星，都比尚青小，喊尚青姐姐。

尚青不让他们喊姐，让喊她校长。她只有一个妹子，除了谷秀，不想再当别人的姐。

客车到了奇台县城，还在老地方，看到了轿子一样的马车，看到了谷秀站在车子旁，手里牵着吴可龙。

她对许林和方云说，那个女人是我妹妹，那个小男孩是我干儿子。

这一天，尚青带着两个新老师，走进布拉可。

吴老爷摆了一桌酒席，代表全村人，为尚青返回洗尘，欢迎新来的教书先生。

尚青说话算数，不但自己回来了，还真的又带来了两个先生。学堂一下子有了三个先生，这可是布拉可村从来没有的事。

开学典礼那天，吴老爷来了。他代表全村人，宣布尚青继续担任布拉可学堂校长，同时对全校师生发表了演说。他的演说中，出现了许多从古代传下来的金句。如什么“万般皆下品，唯有读书高”，什么“学而优则仕”，什么“书中自有黄金屋”。最让尚青没有想到的是，吴老爷还说出了“腹有诗书气自华”的诗句。

为了让孩子们读书时有个好环境，吴老爷组织村民，给学堂砌起了一道围墙，修了个大门。拱形的大门上，横的木匾上，吴老爷用毛笔亲自写下了隶书体的“布拉可学堂”五个字。院子的空地也进行了平整，让操场又宽大了不少。吴老爷还让木匠做了单双杠、秋千架。

有了校园，学堂看起来，更像模像样了。

吴老爷问尚青，满意不满意。

尚青说，山村的学堂能弄成这个样子，真不容易。

对于学堂的现状，尚青确实没有什么不满意的。只是作为女人，让她对目前的生活说出“满意”两个字，那就有些难了。

流产这种事，对每个女人来说，都不是小事。尚青一直怀不上，好不容易才怀上，却又意外流产。这种打击，不是亲历者，无法有切身感受。事情过去那么久了，尚青还是不能想，一想，肚子还会疼，心也跟着疼。还有杜涛，她的爱人，就在那个石堡里，相距不过二千多米，却无法走到他的跟前。打开窗子，可以看到囚禁着他的围墙，却不能和他说上一句话。这种状况里的尚青，怎么可能淡然面对、平静如水？

所以当吴老爷再问到尚青，学堂还有什么困难需要解决时，尚青明知吴老爷指的是什么，但她还是忍不住说出了杜涛的名字。

吴老爷说，这是石城子监狱的第四任典狱长，前三任在上任十天里，一定会来找到我，与我称兄道弟，可这个典狱长，两个多月过去了，我连他姓什么都不知道。我想去找他套个近乎，可他的手下把我拦在大门外，不让我进去。

吴老爷说到底也是个人，不是通天的无所不能的神。就算是在布拉可，也有他做不到的事。人生有许多事，都指望不了别人，最终还得靠自己来解决。

新来的典狱长不理吴老爷，也就指望不上了吴老爷，尚青只能自己去找典狱长了。这天上午，她走到了石城，敲响了监狱的大门，开门的是个门卫，问她有什么事。

她说要见典狱长。门口再问她典狱长姓什么叫什么，她说不出来。门卫朝她笑了笑，说对不起了，典狱长不见不认识的人。说着就把大门关上，不再理会她。

回来给谷秀说这个事。谷秀说，你见典狱长干啥？

见了他，才有可能见到杜涛。

见到杜涛又有什么用？你又不能把他弄出来。

至少我会知道他是不是还活着。

你这话是啥意思？

如果活着，我就想办法，救他出来，如果他死了，我就把他埋了。

再以后呢？

当然是再找个男人，生儿育女过日子了。

我还以为你会立个牌坊，终身不嫁呢。

那我可做不到。你呢？

我不知道，我听你的。

你看，咱们在胡说个啥呀。

是不该说死的话。

可谁都不能一直活着，早晚都要死。

还不让人知道，自己哪一天会死。

不让人知道，就是让人别去老想这个事。

不让想，就不去想，活一天，就好好活。

可没有杜涛我活不好。

听说城里人开明，都有相好，你没有吗？

真没有想到，你会这么问。

我倒是希望你能有一个，这样，就算杜涛进了监狱，你也不会受这么大委屈。

没想到你会这么开放，乡下女人，像你这样的，真是少见。

一个女人的好光景就那么一些年，说没有就没有了，你活不好，我也难受。

要是没有你，我不知还会有多苦。

小屋后窗朝东开，站在窗前朝外望，正好可以望到石城子监狱，因杜涛关在里边，站在窗子前的次数就会多一些。也是这个原因，每当听到里边响起枪声，心就会紧一下。

看过一次犯人遭到处决的场景，所以听到枪声，好像就看见了有一个人被扔出了石墙，落到悬崖下喂了野兽。再一想这个人会不会是杜涛时，尚青就会把抽着的烟扔出窗外大口呼气，似乎不这样就会把自己憋坏。

如果一个人老在想一个事，又总是不能想出结果，会不会就把自己想成了一个傻子。尚青有点担心自己正在变成一个傻子。要不然的话，为什么面对近在咫尺的石城子监狱，却一直找不到进去的办法呢?

一天黄昏，看到监狱大门打开了，从里边走出来一个少妇和一个小姑娘。少妇端着一个盆子，盆里装着几件衣物。她们顺着山坡的一条小路走下来，一直走到了山坡下面的小河边上。

布拉可不是平原，主要由起伏的山坡组成，坡与坡之间会有一道道深浅不一的沟。不管是深沟还是浅沟都是南北朝向，顺着每一条沟往南走，都可以走到山里边。山里的雪水和雨水，也就会顺着山沟流下来，其中有几条沟，就形成了一年四季都不会干涸的小河。河水在沟下面，浇不上长在高坡处的麦子。麦子种下了，人就不管了，交给了天。人少地多，用不了多高的产量，就够吃了。遇到雨多的年份，麦子长得好，一年收下的粮食五年都吃不完。所以布拉可的人，只要不是大懒汉，日子过得都不会差。种地用不上坡沟里的河水，日常生活还是离不开。人活着，和草木一样，离开了水一样活不了。天天吃喝都需要水，人和衣服脏了，也需要水来洗干净。

尚青屋子里有一个水缸，里边的水全取自坡下的小河。尚青不用自己去取，吴家雇了一个人，天天用车子去坡下的河里拉水，顺便也就把尚青屋子里的水缸装满了。少妇在河边蹲了下来，把衣服拿出来，在水里洗着。小姑娘在草丛里跑来跑去。离得远，看不出是在捉蝴蝶还是在捉蜻蜓。她们是谁？她们是从监狱里走出来的。监狱里的狱警，属于当兵的，他们大部分都是年轻娃子，还没有成家，就算是成家了，也不会让他们带家属进监狱。那么结了婚还能带家属进监狱的，一定会是个当官的，就算不是典狱长，也会级别很高，能在监狱里管事。

顾不上想那么多了，尚青转过身离开窗子打开门，走出学堂，朝着坡下的小河走去。她走得很快，她怕不等自己走到跟前，那少妇和小姑娘会离开小河回到监狱里边去。

半路上，遇到两个村民干完活回家，看到她走过来，给她打招呼，还想跟她说说自己的孩子。要是在以往，她会停下来，与他们聊一会，征求一下他们对学堂的意见。可这会儿，她没这个心情。她脚步都没有慢下来，说，干活挺累的，快回家歇歇吧。弄得两个人有点纳闷，搞不明白尚青校长，这么急呼呼的是要去干什么。

还好，走到河边，看到少妇盆子里的衣服还没有洗完，看来她一时半会还不会离开。尚青稳住情绪，尽量用平静的口气，朝她打了个招呼。

尚青说，你好，在洗衣服呀。

少妇听到她问话，看了看她，没有什么表情，朝她点了点头。大约是出门前，她的丈夫警告过她，不要和村民多说话。

尚青看到小姑娘是在捉蜻蜓。蜻蜓很多，闪动着透明的带有花纹的翅膀，像架小飞机一样飞翔着。围着人飞来飞去，好像一伸手就可以捉到，可真要捉到它，就没有那么容易了。

尚青说，让我来帮你捉一只吧。

尚青走到了小姑娘身边，很快就帮她捉到了一只。小姑娘捏着蜻蜓的翅膀，高兴地走到妈妈身边，告诉妈妈这只红蜻蜓有多么好看。

少妇对尚青说，谢谢你了。

姑娘上几年级了？

刚上二年级。

还没有放假，到这里来，不就耽误课程了吗？

谁说不是，孩子她爸，说想我们了，非要我们来。

孩子她爸在这一定是忙得离不开，不能回去看你们。

他刚从别的地方调来，什么事都要他亲自管，实在是太忙了。

尚青心想，看来没错，她丈夫肯定就是替代黑脸陈典狱长的那个人了。

你们一家人团聚一次也不容易，那就在这里多待一些日子嘛。

不行呀，孩子要上学，想多待也待不了。

我有一个办法，可以让你们在这里多住一段日子。

少妇看看尚青，一脸不太相信的神情。

尚青说，村里有一个学堂，课程和城里的学堂一样，先生也是从城里请来的。孩子可以去学堂上课，这样就不会把课程拉下来了，你们也可以多住一段日子了。

少妇说，村子里还有学堂，我没有想到。这倒是个好主意，我回去给丈夫商量一下。不过，不知学堂会不会收我家的孩子。

尚青说，我就是学堂的先生和校长，如果你们能愿意让孩子来上学，我保证会接受，还会把孩子这段落下的课程全部补上。

真没有看出来，这么年轻，就是校长了。

村小学的校长，不算个啥。

行，如果我丈夫同意，我明天早上就把孩子送过去。

这样吧，你是外地人，对村里情况不熟，还是我明天来接她吧。你就不用管了，上完了学，我再给你把孩子送回去。你就在家，多照顾她爸吧。

这怎么好意思。

我是校长，这个事办起来很方便。

尚青一夜没睡好，生怕少妇回家一商量，不让小姑娘来了。再一想，这种可能性不大。不管什么人，都会看重孩子的事。这个年纪的孩子，最大的事就是上学，孩子有地方上学，一家人就可以在一起多待一阵，没有人会不高兴的。

第二天早上，太阳升起来不久，尚青走出了门，走到坡下面，走过架在小河上的木桥。正往坡上走时，看到监狱大门打开了。少妇领着小姑娘走了出来。尚青迎了上去，心里边有一朵花瞬时绽放开来。

少妇没有把小姑娘交给尚青，而是带着小姑娘和尚青一起走到了学堂。看来她还是有点不放心，要亲眼看看学堂是什么样子才能决定让不让孩子来上学。

这一天以后，接下来的二十天里，每天早上少妇只是把小姑娘领出大门，就把她交给了尚青。每天下午上完了课，再由尚青把小姑娘送到监狱大门口，哨兵会通知少妇出门来把小姑娘领回去。

第二十天的黄昏，尚青把小姑娘送到监狱大门口，少妇在拉过小姑娘的手时，对尚青说，你到家里来吃顿饭吧，孩子的父亲也想见见你，我们全家想感谢你一下。

尚青嘴里说着，应该做的，不要客气，但两只脚却迫不及待随着少妇跨进了大门。她日思夜想的机会终于来了，她怎么可能错过呢。

少妇说，有了你的这个学堂，我和孩子就可以经常来探亲，不用再担心孩子的功课会受影响了。

尚青说，这孩子天资聪慧，长大了一定会有出息。

就这样，尚青不但知道了典狱长是谁，还进到了典狱长家里，成了他家的贵客。

典狱长与那个黑脸陈典狱长正好相反，不但长了张白净的脸，鼻子上还架了一副眼镜。

他其实知道一个叫杜涛的犯人，他的女人就在布拉可的小学里当教书先生。当他老婆说了一个女人自称是学堂的校长，要让他的女儿去上学时，他就想到了这个女人是谁。

他知道这个女人为什么会这么做，他只是有点好奇究竟是什么样一个女人，为了一个男人会如此的不离不弃，为了一个犯了罪的男人要付出这么大代价。

他也知道他的前任是因为什么受到了惩罚，只要不见钱眼开利欲熏心，谁都可以守住底线。他的女儿回来给他说了这个教书先生有多么好，她说她不想回城里上学了，想在这里一直上下去，他做人的品性让他不能不对这位教书先生表示感谢。

尚青确实需要感谢，这个感谢不是吃一顿饭和得到几句赞扬的话。她不过是想见到杜涛，与他说说话。这对于尚青来说是一件天大的事，但对眼镜典狱长来说，压根儿就不算一件值得说的事。这就像你家的圈栏里关了一群牛羊，有人到你家来，说想看看其中的一头牛和羊，你怎么可能不让人家看呢。

为了感谢尚青对他女儿的关照，眼镜典狱长主动说起了可以让她去看看杜涛的事，这让尚青看着眼镜典狱长，一时竟激动得不知该说什么了。

就这样，在与杜涛分别快两年后，尚青才再次见到了杜涛。

第十二章

生离

一九三七年，马虎山发动叛乱被消灭，三十六师残部被改编，番号取消。至此，马仲英在新疆再无一兵一卒。

一九三七年十月，中国共产党在迪化设立八路军驻新疆办事处，红色交通线得以开辟，中国共产党领导人和重要干部均由此往返苏联和延安。

盛世才将自己的照片，和罗斯福、丘吉尔、斯大林以及毛泽东、蒋介石的画像并列挂在墙上。说他是当今世界反法西斯领袖人物之一。

此时凡来往于莫斯科和延安的共产党要员，经过迪化时，必会成为盛世才的座上宾。他必会躬身请教如何加快建设新疆之步伐。

盛世才学习苏联集体农庄经验，在全疆各县设立模范农场和农务讲习所，发放贷款，奖励种子耕牛于开荒者，使得全省耕地在他执政期间增加两倍，农作物产量增加三倍。

一九三九年九月，第二次世界大战爆发。

一九四一年六月十三日，德国入侵苏联。盛世才以为苏联必败，决定弃苏，废除“六大政策”，重新投入蒋介石的怀抱。

一九四二年八月三十日下午，宋美龄乘专机来到迪化。盛世才带着夫人去迎接，并组织了隆重的欢迎仪式。宋庆龄带来了蒋介石的亲笔信，还有四个国民政府的委任状。如西北战区副司令、国大代表等。

一九四二年九月，盛世才签发的外交照会，送到了苏联领事馆。要求苏联在限期内撤出在新疆的所有军事人员和技术人员包括专家顾问。

一夜之间，在新疆境内所有公共场所里的亲苏亲共的标语被撕了下来，挂在墙上的列宁斯大林的画像也被要求取下来，不准再悬挂。各个地方飘扬的象征着六大政策的六星旗，也换成了国民党的青天白日旗。

盛世才的特务机构开始肆意抓捕共产党人和爱国人士。

尚青见到了杜涛。

以为再进监狱，会对杜涛打击沉重，担心他会精神崩溃，身体被摧垮。见了面，很吃惊。和想的完全不一样，杜涛不但没有垮，反而脸上有了光亮，似乎比起当老师时，状态还要好一点。

什么原因，不能不问。

还是那间探视室，还是隔着栏杆，只能说话，别的事干不了。经典狱长特批，可以带吃的。一大包，狱警拿过去，看了一眼，连翻都没有翻，就交给了杜涛。狱警没在旁边待着，离开了探视室。这也是尚青提出来的，说夫妻说话，不想让别的人听见，典狱长也同意了。这些要求，都不过分，全在他的权限之内，不会惹来麻烦。女儿可以在村小学上课，他们一家人就可以经常在一起了。他非常在乎妻子和女儿，于是这个村学堂的校长，对他来说就成了一个重要的人。

想着见到杜涛，首先要说的事是孩子的事。杜涛知道她怀孕了，还不知道孩子没有了。以为杜涛见了她，也会首先问孩子的事。男女成了夫妻，什么事最大？就是孩子。想等杜涛问，问的时候再告诉他，让他不要太难过。

不过，杜涛一开口，偏偏问出的是另一句话，你咋才来？

不让进，好不容易才找到办法。

我想了想，肯定是程丰捣的鬼。

我也是这么想的。

要是有机会，我不会饶了他。

他已经受到惩罚。

什么惩罚？

几句话说不清，有机会了，咱们再慢慢说。

对了，有个大事，我要告诉你。

你是不是想说咱们的孩子？

愣了一下，显然尚青提醒了他。杜涛边去看尚青的肚子，边问咱们的孩子怎么样了？

抓你的那天，警察把我摔到石磨上，把我弄得流产了。

杜涛握起拳头，在桌子上狠狠砸了一下，说狗日的程丰，就是他害的。

事情已经这样了，你不要太伤心。

我们都要想开一点。也许，这个时候，我们还不该要孩子，社会这么乱，生了孩子，不但养不好，还会带来很多麻烦。

我倒没有这么想过，我还是想要一个孩子。

不过，我觉得我们不能只想着生儿育女过日子，我们还应该有更远大的理想。

你不是说，我们是平常人，就该过平常人的日子吗？

现在我不这么想了，这个社会太不公平，太黑暗，不改变，想过平常人的日子也过不了，要不，我怎么会就因为骂了几句话，就关进了大牢。

是咱们运气不好，太倒霉了。

这么想是错的，我们的悲剧是这个社会造成的，我们完全可以通过奋斗，建立起一个民主自由的新社会。

你怎么会发生这么大变化？

杜涛放低了一点声音说，你知道吗？我遇到了一位了不起的人，他和我关在一间牢房里。他参加过红军长征，他是个共产党员，他也是遭人诬陷，被关了进来。

声音小，但可以听得出，杜涛很激动。杜涛说，下一次你来，把你的那把剪刀，放到馒头里。

尚青说，你要干什么？

杜涛说，别问那么多，按我说的去做就行了。

这次见到杜涛要说高兴，也确实高兴，没有想到杜涛身体还有精神状态都那么好。要说不高兴，也不是一点没有。他对孩子这个事，表现出的一种不太在乎，让她有些不舒服。也许他有他的道理，养个孩子确实不容易，是个麻烦事。可只要活着，又有什么事不麻烦。生不生孩子，和年代、社会乱不乱没有关系，只要男女结婚了，正处于生育年纪，不管是什么样的情况下，都应该生儿育女。有多少孩子都是出生在兵荒马乱的岁月里，最后还不是一个个长大成人，有的还成了了不起的人。

不过，说这些都没用，这会儿她和杜涛，就算是想生，也没有办法生。看来，生孩子这个事，只能等杜涛从监狱里出来后再说了。

跟眼镜典狱长认识了。他的女儿和妻子离开了以后，尚青再去看杜涛，都会在他的办公室里聊一阵子天，她把杜涛的事全都给他说了。他说其实他们也知道这些被抓起来的人，有不少都是没有什么证据的，也觉得盛督办这么搞有些过分，可谁也没有办法，他在那个位子上，生死大权掌握在他的手上，想活着，就得按他说的去办。他继续对尚青悄悄说，就是因为盛世才抓人太多杀人太多，反对他的人也越来越多，他的日子也不好过。

问杜涛会不会也被杀掉？他说根据他这些年当典狱长的经验，像杜涛这样无足轻重的人物，是不会拉出去枪毙的。真正要杀的，还是那种有身份有地位有影响力的，像毛泽民、陈潭秋、林基路这样的，只要抓进来，再放出去的可能性就不大了。

这几个人的名字，尚青在报纸上看到过，他们都是些大官呀。和这些人比起来，杜涛确实不算个啥。但对尚青来说，天下的男人，没有谁会比杜涛更重要。别的不怕，最怕的还是杜涛会死。只要人能活着，一切都有可能。眼镜典狱长说杜涛这样的人应该不会被枪毙，这让她的担心少了一些。

再去看杜涛，带上了他要的那把剪子，把它放进了大馒头里。狱警知道她和典狱长的关系，对她的检查也就没有那么认真。

尚青把放有剪子的馒头交给杜涛时，嘱咐他千万不要把剪子搞丢了，那可是父亲和哥哥送她的礼物。

尚青还把典狱长的话告诉了杜涛，让杜涛不要太紧张。只要政局发生变化，他们这样的人，命运也会随着发生变化。

尚青盼着政局发生变化，把杜涛放出来。结果还没有等到政局变化，杜涛就出来了。只是杜涛不是被释放出来的，而是自己跑出来的。

与杜涛关在同一牢房的共产党员叫冯正光。西路军遭马家军的围剿惨败后，他作为屈指可数的突出重围者之一，随着突围的部分红军来到了新疆。盛世才对这批红军进行了妥善安排，其中一部分人还被送到了汽车学堂和航空学堂进行驾驶员和飞行员的训练培养。

这个时期，盛世才为延安的共产党培养的各类军事人才多达千人。冯正光年轻聪明，进入航空学校后，勤奋刻苦地训练，很快就可以单独驾机上天了。没想到有一天，非说他参加了一个阴谋暴动的组织，把他抓了起来，投进大牢。他和杜涛不一样，出生入死，厮杀搏斗，什么场面都经历过。从关进来那一刻起，他就想着怎么逃出去。他的革命思想深深吸引了杜涛，让杜涛一下子找到了人生的方向。他的逃跑计划在杜涛看来，就是一次奔向自由的伟大行动。他现在意识到当初大骂盛世才的行为实在太幼稚，要想获得真正的自由民主，必须砸碎一个旧世界，创造一个新世界才行。也是由此开始，他不再只想当个教育工作者，而是要做一名反抗黑暗统治的革命者。

一九四四年的春季。这天夜里，离天亮还有五个小时，各个牢房锁了门，犯人都在酣睡。门外过道里，只有一个狱警在值班，同样耷拉着脑袋在打瞌睡。杜涛装肚子疼，冯正光喊狱警。狱警走过来，看是什么情况。门是铁栏杆，狱警趴在门上往里看。

冯正光凑近了，用剪子狠狠地扎进他的心脏。

都没有来得及哼一声，狱警就倒在了地上。冯正光摘下他腰间一串钥匙，打开了牢房门，也打开了监区铁门。监狱大门处有岗哨，出不去。白天干活，给房顶换瓦时，两人把一架木梯，放在了城墙处。这会儿，他们跑出监舍，趁着夜色，躲开岗楼上的探照灯，找到木梯，两人悄悄地越过了城墙。哨兵正打盹，没有发现他们。

出了监狱，两人直奔村子中的学堂，找到尚青。看到杜涛，尚青大惊。再看他身边的一个男人，并不认识。杜涛介绍这个人的情况，才知这个人就是杜涛给她说过的参加过长征的红军。再听杜涛说他们刚刚逃出来，急于找两匹马，往内地跑，准确说，是往延安跑。

尚青没有马，可吴家有马，尚青常去牵马骑，去过马厩多次，摸着黑去，也一样可以走进马厩牵出马来。马的事，不是个事。只是走得这么急，让尚青措手不及。尚青收拾起东西，边收拾边怨杜涛，我上次见你，你该告诉我，让我好有个准备。

杜涛说，这种事，怎么能讲，万一别人听见了，怎么得了。

看尚青收拾东西，杜涛问，你收拾东西干什么？

尚青说，好跟你一块儿走呀。

杜涛说，你就别跟我们走了。

原以为杜涛来找她，是要带她走。没有想到他只是因为想弄到马，才来跟她告别的。从一开始，他就没有打算在逃跑时把她带上。尚青说，你走了，我咋办？

杜涛说，你还继续当校长，当教书先生，等我回来接你。

尚青说，这么说，你要扔下我一个人，不管我了？

杜涛说，不是不管你了，是接下来会遇到什么事，谁也不知道，不能让你跟着一块儿冒这个险。

站在一旁的冯正光也说，我们两个男人，现在能不能逃出盛世才的魔掌都很难说，要是带上你，就更没有把握了。

尚青说，我明白了，你们是嫌我会成为累赘。尚青一脸不高兴的样子，坐在了床铺上，不再收拾东西。

看到这种情况，冯正光说，你们小两口再说会话，我到门口抽根烟等着，小杜，我给你说，咱们必须赶紧离开布拉可，要不然就会前功尽弃，如果再被抓回去，投进大牢，罪加一等，下场会更惨。

屋子里只有尚青和杜涛了。尚青扑上去，抱住杜涛。跟杜涛说，不是给你说了嘛，政局一变，你就会被放出来了，你为什么还要冒这个险?

杜涛说，我一天都不想待在牢笼里了，我要早日出去，为了新的理想去奋斗。

尚青说，那你也不能扔下我，一个人远走高飞，我可是你的妻子呀。

杜涛说，要奋斗，就会有牺牲。

尚青把杜涛抱得更紧说，我反正要跟你一起走。

杜涛说，行了，别闹了，没有时间了。

尚青说，你真的舍得与我分开吗?

杜涛说，青，我们都还年轻，来日方长，等到革命胜利了，我们一定会过上想要的幸福生活。

尚青冒出了一个念头，哪怕把杜涛留下一会儿也行。

她懂女人的生理周期，如果这会儿，杜涛能把生命的种子播进她的肚子，她十有八九就可以让种子开出花结出果来。她边想边去解杜涛的裤腰带。杜涛惊讶地看着尚青，可他好像也有些犹豫了，因为他的身体有了回应，毕竟他才二十六岁。

冯正光在外边敲起了门，催促杜涛快点按照定下来的计划行动，要不，就真的来不及了。杜涛惊了一下，坚决地推开了拥着他的尚青。

如此的挽留都没有成功，尚青不再说什么了，只能快送杜涛离开，别让他再入狱。

看杜涛要出门时，想起了什么，问杜涛，我的剪刀呢？

杜涛从口袋里掏出来，递给尚青时说多亏了它。

去牵马，没遇到什么事。吴家有护院的家丁，可这会儿，也全睡了。狗倒是没睡，听到动静，跑出来察看。一看是尚青，一声没出，躺到墙根，又接着睡了。

牵出了两匹马，给了杜涛和冯正光。

冯正光骑上马，往前跑了两步，发现杜涛没有跟上。停了下来，对杜涛说，小杜，你走不走？你要是不走，我就走了。

杜涛不是不走，是他要跨上马背时，被尚青拉住了。尚青说，还是带我走吧。

杜涛说，跟你说，这不可能。

尚青说，要么，你也别走，把你藏起来，学堂有个地窖可以藏人。要不你藏上几天再走？

为什么？杜涛问。

我想……怀上咱们的孩子，尚青说。

都什么时候了，你还想这个事，杜涛说，你怎么这么自私，难道你还想让我再被抓回监狱。

尚青说，我就是不想和你分开。

为了永远在一起，杜涛说，短暂的分开是值得的。

尚青说，我到底什么时候还可以再见到你？

杜涛说，等我的信，只要我活着，我会给你写信的。

杜涛甩开了尚青的手，跳到了马背上，追上了冯正光。不大一会儿，两个人就消失在了夜色中。

两个男人骑上马，没有再回头，朝着天山深处跑去。尚青回到房间，怎么也睡不着。点了烟，一根接一根地抽。这之前，不管怎么样，哪怕杜涛是在监狱里，想想办法，还可以见一面，这一下倒好，杜涛有了自由，反而跑到了万里之外，连见一面都变得不知会在什么时候了，甚至是不是还有可能再见面，都变得难以确定了。

真想不明白，杜涛为什么不愿意带上她呢？相爱的男人和女人，从来没有一方愿意和另一方分开的。尚青读过的书本里，还没有一个故事的男主人公会扔下自己心爱的姑娘自己逃跑的。不过，也难怪，杜涛之所以从监狱里逃出来，本来也就不是为了能和她在一起。不是那个冯正光的鼓动，他不可能想到逃跑，也没有那个本事跑出来。

这么一想，尚青难免很失落，心情也更难受。

两个多小时后，戴着眼镜的典狱长带着几个士兵出现在了学堂。他们搜查了各个房间包括地窖。眼镜典狱长一个人走进她的房间，问她见到了杜涛和另一个犯人没有？

尚青说，见到了。杜涛来跟我说几句话后，就跑了。不想撒谎，也没有意义。

典狱长问，他们说了要跑到什么地方吗？

尚青说，他们说他们要跑到延安去。

典狱长说，他不该这么做。盛世才现在要杀的人，不是他这样的人，他早晚都会被放出来的。这一跑，再抓回来，他的罪就大了，到那个时候，能不能保住小命就难说了。

一大早，尚青去了吴家。丢了两匹马不是个小事。尚青进去时，看到吴老爷正对护院的家丁发火，这么大两匹马，说没了就没了，家人的生命和财产，还怎么得到保障？尚青把吴老爷叫一边，说了昨天晚上发生的事，说这两匹马，算是她买的，多少钱从她的报酬里扣，直到扣完为止。

一听说是这么回事，吴老爷不再关心马的事，问尚青怎么没有跟着一块儿跑？尚青没说杜涛不肯带她，这有点让她没面子，只好说，我不想离开，我怕我走了，学堂就没法办下去了。

吴老爷说，你真的是这么想的？别哄老头开心呀。

尚青说，你看，我一个大活人站在你面前，你怎么还不相信。

吴老爷说，不是不相信，是不敢相信，我知道你是为了什么才来到布拉可的，现在杜涛走了，我是真怕你也会走呀。

尚青说，对于我来说，只要没有杜涛的地方，在我看来都一样，至少在布拉可还有你，有谷秀，有吴可龙，我怎么可能舍得你们呢。

吴老爷说，那就太好了，那两匹马，就当我送你的，再别说什么买不买，钱不钱的话了，你能留在布拉可，这是多少钱都换不来的。

说实话，尚青没有想到离开的事，主要是她还没有顾得上想这个事，再说了，杜涛还要给她写信，她要是去了别的地方，怎么还能收到杜涛的信?

三天过去了，站在窗子前，尚青看到监狱追逃组的狱警们出现了。他们骑在马上，一个个无精打采灰溜溜的样子，一看就知道他们没有抓到杜涛和冯正光。按说，这个时候的尚青应该高兴才对，可是不知为什么，她一点儿也高兴不起来。

杜涛逃走了。尚青想一起走，杜涛不让，说路上太危险，让她等他的信。杜涛能获得自由，确实值得庆幸，可这无法抵消与杜涛分别的难过。

只是高兴也罢难过也罢，还要继续把老师的事情认真做下去。

坐在办公室批改作业，只要听到邮差的自行车铃声，就会不由得站起来，朝着邮差迎过去，心里想着会不会有杜涛写来的信。

两个月过去了，没有收到杜涛的来信。尚青有些着急，可再一想，新疆与内地，距离太远，一封信在路上走得很慢是件正常的事。

五个月过去，还是没有收到杜涛的来信，尚青的着急，就有些找不到理由来说服自己了。怎么算，杜涛这会儿也该到了他想去的地方，有了可以写一封信的条件。用不着写那么长，只要告诉尚青他平安无事就行了。

十个月过去了，再听到邮差的自行车铃声，她连看都不想往窗外看一眼了。杜涛一定出了什么事情，让他无法给她写信了。会是一件什么事情让他不能给她写信了？尚青怎么想也想不出来。

想不出来的事，也会去想，只是想得太多了，她有些吃不好饭，睡不好觉了。

谷秀看到她，对她说，你瘦了。

她问谷秀，你说，杜涛为什么到现在不寄一封信来？

谷秀说，他一定是有什么事，还没有顾得上给你写信，或者说，寄出来的信在路上被送信的人给弄丢了。

尚青说，要是这么说，那肯定是给弄丢了，只是丢了一封两封，不可能每一封信都丢掉吧，这么长时间，要想写信的话，不知可以写多少封了。

正在为杜涛的信着急时，另有一件事，也让尚青着急了起来。

五个孩子考上了县里的中学，其中有一个女孩子就是阿莲。

可阿莲的父母却以没有学费供她上学为借口，不让阿莲离开布拉可村。阿莲哭着来找尚青说她做梦都想去县城上中学。尚青让阿莲放心，说她一定会让她的梦想变成现实。尚青去了阿莲家，看到她家有房子有地，还有鸡鸭牛羊，完全没有拿不出学费让阿莲去上学的贫困相。

阿莲父母对尚青倒是很客气，见尚青来了，又是让座又是倒茶，还拿出东西给她吃，可说到让阿莲上中学的事，他们就不愿意再给尚青面子了。

他们说当初不是尚青让吴老爷出面，他们连小学都不会让阿莲上的。现在阿莲高小毕业，已经是村子里和家里面识字最多的女人，实在没有再上中学的必要了。

知道他们不让阿莲继续上学的理由，也知道要让他们改变主意，无论她说多长时间，说多少道理都是没有用的。

村民尊重她这个城里来的先生，可他们不会什么都听她的。在布拉可村只有一个人不管说什么，村民都会听。

要想让阿莲去县城上中学，其实用不着跟阿莲的父母说，尚青应该直接去找吴老爷才对。意识到了和阿莲父母再费口舌也是浪费时间，尚青决定去找吴老爷。不过，临出门时，看到了阿莲的两个弟弟，就问他们上学了没有？

阿莲的父亲说，他们正在村学堂读书。他向尚青保证，如果阿莲的弟弟考上了中学，他们保证会送他们去上。

这几年里，村民们看到经过学堂培养教育的男孩子们，明显比不识字的男孩子要懂事要聪明，已经争着抢着把男孩子往村学堂里送了，因为孩子太多，尚青不得不把上学孩子的年龄严格控制在七岁以上。不过，村民还是大部分都不肯把女孩子送到学堂来。

阿莲父亲的这个话让尚青越发生气，她对阿莲的父亲说，如果你不让阿莲去县城上中学，我就不让你的儿子上小学。

阿莲的父亲完全没有想到尚青会说出这样的话，一下子愣住了。他说，学堂是我们村民出资办的，这个事你说了不算吧。

尚青这个时候已经不认为这件事单单是阿莲能不能上中学的事了，而是文明能不能战胜愚昧的问题了，如果她连送阿莲去县城上中学这个事都做不到，那她这个校长岂不是也太无能了？她这个老师当得还有什么意义？

尚青找到了吴老爷，才知道阿莲父母这么做，是经过吴老爷同意的。尚青一下子对吴老爷发了脾气，她还从来没有对吴老爷这样过。她说，她错看了吴老爷，以为吴老爷热心办学，是为了让村民改变落后的观念和陋习，没有想到吴老爷骨子里其实还是个封建主义的卫道士。

吴老爷倒是不气恼，依然慢条斯理地开导尚青。他说，这里不是城市，几千年的老规矩不可能一下子就破除了，你能让村子里的那么多女孩子都上学了，已经很了不起了，阿莲这件事你就不要那么较真了，她是家里的老大，好多活得她来干。

尚青说不管你有什么理由，阿莲这个学必须得上。如果她父母不出学费，这个学费我来出，如果他们不让阿莲去县城上中学，我还会把她两个弟弟开除，不许他们进教室，作为对她父母的惩罚。

吴老爷说，你这么做，太过分了，我是不能同意的。

尚青说，我是老师，我是校长，我有权利这么做。我必须让全村人知道，谁家不让女孩子上学，谁家的男孩子就上不了学。妇女不解放，社会就不能进步，布拉可村也是这样，不能让女人永远围着锅台转。

吴老爷说，你可不可以只管教书就行了，别的事就不要管了？

尚青说，不行，除非你把我赶出布拉可村，不让我当这个老师了。

尚青的男人已经不在石城子监狱了，她只要想离开随时就可以离开。比起让阿莲上学的事，能把尚青留下来才是最重要的。

吴老爷说，丫头，我服你了，好吧，阿莲的事，我去给他们说。

尚青说，还有，关于女孩子上学这个事，必须写进乡约村规。

吴老爷说，下次族长开会，请你一块儿参加，有什么想法你都可以提出来。

尚青说，是不是我这个女人的身份不太合适呀？

吴老爷说，你是我们的先生，不是女人。

给去县城中学读书的孩子们送行时，阿莲扑到尚青怀里流出了眼泪。尚青送给了她一件衣服、一条裤子和一支钢笔，还有十块银圆。

她对阿莲说，你是布拉可村第一个上中学的女孩子，你一定要学出个样子来，让布拉可的人知道，女孩子只要读了书，也会和男人一样有出息。

阿莲有困难，尚青挺身而出给她解决了。可尚青有困难，却没有谁能帮她解决。杜涛这一走，已经一年多了，连只言片语都没有。这让心目中除了杜涛再没有第二个男人的尚青该如何度日呢？

尚青之忧无人能解，可时间不会不管。天底下，谁的难事，时间都会给出结果，这一点上，大人物小人物都一样。

第十三章

噩耗

一九四三年一月，国民党成立新疆省党部。

一九四三年三月，在国民政府要求下，盛世才正式通知苏联军事顾问团，要求“红八团”撤出新疆。四月五日，苏联当局正式同意“红八团”撤出新疆，并于五月中旬开始从哈密分批撤退。

抗日战争进入到关键阶段。世界反法西斯联盟正在各个战场上由相持转入进攻。

共产党领导的八路军和新四军不断扩大解放区根据地。

一九四三年十一月，国民党第二十九集团军三个师开进新疆，分别驻扎到南北疆。

盛世才不能再随意任命地区和县里的官员。国民党中央特派员明显比他的权力更大。

盛世才有了悔意，想与苏联重归于好，摆脱国民党的控制。但苏联人不再信任他，把盛世才的行为告诉了南京政府。

一九四四年，蒋介石认为已经完成对新疆的控制，决定调盛世才到重庆来担任农林部部长。

一九四四年九月十九日，身不由己的盛世才只得无奈地携家人和大量黄金宝石，登上一架飞向重庆的专机。

盛世才不在新疆了，那些因反对盛世才被抓起来的人，也就没有理由再被关在监狱里了。也就是说，如果杜涛不逃跑，他这会儿，也会和许多政治犯一起走出监狱，与她团圆了。可尚青，还是没有收到杜涛的信。这一天，距离杜涛离开的那天，已经过去了整整四百三十多天。

因大量犯人的释放，石城子监狱不再有犯人关押。为了减少政府经费的开支，有关部门决定关闭监狱。

八月的一天，数辆大卡车开进布拉可，停在石城子监狱门前。

车子从学堂的门前经过时，发出的声响让孩子们无法安静地上课。尚青走出教室，看明白了是怎么回事，打算等到大卡车离开后，没有了汽车马达的干扰，再回去给孩子们上课。

装满了东西的大卡车从尚青面前经过。其中有一辆开到她的跟前，停了下来。正想着这辆大卡车为什么会停下来，眼镜典狱长从驾驶室里跳下来，朝着她走过来。

他问尚青，杜涛是哪一天跑的？

尚青说，去年的五月十六号。

他说，你记得可真清楚。

尚青说，想不记得清楚都不行。

他说，如果他不跑，现在你们就可以一起过日子了。

尚青说，谁也不知道会有这么一天。

他说，孩子再也没有机会听你的课了，她跟我说，城里的先生也没有你教得好。

尚青说，你有一个好姑娘，小小年纪就很懂事。

他问，你是不是一直在等杜涛回来？

尚青说，当然了，不等他，还能等谁？

典狱长说，你还是不要等了吧。

尚青问，为什么？

典狱长说，我们没有把杜涛抓回来，不是别的什么原因，而是我们的人在追捕他的路上，把他打死了。他跳进了雪水河里，我们把他打死在河里了。

尚青说，你胡说八道，这怎么可能？

典狱长说，你可以不相信，本来我是可以不告诉你的，但我觉得如果不告诉你，你会一直等下去，这对你不公平。我的孩子很喜欢你，我想我还是应该把这个事告诉你。

尚青问，你为什么不早告诉我？

典狱长说，我知道杜涛是怎么逃跑的，没有你的帮助，他们跑不了，你骗取了我的信任，我没有把你抓起来，已经是失职了，我不想再给自己找麻烦。当然，现在，没有了盛世才，也就没有这个麻烦了，你也可以开始新的生活了。

大概是不想看到尚青的难过，典狱长一说完，不等尚青再说什么，就转身坐进了大卡车的驾驶室。大卡车朝通往县城的方向开去，荡起的尘土像烟雾一样飘到了天空中，久久不肯消散。

尚青看天，天在晃，看地，地在转。好几次差点摔倒，摇摆着，走回屋子，一头栽倒在了床上。

再醒过来，看到谷秀拿着一碗水，给她喂水喝。谷秀问她怎么了。

她说杜涛死了。

谷秀说，你咋知道？

尚青说，典狱长说的，说杜涛跑的时候，在路上被打死了。

谷秀不说话了。把水递给尚青。

尚青接过水，喝了一口，说，怪不得一直都没有信。

他不该跑。

我咋办？

有我呢。

尚青靠在了谷秀怀里，似乎自己以后真的只有靠谷秀了。

尚青站在坡顶，望着小河那一边的石城子监狱。大门已经被人卸走了，里边的东西在几日内，能拿走的，可以用的，全都被近处的村民搬走了。它已经成了一座没有设防的空城，想进可以进，想出可以出，不会有人过问。然而，就在过去的几年里，尚青为了能走进这座城，为了看见关在里边的一个人，为了能把这个人救出来，她受了多少苦多少罪。应该说，她的人生走到了这一步，就是被这座叫石城子的监狱给弄的。如果不是那年的秋天，叫杜涛的男人被关进石城子监狱，那她的人生一定不会是现在这个样子。

吴老爷看到了尚青站在坡顶，拄着拐杖也走了过来，走到尚青跟前，与她一起望着石城子监狱。

吴老爷问尚青，你知道汉朝有一个将军叫耿恭吗？

尚青说，当然知道，只要是读过《后汉书》的人都会知道。

吴老爷说，听老一辈人说，他一个人带着几百个汉军打败了数万匈奴人。

尚青说，他在一座石城里，从春天坚守到了来年冬天，等到汉军救兵赶到时，最后活下来的只有十三个人。

吴老爷说，你知道吗？你说的那个石城，就是你眼前的这个石城子。

尚青说，真的吗？史书上只说了发生在天山北边，说到了疏勒城，可这个石城到底在什么地方，并没有说得很清楚。

吴老爷说，既然史书上没有说明白，那说这个城是石城子就不算错。

尚青说，这倒也是。可要证明是对的，并不容易。没有文字记载，就得有文物证明。

吴老爷说，啥文物？

尚青说，耿恭的事发生在汉朝，那就得在石城子里找到汉朝留下的东西。

吴老爷说，那陶片瓦片算不算？

尚青说，当然算了。

吴老爷说，你要是有空，去石城子那里转转，在荒草地上可以找到一些破碎的瓦片，和我们现在盖房子用的瓦，不太一样。

尚青说，要真的是这样，那倒值得去找找看。

一老一少，说着古人，说着古事，其实心里边想的都是眼前的人和事。

尚青能在布拉可村当先生，全是因为杜涛在石城子监狱。现在杜涛不在了，是永远不在了，那么尚青还有什么理由留在这呢？

这几年相处，吴老爷了解尚青。知道这个女子到了这会儿，要做什么事，已经不需要别人替她拿主意。所以，他想到了杜涛，但并没有提到杜涛的名字，好像他压根儿不知道杜涛已经死在了雪水河里。

尚青对吴老爷一直深怀敬意。她没有提起杜涛，是她知道，现在她要做什么，谁都不能给她答案。没有了牵挂，也就没有了羁绊。明明可以自由飞奔了，她却陷入了迷茫，不知该前往何方了。

尚青和吴老爷正说着话，谷秀带着吴可龙走了过来，她的肚子又挺了起来。吴可龙已经五岁了，她是该再生一个了。

别看吴可龙才五岁，可他认识的字有上百个了，会背的唐诗有二十多首了。吴可龙能够这么出色，不是他比别的孩子更聪明，主要是因为他有尚青这个干妈。

吴可龙只要见到尚青，就会去牵尚青的手，或者坐到尚青的腿上，看上去，似乎比对谷秀还亲。也难怪，尚青从来不大声地训斥他，就算是他做错了什么事，尚青也是轻言细语地给他说，不像谷秀常常瞪圆了眼睛，骂得他掉眼泪。

吴可龙跑到尚青跟前，牵着她的手，对她说，青妈妈，你昨天教我的诗，我记住了。

尚青说，那就背给青妈妈听听。

吴可龙仰起头，一个字一个字地背了起来："锄禾日当午，汗滴禾下土。谁知盘中餐，粒粒皆辛苦。"

尚青鼓起了掌，说，背得太好了，我们小可龙太了不起了。

尚青对谷秀说，我看可以让可龙来上学了。

谷秀说，是不是还有点太小了。

尚青说，对别的孩子来说，可能有点小，但对可龙来说，不算小。

吴老爷在一旁说，小什么呀，在上学这个事上，要听先生的，先生说可龙该去上学了，就要让他去。

谷秀朝着尚青使了个怪脸说，行呀，只要你不怕他太小不懂事，给你惹麻烦，我才巴不得呢，省得在家里淘气。

第二天，吴可龙来了，背着小书包。

谷秀把他交到尚青手上，说这孩子，以后就交给你了，我就不管了。尚青说，我就管他读书，别的事我可不管。谷秀说，他还有啥事，只要能读好书，没啥别的事。

谷秀说得对，二十岁以前，只要家里不穷，不管男孩还是女孩，除了上学没啥别的事。学上好了，以后的事，也就好办了。

带着吴可龙去教室。尚青和许林、方云有分工，三个班，都从一年级往上带。一直带到上中学。这样有一个好，对孩子了解，知道怎么教，可以让孩子学得好。教好了，有功劳；教不好了，不能怪别人。这个方法，可以提高老师的责任心。别的孩子来了，根据现有学生多少，分给许林和方云。吴可龙不一样，不管班里已经有多少孩子了，也得自己带。

领进教室，放在第一排。好多孩子，不愿意坐第一排。她上学时，就不愿意坐前排，在老师眼皮子底下，想做个小动作都做不成。可有一个好，逼着要专心听课。尚青上学，并不太用功，可功课一直不错，坐第一排是个原因。所以，想也没想，就让吴可龙坐到第一排。

上课几年了，站到讲台上，早成了习惯。说平静如水，一点不过分。可这次不太一样，看到吴可龙，看到那双眼睛忽闪忽闪，她倒有了些紧张。教过的孩子，都喊她老师，只有这个孩子，会喊她妈妈。教一个叫妈妈的学生，是头一次，难免感觉有点不同。她不由得轻咳了一声，才开始讲课。

放了学，不让吴可龙自己走，让他等着。别的孩子都走了，教室空了，院子里没有人了，才让吴可龙走。尚青不让他一个人走，亲自领着，送他回吴家。

小儿子的儿子，在吴老爷眼里，就是金疙瘩。学堂离吴家不远，就二百多米，让他自己走，也能走到，可万一路上遇到什么事，不说别的，就是被狗咬了，也是天大的事。还有他也是自己的干儿子，可不能有一点闪失。说是干儿子，可因为自己还没有孩子，尚青就把所有的母爱都倾注到了吴可龙身上。

到了吴家，把吴可龙交给谷秀。

谷秀说，用不着送，让他自己回。

尚青说，你放心，我还不放心呢。

送过吴可龙，尚青要走，谷秀不让走，说吃过饭再走，好长时间没说说话了，吃过了饭，还想和你说说话。

也许，尚青主动送可龙回家，就是想见到谷秀，和她说说话。

女人好，都是这样，过上几天，就要在一起说说话。也怪，女人经历没有男人多，话却比男人多。女人的话，就像河里的水，嘴一张，就能不停地流出来。农闲时候，男人们凑在一起，不是打牌下棋，就是划拳喝酒。女人凑在一起，就一个事，嗑瓜子说闲话。不过，尚青和谷秀在一起，无法李家长张家短，不是对家事没兴趣，是实在不太了解，说不了人家啥。村子里别的女人见了尚青，不当女人看，全当先生待，给别的女人说的事，不给她说，怕低了尚青的脸面。尚青也落个清净，有更多心思，用在孩子身上。以前还往杜涛身上用，杜涛跑了，以为他还活着，总惦记着他。现在知道杜涛人没了，连想都不能去想了。孩子们可以占据她作为老师的那颗心，可作为女人的这颗心，这会儿已经变成了一间无人居住的空房间。

和谷秀说话，说什么，其实也是闲话。只是这些闲话，都是两人想说的，想听的。

尚青问怎么好一阵没有看见吴长明回来了。

谷秀说，可不，我怀上了孩子，就回来得少了。

尚青说，你这话啥意思？

谷秀说，你说啥意思，还不是上不了我的身子，就不想回来了。

尚青说，你这话说得，好像长明回来，就图你一个人，人家还有爹娘和孩子呢。

谷秀说，我总觉得他在县城有相好。

尚青说，别胡猜乱想。

谷秀说，有也正常，长明那么好的男人，女人不喜欢才怪，只是长明自己要把着点，不能什么女人跟前都骚情。

尚青说，好男人不会胡来。

谷秀说，我给他说过，让他再找个小的。

尚青问，你真这么想？

谷秀说，真找一个，没什么不好，可以帮我做多少事，让我不再那么累，还可以拴住他，不让他在外边撒野。

尚青说，你有这样的想法，真是太奇怪了。

谷秀说，我还盼着长明能找个像你这样的相好。

尚青说，你真是越说越离谱了。

听谷秀说吴长明时，尚青想到了程丰。她活到现在，和她关系最密切的男人，只有杜涛和程丰，可结果却是一个死了，一个被抓了。虽然，程丰被抓后，目前是个啥情况，并不清楚。但就算没有被枪毙，也会受尽折磨，苦不堪言。也怪，曾和程丰那么好，差一点成为恋人。现在却对他的遭遇，没有半点同情，莫非正是这么冷酷，过于心狠，老天才让她在风华正茂时，不能享受到那份该有的快乐？

是啊，尚青这一年，整整二十六岁了。如果不是那场意外，孩子也该和吴可龙一起玩了。

许林和方云，都比她小五岁，去年也有了宝宝。他们来了后，给他们分了房子。挨着她的一间房子，就是空的，没给他们住，让他们住到了西头。不想成为邻居，没有别的原因，只是不想半夜里，听到他们闹出的动静。就是这个样子，晚上去校园里转，看门窗关好了没有，几次路过他们的房子时，听到怪声音。起初没听明白，仄着耳朵听了一会儿。听出来了是什么响动后，想着快点离开，不再往下听。

那天下大雨。尚青被一声雷惊醒了。醒了后，想刚做的梦。梦里一个男人，长什么样看不清楚，反正不是杜涛。就在草地里，男人突然就出现了，男人一脸坏笑，吓得她转身就跑。男人在后边追，男人跑得快，一会儿就追上了她，把她扑倒在草地上，几下就把她扒光了，让她一点招架的气力都没有，只能任他为所欲为了。只是还差那么一点，就在他马上要得逞时，雷响了，把他炸跑了。躺在床上，想这个梦，越想越委屈，连老天都和她过不去，让她做个梦都做不成。梦是不能做了，可周身的燥热，还像火一样，烧得她实在难受，逼得她，只好一掀被子，光着身子，拉开了门，站到了大雨中，让雨水把她浇了个透，直到把她身体里的那团火焰浇灭。

和谷秀说话时，想到了这个梦，这场大雨，可没有说出来。没有说出来，谷秀也能体会到尚青的苦恼。都是女人，女人的心思，女人怎么能不知道。

谷秀说，我看你还是再找一个男人过日子吧？

尚青看了谷秀一眼，问她，去什么地方找？

谷秀说，男人什么地方都有。

尚青说，你以为找男人是买东西，想要了，就可以买一件回来。

谷秀说，只要看顺眼了，当然随时都可以挑一件买回来。

尚青说，这会儿杜涛是不在了，心里空得很，可要马上就让另外一个人住进来，不说对不起杜涛，就连自己也会难以适应，还是过些日子再说这个事吧。

这个话谷秀理解。尚青和杜涛，不像村子里的男女，不管自己喜欢不喜欢，家里就给包办了。他们两个是因为爱，才走到了一起。而且尚青有多爱杜涛，别的女人不知道，谷秀是一点点全看在了眼里。杜涛人走了，房间空了下来，可他的影子还在，这个时候，尚青不可能马上打开门，放另一个人进来。

明知尚青这会儿，不会接受别的男人，谷秀还是要劝说尚青。有些主意，看起来坚决，可听别人说得多了，也会发生改变。既然尚青早晚都会再找一个男人，那么当然是越早越好了。作为妹子，有些话别人不会对尚青说，自己不能不说。没准说着说着，打算两年后再去做的事，就会提前去做了。反正，谷秀想好了，不管尚青如何打算，她只要见到尚青，就会劝尚青快点找个男人。

知道谷秀让她找男人，是为她好，说得再多，就算不断重复同样的话，尚青也不会生气。只是尚青始终觉得，男人不是找来的，而是遇上的。如果他是你的，你在什么地方，都能把他遇上。如果再能遇上一个，像遇上杜涛一样，她还会像对杜涛一样爱他。

谷秀问，如果遇不上了呢。

尚青说，如果两年以后，真的找不上自己喜欢的那一个，那我就不管了，就随便找个男人。

谷秀说，有多随便?

尚青说，只要能让我生个孩子就行。

谷秀说，你这也太随便了，你同意，我还不同意呢。

尚青说，真的不是开玩笑，到了那一天，男人对我来说，就没有了区别。要不，谷秀，你就在村子里，给我找一个庄稼汉子吧。

谷秀说，村子里的男人，能配得上你的，真的没有一个。

尚青说，什么配上配不上，到了这个年纪，成了寡妇，怕是所有男人知道了这个情况，都会躲得远远的。

谷秀说，那可不一定，真喜欢上了，才不会在乎这些。

尚青说，那我就等着他从天上掉下来吧。好了，不胡扯了，天不早了，该睡了。我也得回学堂去了，还有好多学生作业等着我批改呢。

坐在油灯下批改作业，这日日都会做的事，因那个迟到的噩耗，让尚青的姿态依旧，心境却有了极大不同。

山村的夜晚极其寂静，几声犬吠，一串蛙鸣蟋蟀叫，更是会在寂静中，再添几分清冷。

尚青披了件长衣，仍然觉得还是有些凉。手掌凑近了灯火，似乎想要得到一点温暖。

莫非从此自己的人生之夜就要永远孤对一盏青灯而度过了。

第十四章

动情

尽管远离前线，但对抗日战争的支持，新疆各族人民一直是竭尽全力。

新疆民众抗日救国后援总会，开展了捐献飞机援助前线抗战的运动。在“武汉保卫战”战役中，十架“新疆号”战斗机给日军以猛烈打击。

为了温暖前线战士的身心，新疆各族人民积极响应号召，当年即征募棉背心四百万件、旧衣服五百万件给前线士兵和后方难民御寒之用。并向重庆抗敌后援会汇去募集寒衣款二十三万元。自此平均每年又有二十万元（法币）的寒衣款汇往前方。募集寒衣款在全国名列前茅。

据不完全统计，在抗战时期，经过新疆运输到前线的物资有作战飞机九百八十五架、坦克八十二辆、火炮一千七百余门。

其中通过昆仑山驿线，运送汽车轮胎四千四百四十套，布匹七百八十二包，油袋五百八十八件，呢料六十三捆，另有汽车配件、医疗器械等。其中由一千匹骆驼和马匹及一百八十名少数民族兄弟组成的驮队，在把物资从印度列城运回国内的途中，翻越雪域高原，历经千难万险，多名驮工为此献出生命。

就在抗日战争将要夺取最后胜利之时，新疆却因盛世才的调离，出现了不稳定的乱象。

天山山脉因冰雪四季可见，古时被称为“白山”。山脉横卧新疆腹地，南有塔里木盆地，北有准噶尔盆地。西端是伊犁，东端包括巴里坤、木垒和奇台等地。东西之间相隔上千公里。但发生在伊犁的暴乱的消息，还是很快传到了东天山一带。一旦乱起来，局面失去控制，遭殃的可是老百姓呀。

村里的老人们男人们凑到一起，不再胡说八道打闹开玩笑了，而是想着动乱万一祸及到村子咋办呢？不过说是说，有吴老爷在，用不着慌张。水来土掩，兵来将挡。多险恶的年岁里，布拉可都挺了过来，现在还怕个啥。村民看着遍山的麦子，仍然是喜上眉梢。今年的雨水多，种下的麦子，比往年长得都好。村民站在自己家的麦地边，估摸着收成的同时，还盘算着用吃不完的麦子，去给家里增添些什么样的财产。在这一点上，吴老爷和别的村民也没有什么两样。只是吴老爷想的，不仅是家里的事，还有村里的事。伊犁河谷发生的事情，让他有些不安，他想，该给自卫队再增加一些新式的快枪。乱世里，要活下去，要活得像个样子，靠别人靠不住，还是要靠自己。

新疆地域辽阔，可民众生活并不富庶，但积极捐款捐物支援内地抗日前线行动从来没有停止过。光是布拉可村民捐出的大洋就有一大箱子。其中就有尚青的二十块大洋。

尚青上课，也多了和抗日相关的内容。小学生没有历史课。可这个时候，有些历史上的事，得让孩子们知道，有些道理得让孩子们明白。比如说鸦片战争的耻辱，甲午海战的惨烈，比如说“九一八”是怎么回事，比如说为啥不能当亡国奴，比如说，祖国的河山为啥不能让侵略者霸占。

尚青还教会了学生们唱一首歌。歌词是这样的：“大刀向鬼子们的头上砍去，全国爱国的同胞们，抗战的一天来到了……”

吴长明回家来休假，谷秀对尚青说，明天我们去黑湖。

不再是三个人一块儿去，还带上了吴可龙。尚青说，你们一家三口去玩，我跟着去不合适。谷秀说，你是我姐，是孩子的干妈，你不合适谁合适？你要是不去，我们也就不去了。

这话可不假，谷秀还有一个多月就要生了，肚子大得厉害，这个时候的她不宜多出门。

还是坐着那辆马车，还是拉了一张大花地毯，还是拉了许多吃的喝的东西。不同的是吴长明多带了一把枪。

问尚青带手枪没有。

尚青说现在我出门都会带上它。说着，尚青把手枪从包里拿了出来。

看到尚青手中的枪，吴可龙凑过来，也要抓着玩。

尚青说，你还小，不是玩这个的时候。

吴长明说，长大了，我也不想让他碰枪。

尚青说，那你想让他干什么?

吴长明说，像你一样，读书识字，靠笔杆子，过受人尊敬的日子。

尚青说，像我可不行，他是个男子汉，要干大事业。

谷秀说，我看呀，只要无病无灾，干啥都行。

一旁的吴可龙，对三位大人操心他的话，一点儿兴趣也没有。他的目光被路边跑过的一只野兔吸引。

到了黑湖边，停下了马车。

还是上次那片草滩，只是季节不同，没有那么多花了，草叶子开始变黄。但吹来的风更凉爽了，天空中的云也变得轻了，淡了，显得更高更远了。

地毯铺开以后，谷秀马上忙了起来，带了那么多吃的喝的，她要一样样摆出来。边摆着东西，还要看着吴可龙，让他不要离开她太远。

尚青想到带着的手枪，想马上用它射击。不愿意再朝那棵大树扣动扳机，子弹打在树身上，谁知道它会不会疼。树要是会说话，没准也会说，我和你无仇无怨，为什么要用枪打我？再说了，当着吴可龙的面，作为妈妈和老师，让他看见她拿着枪摆弄的样子也不太好。

尚青说她要往远处走走，找一个打枪的地方。吴长明要跟她一块儿去，她没有让。

她说，我会打枪，用不着你教我了。

吴长明说，山里有野兽。

尚青说，可我有枪，正好可以试试这把枪的威力。

尚青不让吴长明跟着，吴长明不好硬跟着，就看谷秀。

谷秀说，青姐，这不是在村里，就让长明陪着你吧。

尚青说，他该陪的是你和可龙，不是我。

尚青都这么说了，谷秀就不好再说什么，只能任尚青一个人往山上树林里走。

别说，枪还真能给人壮胆。要是平常让尚青一个人往山上树林里走，她肯定不敢走。可这会儿，手里拿了一把枪，她不但没有一点害怕，心里居然还想着要是能冒出一个坏人或者一只野兽就好了。

山上没有路，山势又很陡，得躬着腰，双脚找石块踩蹬，一只手去抓住个什么东西，如灌木藤蔓和树枝，才能往前走。累倒不累，青春的躯体，筋骨里全是劲，怎么使也使不完。不过，还是出了一点汗，也有了一点喘息，可攀爬速度一点儿也没有慢下来。

似乎不想让尚青失望，要成全尚青的愿望，就在尚青爬到一个较为平坦的石台上，坐下来歇息时，她看到了一头狼。那头狼离她十几米，在一棵树下的草丛里，草不高也不密，狼正躺在草上。尚青可以清楚地看到它，它也可以清楚地看到尚青。

猛一下看到一头狼，尚青不能不紧张，不过，马上尚青就不再紧张。一是她手里有枪，再就是这只狼，全不像书里写的和电影里看到的凶狼样子，如果不是在这深山老林遇到它，而是在村子里遇到它，她肯定不会把它当成一头狼，而会以为它是一条狗。

而那头狼看到尚青以后，也没有慌乱。大约看出尚青是女人，不是猎人，不会对自己带来什么威胁。猎人们都会背着一支长长的枪，她不但没有长长的枪，好像连短短的刀子也没有拿，所以狼也就没有理由把她当回事，躺在那里连站都不想站起来。

尚青不知道狼在想什么，就算是知道了，也不会影响到她想做的事。她会心疼一棵树，爱怜一棵草，但不会同情一头狼。如果能用手中这支枪，打死一头狼，这会成为她人生一个了不起的经历，不管在任何时候，对人说起来，都是一种骄傲。而这头狼恰在此时出现，包括它的样子都在告诉她，我的命给你了，你把它拿去吧。

尚青举起了手枪，按照吴长明教给她的射击要领，伸直手臂，双手握紧枪柄，让目光聚焦准星，并与远处的目标连成一线，尚青看到了狼的眼睛，闪着蓝光，充满寒意。

尚青扣动了扳机。

子弹射出去了，可狼却站了起来。它不明白怎么会从这个女人的手中喷出一团火，它感觉到了掠过脑门的一道灼热，这让它本能地意识到了危险，这个危险正是来自眼前的这个女人。狼也有着和人一样的原则，就是人不犯我，我不犯人，人若犯我，我必犯人。既然女人对它不客气，它也不能无动于衷。

尚青发现狼站了起来，有点惊讶。子弹可是一种致命的东西，不管是人还是动物，都可以被子弹要了命。看来，子弹并没有打在狼的身上。不要紧，枪匣里还有九颗子弹，只要全打出去，总有一颗可以要它的命。只是九发子弹全打了出去，那头狼不但没倒下，反而在它的身边又多了几头狼。

尚青不敢相信自己的眼睛，以为眼花了，定了一下神再看，不但看到了一群狼，还看到了这群狼正朝着她走过来，不，准确说，是扑了过来。脑子瞬间停止了思维，只有本能在发挥作用。尚青转身往回跑。

没有路，上山难走，下山也不会变得容易。土坑还在，石块还在，随便绊她一下，她就会摔倒在地，难以再爬起。顶多跑出去了十几米，她的脚就被崴了一下，一股刺心的疼痛，让她想再爬起来继续跑，变得不再可能。一种死的绝望顿时笼罩了她。从来没有想到过死，更没有想到过会死在狼嘴下，她闭上了眼睛，只求这种死法不要让她太痛苦。

没有等到一群狼的撕咬，却听到了一串枪声。

睁开了眼睛，看到面前的山坡上，站着吴长明。他的手里端着一杆长长的钢枪，枪口处青烟缭绕。

原来尚青一个人上了山后，谷秀看到吴长明坐在地毯上，喝着卡瓦斯吃着炸的油果子，一副泰然自若的样子就问他，你还真不管她了？

吴长明说，她不让跟着，我有什么办法。

谷秀说，你真是个死脑子，她不让跟着，你不能不让她看见，悄悄地跟着呀，要是她出了什么意外，看你还活不活了。

吴长明说，行，听你的。

吴长明这才拿起了长枪，朝着尚青上山的方向走去，结果就看到了一群狼正扑向尚青。

脚疼得厉害，走不成路。吴长明说，我背你走。

尚青不让他背。不让背，就下不了山，只能让他背。

吴长明是个强壮的汉子，背尚青并不费劲。只是没有路走，深一下，浅一下，好几次差一点摔倒。只能让尚青把他抱得再紧些，同时两只手伸到后边，也把尚青的大腿使劲揽住。

只是这样走了一段，不是吴长明受不住了，而是尚青忍不了了。

两条腿分开，趴在吴长明的后背上，胸部、腹部还有大腿的根部，都与吴长明的身体发生了紧密接触。随着吴长明幅度较大的走动，尚青身体的几处敏感部位，都在同时明显受到碰撞。

按说这个时候发生这样的碰撞属于正常现象，不该让尚青产生别的联想。但尚青偏偏就在这个时候，想到了上次在黑湖边上吴长明对谷秀的撞击。而那次目睹带给尚青的强烈反应，让她从来就没有忘记过。此时那种感觉重返身体，似乎更加强烈，比脚腕崴伤的疼痛还要强烈。她无法再继续这样趴在吴长明的背上了。

她对吴长明低语，我不行了，快停下来。

以为尚青疼得不行了，要休息一会。吴长明放下了尚青，让她坐在草上，靠着一棵树。看到尚青满脸通红，气喘吁吁，有点不明白尚青为什么会这样。问尚青怎么了？是不是什么地方不舒服？

尚青知道自己为什么会变成这个样子。只是她不能把原因告诉吴长明。她让吴长明不要管她，去陪谷秀和可龙。

吴长明说把你一个人留在野树林里，我可不放心。再说了，狼和野猪随时都会出现，你一个人待在这确实有危险。要知道，你要是有个什么麻烦，我爹和谷秀都饶不了我。

吴长明还要坚持把尚青往湖边背，尚青坚决不同意，说她休息一会儿就没有事了，就可以自己走下去。其实她心里还是很想再趴到吴长明身上，让自己的身体与吴长明发生那样的接触，那种接触带来的快感，实在难以用语言形容。可也正因为如此，她才坚决拒绝了吴长明背她下山的提议。

尚青真的怕自己会控制不住，做出什么不该做的事情。

不让吴长明背她下山，吴长明只好坐到旁边一块石头上，等着她脚脖子不那么疼了，再陪着她一块儿下山去。

吴长明说了不能不管她的理由，尚青听了以后，也就不再坚持让他先离开。说真的，这会儿她也真怕吴长明离开后，再有野兽窜出来。她手枪里的子弹可是全打完了。

吴长明坐下来，拿出一包烟，抽出一根点着了。

尚青说，给我一根。

吴长明看看尚青，似乎有点不相信自己刚才听到的话。尚青又说了一遍。

吴长明这才相信了，赶紧抽出一根烟，递给尚青。并帮着尚青把烟点着。点烟时，尚青看着吴长明的眼睛。吴长明感觉到了，眼神稍稍变得有些慌乱。

尚青说，是不是没有想到我会抽烟？

吴长明说，我记得你以前不抽烟。

尚青说，杜涛不在了，孩子又没有了，不想让自己太心烦，抽起了他没有抽完的烟，没想到这一抽，就抽上了。

下次我从县城给你买些纸烟。

那倒不用，村里的小商铺里有烟。我抽烟的样子，是不是很难看？

不，你抽烟的样子真的很好看。

你不会是为了让我高兴才这么说的吧？

对你，我不会说假话。

尚青笑了笑，没有再说什么。

杜涛死了。程丰进监狱了。

告完密一个月后，给程丰的办公室打了个电话，接电话的人说，他不在了，被抓走了，没准这会儿，已经被枪毙了。

和她青春与爱关系最密切的两个人，就这样突然从她的生活中消失了。

和杜涛的关系，曾经梦到过杜涛很正常。可就在程丰受到惩罚后，还梦到过程丰，就有点让人难以接受了。而梦到的场景，居然是两个人湖边青草地上追逐嬉戏。程丰像只年轻的公鹿，她怎么跑，都跑不过程丰，都会被他摁倒在地。更可气的是，被他摁倒以后，还让他把手伸进了衣服。当然，这个过程中，不能让程丰这个坏蛋得逞的意识一直没有丧失，所以在她奋力反抗下，程丰并没有达到他罪恶的目的。但醒来后，她急促的心跳还有身体的湿润，不能不让她又羞又恨。

没错，她现在身份不但只是个女教师，还是个寡妇。一个年轻的小寡妇的苦闷，她不可能躲得开。她还没有做母亲，她还要生孩子。只是要生孩子，就得有一个可以让她生出孩子的男人。这个男人是谁？她不知道。但他知道，她必须找到这个男人。不得不说，在想到这个事情时，她的脑子里，往往不由自主地就会想到吴长明。也难怪，她的人生经历，也让她无法再想到另外的人了。

想到吴长明也很正常。大十字街上鸿春园门前的偶遇，他替她解围，让她记住了他的样子。没有想到还会与他再次相见。更意外的是，他还是谷秀的丈夫。谷秀的原因，又让她不能不与他有多次接触，还跟着他学会了骑马和打枪。是他让她知道了，不但有优秀的青年学生，还有出色的青年军官。人海茫茫，凭什么会让自己与他发生这么多联系？这事放在谁身上，都不能不当回事。

只是再当回事，尚青也知道，什么事是她万万不可做的。不因为别的，只因为他是谷秀的丈夫。

比如说，刚才趴在吴长明的背上，有那么一会儿，不是想到了谷秀，她是不会让吴长明停下来，非要离开吴长明宽厚的肩背；同样，不是想到了谷秀，就算离开了吴长明的肩背，她也不会就这么坐在这里平静地抽着烟，她肯定会从他后背上滑下来以后，重新投入他的怀抱。她会对他说，把我娶了吧。如果他说，不行呀，我已经有了妻儿了。那她也会说，我不在乎名分，只要你给我一个孩子就行了。她有把握只要自己这么做，吴长明肯定不会让她失望。可她只要一想到这么做，会带给谷秀的是什么，不管身心有多么煎熬，她也只能是淡然一笑了。

不过，这会儿，不能做什么，自己是明白。但不知这个吴长明是不是也知道了他不能做什么。

不管怎么说，他还是个血气正旺的汉子，是个胆大包天的武夫，没有什么事，是他不敢干的。如果这会儿，他从坐着的石头上站起来，扔掉手中的烟卷，走过来抱住她，把她摁倒在草地上，她该怎么办？她会大喊大叫，去惊动谷秀吗？她会拼命反抗，不让吴长明得逞吗？

这么一问，还真把自己问住了。怎么能喊叫呢，要是让谷秀知道了，他们怎么可能再继续恩爱呢？她们俩又怎么再来往呢？喊叫是不行的，那只能是拼命反抗了。可吴长明结实健壮，又会拳脚，反抗又有什么用呢。那反抗不成，只能任吴长明摆布了。她可是除了杜涛外，还从来没有和别的男人亲热过。吴长明肯定会和杜涛不一样，可到底是怎么的不一样，不亲身体验，又怎么能想象得出来？这么想来想去，想得尚青有些紧张不安了。她用眼角的余光，看了看吴长明。发现他的一条腿搭在另一条腿上，有点焦躁不安地晃动着。不行，决不能给吴长明这样的机会。得马上站起来，离开山林，回到谷秀和可龙身边。

你的脚还疼得厉害吗？吴长明关切地问。

没有那么疼了，我们可以下山了。尚青扔掉了烟蒂。

要不要再休息一会？

不用了。尚青说着用脚尖把烟蒂辗灭了。

尚青站起来的时候，一下子没有站稳，吴长明赶紧伸手去扶她。边扶边说，我还是背你下去吧。

我自己可以走。说着，尚青的胳膊用了一点劲，不让吴长明再扶着她。

到了湖边，谷秀已经在地毯上摆好了各种吃的东西。

谷秀说，青姐，你饿了吧，快吃点东西。

尚青说，我有点渴。

谷秀说，有西瓜，咱们吃西瓜，长明，你快杀西瓜。

一个圆圆的大西瓜，切成了十几块。吴可龙拿起了一块，没有往自己嘴里送。他走到尚青跟前，递给了尚青。

这么小的孩子就这么懂事，这让尚青为吴可龙高兴。想到刚才在山上树林里的场景，不由得有些庆幸什么都没有发生，要不这会儿自己真不知该怎么面对谷秀和小可龙了。

吃过西瓜，吴可龙跑到草丛里捉蚂蚱，吴长明也跟着过去了。

谷秀挺着大肚子，坐在地毯上。

上山下山，一番折腾，尚青也有点累。她直接躺到了谷秀身边。

尚青说，刚才遇到了狼，要不是长明赶到，我就会被狼吃了。

谷秀说，你一离开，我就让长明跟着去了，就是怕你遇到狼。

看到尚青躺下后，谷秀让尚青枕到自己腿上，还拿过一条毛巾被盖在尚青的肚子上。尚青枕着谷秀的腿，侧着头。看着吴长明和吴可龙在草浪间奔跑，看着看着，视线模糊了起来，不大一会儿她就睡着了。

再醒过来，看到了吴可龙靠在她怀里，手里举着一个大蚂蚱，蚂蚱的翅膀是红色的。

看到尚青醒过来，吴可龙问这个蚂蚱好不好看。

她抱住吴可龙，在他的脸上亲了一口。

坐起来，又看到了吴长明正牵着谷秀的手，在湖边走着。快要生孩子的女人，不能老是坐着和躺着，要经常活动活动才好。

下意识地去摸自己的肚子。不由得想，不知什么时候，自己的肚子会重新鼓起来。这对天下所有女人来说，都是一件再容易不过的事情，为什么到了尚青这里，就变得那么难了呢?

一个夜晚，尚青还没有睡，正在灯下看书。听到敲门声，问是谁。外边敲门人说，是我。

听出声音，是吴长明。

知道是吴长明，还是站起来，去开了门。问吴长明，有什么事。

吴长明从包里掏出一本书，是苏联作家肖洛霍夫的《静静的顿河》（一九四一年由光明书局出版）。

吴长明说，县里书店新进来的，我想你还没有看过，就买了一本。我先读了一遍，觉得好看，想你也一定喜欢，就送来让你读。

苏联作家的作品，尚青以前读过鲁迅先生翻译的高尔基的小说集《俄罗斯童话》，十分喜欢。这个作家的名字和书还是头一次听说。知道能翻译到中国的作品，都不会寻常，再听吴长明读了说好，就恨不得马上拿起来读。近来为了驱赶孤独和寂寞，她把读过的小说，又重新再读一遍。这个时候吴长明能送来新出版的小说，犹如雪中送炭。这不能不让尚青高兴，赶紧让吴长明坐下，给他泡了一杯茶。

吴长明喝了茶，说时间不早了，他该走了。说完就站起来，走出了房间。

来了只是送一本书，什么都没有说，更是什么都没有干。只是只要一看到这本书，尚青就不能不想到吴长明。

送来的书，确实好看，让尚青在看的时候，会忘了吃饭，忘了烦恼。只是她并不想让吴长明经常来给她送书看。因为她不相信吴长明给她送书看，只有这一个目的。而她明白，除了可以接受吴长明送来的书以外，别的什么东西都不能接受。

她去给谷秀说了，让吴长明带回来的书，由她送就行了。

没有想到谷秀瞪大了眼睛，问尚青，我们家长明是不是做错了什么，让你不高兴了？

尚青说，那倒没有，我是觉得他太忙，要带兵打仗，不该在这个事上耽误工夫。

谷秀说，他是个粗人，是我说了，你爱看书，让他看书店有没有新书，他才去买的。买回来后，他让我送给你，我说，我不识几个字，说不了书的事，你还是亲自去送。去给你送书，和你聊天，对他来说，就是正事，你比他懂得多，你让他长见识，明事理。

我可没有那么大本事，我也是个头发长见识短的女人。

我和长明都说，你这样的女人，在布拉可从来没有过。

怕是像我这样命苦的，也从来没有过。

尚青完全不曾料到，吴长明送书，是谷秀的安排，看来是自己想多了。既然吴长明目的单纯，也就没有了对吴长明行为排斥的理由。

吴长明再来送书，她会给吴长明泡茶，和吴长明聊读过的书。别说吴长明是个武夫，不通文墨，他上过中学，又上过陆军学校，其实读过的书并不比她少。对读过的书，不但记得书中许多精彩的东西，还能说出一些自己的看法。并且有些看法，和尚青的看法都还比较一致。除此之外，还有一种情况，也让尚青诧异。那就是在和吴长明喝茶对谈时，不时从他身上飘出一种气味。说不出是什么味道，却好闻得很，让她不由有些迷晕。

只是每每这样，吴长明都会以为她是有了倦意，就马上站起身告辞，让尚青早早歇息。

尚青上完课，一个人回到房子里，正想着如何打发接下来无事可干的时光，便听到了吴长明的敲门声，让她竟有了一种迫不及待打开门迎接他的欣喜。

也就是说，到了这个时候，不管她愿意不愿意承认，事实已经摆在了这里，那就是在失去了杜涛以后，吴长明已经成了唯一让她动心的男人。而那个程丰，她已经很少会再想起他了，当尚青把他的名字交给督办公署的特务机关时，相当于是把他送进了坟墓。

当然村子里还有别的年轻男人。尚青虽然不能全叫得出名字，但她还是会经常遇到他们。他们看上去，个个都很壮实，也很憨厚。见到她以后，也都表现得很懂事，朝她点头致意，问她有什么事需要帮忙去做。应该说，她几乎挑不出他们有什么不好的毛病。只是当她想与他们聊一聊时，他们一个个变得腼腆木讷，表情僵硬。

其实初来山村时，她曾以为野乡村民缺少教化，必是言语放肆，行为粗鲁。如她这般女子，在村中过活，难免会被男性骚扰调笑。于是，很长一段时间里，只要夜行村中，就会携利剪在身。结果，数年已过，竟然无一次被轻薄非礼过。让她欣然之时，又有惆怅。莫非自己姿色过于平庸，连野汉子们都不屑一顾？

倒是谷秀来安慰她。说她先生的身份，人人都敬重，与她说话都怯怯，怎可能生出非分之想。为证明此话不虚，谷秀便举出事例说明村中的年轻男子们只是表面老实，其实个个狂野。说村中年轻女子在春末夏秋之夜，不知有多少人经过麦草垛小树林时，被扑倒在地，让别人占了大便宜。

尚青问，那如何不见有女人哭闹，有男子被惩罚？

谷秀说，你以为女子是真不乐意？哭闹反倒会被骂，倒不如趁机也让自己乐一回。

问谷秀是不是也被扑倒过?

谷秀说，有我公公在，长明在，谁敢。

如果有人真敢，你会咋样?尚青问。

谷秀想了想说，那得看扑倒我的人是谁。

看来，目前在布拉可连个想把她扑倒在地的男人都没有，更不要奢望他们中会有人敢娶她为妻了。所以这么一来，就算尚青想在布拉可解决她的婚姻问题，实际上，也不会有一点可能性。

第十五章

险相

盛世才统治新疆时，总是担心会有人发动政变暴动，要推翻他、谋害他。据说，盛世才在办公室接见部下时，抽屉总是半开，以方便他可随时抓起上了膛的手枪。

东北义勇军改编后，包括郑润成在内的团以上军官，皆被以莫须有之罪被处死。保证了盛世才对这支武装力量的控制权。

盛世才饮用的泉水，泉眼处盖有房子遮护，并有士兵看守，路人不得接近。出公差在外，会半夜调换房间。多年的御用理发师，只因建议换一把理发的椅子，就被怀疑他是想调整高度，以便于用剃刀抹他的脖颈，竟被投进大牢。

一次去某学校视察。看学生们交头接耳，认定他们是在谩骂攻击、有谋害他之企图。遂令人抓数名十四五岁初中生，进行审讯惩戒。

举荐盛世才来疆的鲁效祖，虽有知遇之恩，仍被他关进监狱八年，受尽折磨。

发小杜重远，和盛世才一起去日本留过学，他发迹后来投奔他，见面时两人抱头大哭。过后，盛世才仍怀疑杜重远是来刺杀他的，便让人下毒结果了杜重远的性命。

担任机械化旅旅长的亲弟弟盛世骥曾留学苏联，与盛世才政见不合，盛世才命人将其枪杀于家中的花园里。

妹夫俞秀松是共产党员，他不顾妹妹盛世同求情，仍将其投入监牢并杀害，气得妹妹毅然与他断绝兄妹关系。

在决意弃苏投蒋后，盛世才将在新疆工作的共产党人尽数逮捕。明知毛泽民、林基路等乃共产党重要干部，仍于一九四三年九月将他们秘密执行死刑。

据不完全统计，一九三四年至一九四四年，盛世才以“阴谋暴乱”之名，抓捕各界人士达十万以上，其中有五万人遭到杀戮，伤残者难以计数。

滥杀无辜留下的后患，是多方面的。因果报应的惩罚会在许多方面体现出来。

盛世才刚一离开，从伊犁开始的暴动就立即向全疆蔓延。

不过，就在这个时候，全世界的反法西斯战争已接近尾声，当美国人把两颗原子弹分别投向广岛和长崎后，日本人也不得不在一九四五年九月二日无条件投降。

抗日战争胜利了，全中国都在进行庆祝，布拉可也不例外。

在村小学的院子里，村民们敲锣打鼓杀猪宰羊，鸣放鞭炮，好不欢喜。课桌全搬了出来，在上面摆放了酒菜。

小学生们演出了节目，唱的是《我们都是神枪手》《在太行山上》。排节目的事，尚青没有管，交给了许林和方云。许林会拉手风琴，方云会跳舞，排出的节目很好看。

置身于庆祝的热闹中，尚青想起自己参加过的各种支持抗战募捐活动。第一次捐款是和杜涛一块儿去的，可现在抗战胜利了，却不能和杜涛一起享受这份快乐。

吴老爷站到台子上，激动地发表了讲话。他说，我们身处大后方，没有机会上战场，可我们都捐了款，打败日本狗强盗的胜利，也有我们出的一份力，我们要好好地庆祝庆祝。

谷秀生了，生了个女孩。生的时候，尚青去了，和吴家人一起在屋外面等。

这一次她的肚子没有跟着疼。还没有生以前，她就跟谷秀说好了，这个孩子不管是男还是女，她还是干妈。生了个女儿，吴家人也高兴，可高兴得没有那么厉害。他们还是想要儿子。种地人家，生多少男孩子，都不嫌多。

尚青不会想种地的事，她想谷秀有了吴可龙这个男孩，再有一个女孩，就儿女双全了。连她这个干妈，也有了一儿一女了。大约那会儿，等在门外的一群人里，真想让谷秀生女儿的就是尚青了。

新生的孩子，抱给大家看。抱到了尚青跟前，她是真高兴。不等吴老爷发话，就自作主张给孩子起了个名字，叫吴可欣。

村里孩子起名字，都请教书先生起。尚青不是男人，可她是教书先生。村里人生了孩子，都会找她起名字。她给孩子起的名字，没有一个人不说好。算一算，包括吴家的孩子在内，她至少给三十多个孩子起过了名字。

尚青明白，她到了该离开布拉可的时候了。

不为别的，只为了找一个男人，找一个丈夫，去实现一个女人生命中最原始的愿望。

尚青知道她自己是个感情冲动的女人，已经发生的事情，无不在证明这一点。

如果在布拉可待下去，任目前的状况持续下去，那么她就不敢肯定会不会与吴长明发生点什么了。不是担心吴长明会失去理智干出什么来，与吴长明这段时间的接触，让她确信吴长明不会做任何她不想做的事。他与许多男人不同，他懂得尊重女人，不会强迫女人去做任何事。

她担心的只是她自己，担心自己会失去理智，被情感的洪水左右，真的会在吴长明送来某一本书的同时，把自己也当成一本书，让吴长明打开来尽兴阅读。

而实际上已经有好几次，打开了房门送吴长明离开时，差一点就说出了口，住下来，明天早上再走吧。看得出来，吴长明似乎也在期待着她说出这句话，她可以肯定，只要她说出这句话来，吴长明一定会回身把她紧紧地抱在怀里，再轻轻地放到床上。

而这会带来的后果，不要说别的了，只要想想那些把她当作先生的学生，把她当作姐姐的谷秀，把她当作妈妈的可龙，还有把她当作贵人的吴老爷，她也不可能被女性的本能左右，做出随心所欲的事。所以，眼下她除了尽快离开这里，怎么可能还有别的选择呢？

这个想法，对谁都可以不说，对吴老爷不能不说。对吴老爷用不着直接去说，只要给谷秀说就行了。

谷秀一听尚青要走，马上难受了起来，再一听尚青为了什么要走，谷秀就没有理由不让尚青走了。

尚青说如果找上了一个男人，就带着这个男人还回到布拉可。这个话在谷秀听起来，只是为了安慰谷秀才说的，因为尚青真的找到了一个喜欢的男人，就没有了再回布拉可的理由。就算是尚青想回，那个男人不愿意来，尚青也没有办法。

尚青与谷秀开玩笑说，不想让我走也行，那你就在布拉可给我找个让我能够喜欢的男人吧。

你想要个什么样的，我给你找。

就找个吴长明那样的。

你要是真看得上吴长明，还找什么，直接让吴长明把你娶了就行了。

吴长明有了你，怎么可能再娶我？

怎么不可能，一个女人不能嫁二个男人，一个男人娶两个女人，在布拉可很正常。

你想让我当吴长明的小老婆，什么时代了，你还这样想。

你要是接受不了，那让吴长明把我休了，再来娶你。

行了，别开玩笑了，你给吴老爷说一声，学堂里有许林和方云，我走了，不会影响学生上课，让他放心。

没有想到谷秀却说，我真的没有开玩笑，我真是这么想的，这样一来，我们就可以成为一家子了，可以天天在一起，不知每天会有多么快活。

再看谷秀的样子，确实没有一点开玩笑的意思，这让本来觉得好笑的尚青，也没有办法笑得起来了。她走到了谷秀跟前，把谷秀的头抱在了自己的怀里说，我的好妹妹，我知道你是为我好，可现在毕竟不是清朝，而是民国了，咱们女人也得有自己的活法。

马上要走了，尚青觉得还有什么事没有做。想了一会，想到了黑湖，想到了一片风景，想到了发生在风景中的事。这一去，再见黑湖，不知何时，一种伤感油然而生。起身，拿起书包，又摸出了手枪。村里到处是人，没地方打枪。回到城里，要打枪就更没有地方了。

每次去黑湖，都会打枪。这次去，当然也不能例外。吴长明给了一盒子弹，有一百发。拿出十发压进枪膛，尚青背着书包出了门。

遇到许林和方云赶集回来，手里提着菜和肉。离开的事，给他们两人说过。两人起先不愿意，说三个人的事，两个人干，怕忙不过来。尚青说再每月给他们加十块银圆。并且还说，她忙完了，很快就回来。

这些日子接触下来，尚青对他们印象颇好。就算她走了，有他们在，学堂不会垮。只是会让他们多受点累。他们比她小好几岁，又有爱的滋润，活得格外精神，教起书来，就会很努力。尚青能决绝离开，也正是因为有他们在，就算她离开，也不用担心会耽误孩子的课程。这会儿，看到尚青背着书包，他们问她干什么去。

尚青说，没事，出去转转。

去黑湖骑马要走一个多小时。

刚出村的路上，不时会遇到人。这些年在村子里教书，她喊不出别人的名字，可别人全都知道她叫什么。只要看到她，都会给她打招呼。走了半个多小时，再往后看，看不到村子了，遇到的路人也少了。

到进山的入口处，又遇到了人。三个男人，骑着马迎面走过来，盯着她看，却不说话。尚青看了他们一眼，看出不是村民。天并不冷，三个人却穿着黑条绒衣服，戴着单皮帽子，身上还背着枪。村民也有枪，都在家放着。平常没有事，不会背在身上。他们可能是牧民，或者是猎人。在集市上，有时会看到他们，面前摆些兽皮、鹿茸和药材，向村民兜售。

不认识，也就不理会，各走各的路。尚青与三个男人擦肩而过，他们只是相互看了一眼，没有说一句话。

这条路，往山里走，可以走过天山，一直走到吐鲁番。往北边走，可以走到县城。路长数百里，只有这几十里，经过布拉可村。走在路上的人，不是布拉可村里的，再正常不过。这是条老路，是条古路。两千多年前，汉军打匈奴，戍边屯田，穿过天山，走的就是这条路。过了山口，路拐了个弯，有一条小路，往坡下延伸。小路尽头，就是黑湖。

坐在马背上，朝四下看，什么都没有变。湖水，草丛，树林，包括天上的云朵，还有飞翔的鹰，就像一幅画，画好了以后，放在了这里，再没有动过。

跳下马，站在湖边看水。水面上有野鸭子，水下面有鱼在游。尚青想着先去林子里，找一棵树，掏出手枪，把枪里的子弹全打光后，再回到湖边，跳到湖水里和鸭子和鱼儿一块儿玩个痛快。

她转过身去，打算往树林里走，却看到风景有了变化。

自己刚走过的一条小路上，走来了三匹马。三匹马上，还坐着三个人。马与人在尚青的眼中，由虚变实，由小变大，很快，尚青就认出了他们。因为刚才就在进山的路上，与他们碰过面。

他们看了她一眼，她也看了他们一眼。按说，他们方向不同，碰过了面，不会再碰上。显然，他们走过去了以后，又掉转马头，跟随着尚青，走向了同一个地方。不知他们为什么要这样，尚青没法多想。因为三个人骑着马，走得很快。不大一会，就站到了她的面前。

三个男人，样子看上去都很平常，只不过，体格比一般男人要强壮些。看不出有什么凶，有什么恶。黑湖风景好，又不是哪一家的，谁都可以来看，人家为啥不可以来？她是先生，懂得礼貌。既然人家也是来看风景的，不妨打个招呼。

尚青说，你们好。

听到她说话了。其中一个男人问，你是不是村里的老师？

尚青说，是的。你们怎么知道我？

另一个男人说，怎么样，我说对了吧，都说村子里有一个好看的女老师，没想到真让我们遇上了。

还有一个男人说，看来我们运气不错呀。

尚青听明白了，原来他们来到黑湖边上，不是为了看风景，而是为了看她。他们在路上遇到她以后，为她是谁，三个男人发生了争执，为了证明对错，三个人又掉转了马头，追上了她。这三个男人的行为，让尚青觉得可笑，但也不是不能接受。只是她不想再与这三个男人多说什么，她转身朝树林方向走。

按说，三个男人看到了尚青，证实了她是谁，就可以调转马头离开，去赶他们的路了。可实际情况却变成了另一个样子。他们从马上跳了下来，因为他们并没有什么着急的事要办。如果非要说有什么着急的事，也不是没有，那就是他们在山里边待了三个月了，想女人想得快疯了。他们这次出山就是想找个女人满足一下身体的需要。三个人中的一个听说过布拉可村有一个女老师长得很好看。正好在路上遇到了尚青。尚青的衣着和气质一看就不是村里的女人，于是他断定这个女人就是听说过的那个女老师。另外两个人有点不相信他的话，为了证实他说的是对的还是错的，他们就尾随着尚青来到了黑湖边上。

也许直到这个时候，他们还没有更多的想法。他们原本打算赶到县城里去找窑子里的女人，但看到尚青以后，恰好又处在四处无人的野外，于是从来就没有法律和道德约束的他们，决定不再往县城赶了。因为这个女老师看起来比他们见到过的所有女人都有味道，所以看到尚青要往树林里走时，他们喊住了她。

他们确实十分强壮，每一个家伙都像一头公牛。可他们并不想用粗鲁的方式对待她，他们用尽量平和的口气与尚青商量。他们带了不少的银圆，问尚青需要多少银圆才可以让他们得到她。

听清楚了他们想干什么，尚青的脑袋嗡的一下，再看眼前的景物，还有人，全都变成了虚影。怎么可能呢，是在梦中，还是在书中，还是在电影中？原来他们不是平常人，他们是坏人。都说好人多，坏人少，要想遇上也不容易。真不容易，到了布拉可有八个年头了，从来没有遇到过。没想到要离开了，却遇上了。难道说嫌她的人生还不够曲折，非要再给她增加一段痛苦经历？同样一件事，甘心情愿，那是快乐；被强迫，那就是灾难。自由的可贵，不在于想干什么，就可以干什么，而是不想干什么，可以不去干。可眼下这件事，她不想干，就可以不去干吗？

三个男人看着她，脸上甚至还带着笑，等着她的答复。他们的长枪，全挂在马鞍上。一个身单力薄的女人，让他们觉得正在做的一件事，实在是太轻松容易了。根据他们的经验，没有任何一个女人，会在这种情况下，做出让他们意外的选择。

看到他们脸上的笑，尚青知道，只要她说出的不是他们想要的答案，等着她的就不会再是他们的笑了。

不可能有类似的经验，也从来没有想过，遇到了这种事该怎么办。以为已经很倒霉了，没有想到还会更倒霉。不容多想，这种时候，男人的等待是有限的，她必须马上找到办法，让事情沿着她想要的方向发展。

尚青没有发出尖叫，大喊救命，也没有转身奔逃。只是慢慢地掏出了一支香烟，走到三个男人跟前，跟他们要了火柴，把烟卷点着。

三个男人看愣了。女人抽烟，已经少见；一个女老师，也会抽烟？若不是亲自见到，听别人说不会相信。因为他们也认为，抽烟的女人都是坏女人。这个时候，对他们来说，女人能坏一点，恰好是他们希望的。他们最讨厌的就是那种一本正经的、把脸面看得比命还重要的女人，这样的女人，往往会把一件高兴的事，弄得很扫兴。

尚青说，我丈夫一直不在，我做梦都在想男人。

三个男人不发愣了，他们笑了起来。

他们说，那太好了，我们会让你满意的。

他们说，老师就是不一样，太懂事了。

他们说，让我们舒服了，会多给你钱。

他们说，不听我们的话，你会丢命。

他们说着，就要动手脱自己身上的衣服。

尚青连忙摆手，这可不行，我是个老师，我可不能当着别人的面，在太阳底下做这个事。我可以到树林子里，你们一个一个来。

他们说，女老师就是不一样，还有这么多讲究。

尚青说，我还不知道你们到底是什么人呢?

三个人一听哈哈大笑起来说，你可真够笨的，连我们是什么人都看不出来，我们呀，就是你们读书人最看不起的强盗土匪。

尚青说，不过你们看起来，真的是像种地、放牧、打猎的人。

一个男人说，你说得不错，我们种过地、放过牧也打过猎，可我们现在干的是另外的事。

尚青往树林子里走，三个男人中的一个跟了上去。

剩下的二个，干脆坐在了草地上，歇息起来。没想到这次出山，能遇上一个年轻的女老师，真是艳福不浅呀。越想越得意，一个人还哼起了西北流行的民间小调。

尚青走在前边，看到了一棵大树。她停了下来，坐在大树下，身子靠着大树。她把身上的书包放在一边，朝着走过来的男人笑着。

男人也笑着，他确实是迫不及待了，等到他走到尚青跟前时，身上已经脱得没有一块布了。离尚青还有二米远，就饿虎扑食一样压向了尚青。

湖水边，两个男人等待着。一声枪响从林子里传出来，哼着小调的男人不哼了，说，怎么会有枪声？老大进去时，可是没有带枪呀。

另一个男人说，我去看看咋回事？是不是这个地方，还有别的男人？

这个男人顺手拿起挂在马鞍子上的枪，就朝着响枪的地方走过去。男人走进树林子后，不大一会，又传出了一声枪响。躺在草地上的男人，叫了另一个男人的名字。叫了几声，没有回应。他坐了起来，想了一下，也没有想明白枪声是怎么回事。想不明白，就得去弄明白。他站起来，打算去拿马鞍子上的步枪。可他刚站起来，就不动了。不是他不想动，是他听到有人让他不要动。这个不让他动的人，不是别人，正是尚青。

尚青只是一个女人，是一个女老师，他又不是她的学生，她不让他动了，他为什么要那么听话，就真的不动了？

他是个杀人不眨眼的家伙，当然不会听尚青的。只是他可以不在意尚青，却不能不在意尚青手中的那个东西。那是一把只有他们的头领才有的手枪，枪口这会儿还在冒着烟，似乎在告诉他，它刚才干了一件什么事。

他举起了双手。他知道有一句话，叫好汉不吃眼前亏。

尚青让他把手中的枪扔到湖水里，他听话地按尚青说的去做了。

尚青说，做人还是要走正道，不然的话，就会死得很惨。

他说，我听老师的，老师饶了我。

这个土匪，看起来年纪并不大，他求饶时确实看上去有点可怜。他只是想对尚青干什么，但还没有干成，尚青没有理由要他的命。

尚青走到她的坐骑跟前，跃上马背，沿着上坡的小路飞奔。

送坐骑回马厩，半道上还遇到了吴老爷。觉得该给吴老爷说说这个事，可话到了嘴边还是没有说出来。

既然这是一件和别人都没有关系的事，为什么要让别人知道呢？别人知道的结果，无非是让别人当面夸你几句，说你了不起，命大福大。背后会怎么说，就是另外一回事了。因为你说，你遇到了三个坏蛋，他们要对你干坏事，不但没有干成，反而被你打死了，打跑了，会有谁相信呢？没准，别人会以为你说的是假话，把真相藏了起来。藏起的真相是什么呢。只能任别人胡乱猜想了。在某一方面，大家的想象力，没有一个会缺乏。

回到屋子里，坐下来，喝着茶，抽着烟，再去想刚才的事，越想越觉得不是真的。她杀了人？真的杀了人吗？是的，是杀了人。那个男人扑上来，一股长久没有洗澡的体臭味，使她想吐。她忍住了，不但没有表现出嫌恶，反而在他抱住她时，她的一只胳膊也搂住了他的脖子，让他以为她也想和他亲热，不会注意到她的另一只手从书包里把手枪摸了出来。离得很近，子弹穿过心脏，他一下子就死了。另一个男人离得有点远，有五六米。他走进林子，看到倒在地上的同伙，有些惊讶。他看到女人手中的枪，不往前走了，同时端起了枪。

尚青拿着枪一直在瞄准他，在发现了他的企图后，她记起了吴长明叮嘱过的射击要诀，抢先一步扣动了扳机。打在了什么部位上，她拿不准，但肯定很致命。因为他倒下去后，并没有再挣扎。问题是，如果说她真的杀了人，这会儿她不该这么平静，这么淡定。多少书里写到第一次杀人后，带给杀人者的惊慌恐惧都难以形容。可她没有，真的没有。关于这件事，她只是想了一会，就不再想了。

抽完了一支烟，尚青开始收拾东西。定下来明天坐吴家的马车去县城。谷秀坚持要送她，她同意了。这一去，不知什么时候还能见面，她也想可以有这个机会，和谷秀多待一会。对谷秀的喜欢，理智告诉她有点不正常，太过分，可情感总是控制不住，因为和她在一起，自己身心确实感到了愉快。如果说，离开布拉可，有许多让她舍不得的，那么最让她舍不得的就是谷秀。

不知花猫是不是知道主人要走了，看到尚青躺在床上，凑了过来，用舌头舔了一下她的脸，好像在提醒她，你要走了，是不是有什么话给我说呀？尚青把脸贴在它光滑柔顺的皮毛上。这两年与大花猫朝夕相处，心情沉闷时，只要看到它，就会好一些。心里有什么事，无法给别人说，就看着它，对它全说出来。听她说话时，花猫的样子，似乎真的可以听得懂她在说什么。也是怪，明知一只猫，不可能在任何事上帮到她的忙，可只要与它说过了话，尚青再去睡觉，往往会很快睡着，并睡得很香。

她走了，不用担心花猫的生活。它从来用不着别人喂它，对尚青的饭菜也没有兴趣。因为它饿了，想吃点什么，只要走出房间，走到野外，草丛里和谷仓中，有太多可以供它享受的美餐。

那些田鼠仓鼠，只要见到它来了，都会吓得腿发颤，想跑都跑不动。所以，不用尚青喂，它一样吃得水光溜滑。

吴老爷说了，不管尚青这一走，会是什么情况，这间房子会一直给尚青留着，里边的家具摆设都不会动，尚青不管什么时候回来了，推开门就可以住。

尽管不知道自己以后会怎么样，但她知道布拉可村，她肯定不会一去不复返，所以吴老爷说给她把房子留着，她并没有多说什么，只是说，我不会忘了这里有我的一个家。

她走了，家还在，家里还有一个主人在，这就是大花猫。她要告诉花猫，让它守着这个家，等着她回来。猫的寿命长，可以活十九、二十年。这么算起来，如果她再次回来，没准真的可以看到大花猫站在门口迎接她。

她在与花猫的絮絮叨叨中睡着了。

第二天一大早，提着皮箱，准备上路。推开门，看到门前站着一群村民。全是熟悉的脸，大部分都能叫得出名字。他们肯定是知道她要走了，舍不得她，来给她送行。尚青不能不有些感动。

村民们说，你不能走。

尚青说，大家心意我领了，这些年，给你们添了不少麻烦，谢谢你们了。

村民们又说，你走了，我们咋办？

尚青说，你们就放心吧，有许林老师和方云老师在，孩子们上学的事，耽误不了。

这时，一位叫陈天全的村民，走到尚青跟前。他是村自卫队的队长。尚青刚来村子时，在山口处遇到过他。当时他背着枪，在站岗巡逻。后来，只要遇到他，她都会停下来，和他说几句话。如果尚青手里拿着东西，他一定会帮着提上，送尚青回学堂。

看到陈天全走到她跟前，以为他要帮她提皮箱。就说，这皮箱不重，自己可以提。

陈天全说，老师，有一个事，你可能不知道。

尚青说，什么事？

陈天全拿出一张纸让尚青看，说刚从墙上揭下来的。

尚青一看纸上面写的字，才明白了村民一大早围在门口的真正原因。

纸上写着两行黑色的大字："布拉可村老师尚青杀我兄弟二人，明天十二点以前必须把该凶手带至一碗泉处，若不能见到人，我们将血洗布拉可村。"落款是"灰狼"。

村民嚷了起来，你不能走，你走了，我们就要遭殃了。你惹下的祸，你不能不管，就跑了。

以为这个事只是自己的事，不会和别人有关系。一个弱女子勇斗歹徒大获全胜的故事，已经圆满结束，并从此成为她一个值得自豪的回忆，怎么也没有想到还会有这么严重的一个后果在等着她。因为这个事发生得太突然，完全没有想到过，让她一时也不知该对村民们说什么，但下意识告诉她，此时，提着皮箱上路，这个可能性是没有了。

正在想接下来该怎么办时，看到了从人群后边走来的吴老爷。看到吴老爷，她不再慌乱了。

村民看到吴老爷走过来，都让出了一条路。陈天全也上前去，把手中的那张纸递给了吴老爷。

吴老爷看过后，走到尚青跟前，问尚青到底是怎么回事？

尚青觉得当着一群村民的面说这个事不太合适，就让吴老爷进到屋子里，给他说了整个事情的经过。

吴老爷边听边点头，听完了以后，什么话都没有说，提起了尚青的皮箱，走出门外。

尚青不知吴老爷要干什么，只得跟在他的身后。

太阳升高了，更多的村民听到消息，都跑了过来。学堂的门口，聚集的人也越来越多了，他们交头接耳，低声议论，每一个人脸上的表情都显得紧张不安。血洗村庄意味着什么，就算没有亲自经历过，也从老一辈的讲述中知道了它有多么可怕。

吴老爷咳嗽了一声，纷乱的嗡嗡声，顿时像一群马蜂飞得没有了踪影。

吴老爷说，尚青这丫头从一九三八年来到我们村当先生，整整干了八年了，八年了，她让我们多少个娃读了书识了字，把我们多少个娃送到了县城中学，现在，她有事情要回迪化去，你们居然不让她走，还要把她交给那些土匪，你们还是人吗？你们还有一点良心吗？你们拍拍胸膛想一想，你们还好意思再为难尚青丫头吗？大狗子，过来，帮先生把箱子提到马车上。

陈天全走过来，提起了皮箱。人群自动分出了一条道，让尚青通过。看尚青没动，吴老爷一只手拥着尚青的肩，推着尚青往前走。

尚青说，吴老爷，我觉得我不能走。

吴老爷说，丫头，你该做的事都已经做完了，剩下的事，你不用再管了。

尚青说，可那个告示……

吴老爷说，你对得起布拉可村了，不管再发生什么，都和你没关系了，你可以安心过你的日子了。

尚青从村民中间走过时，吴老爷大声提醒村民，都忘了见到先生该怎么样吗？

村民全都弯下身子，朝尚青鞠躬。

尚青的眼泪唰地一下流出来。

到了马车跟前，看到谷秀和两个孩子已经坐在了马车上。

谷秀伸出手，把尚青拉上马车。

车夫吆喝了一声，马车轮子吱呀呀地响起来。

吴老爷看着马车离去，转过身，望着跟随过来的村民，把手中的拐杖往地面狠狠一戳，大声说道，咱们布拉可村人，不是武士，也不是英雄，我们都是农民，可我们不是懦夫。在这片土地上，我们生活了两千多年，经历了多少次血洗？远的不说，就说几十年前，一八六五年，陕甘暴乱，祸及塞外，咱们村，谁家没有死人？可我们挺了过来，不但活了下来，还都活得很好。别去怪罪尚青丫头，就是没有这个事，山里那群匪徒，也不会放过我们，这一场血洗，迟早都会发生。躲过了初一，躲不过十五，我们没有别的选择，只有与他们拼死一战，把他们消灭掉，我们才能有安宁的好日子。大狗子，把陈家王家李家张家的长辈老爷喊上，到村公所开会，商量一下怎么对付这些驴日的。

吴老爷说过这些话，便打算去村公所召集族长们商量保卫家园的事。只是他拄着拐杖没有走几步，就站了下来。不是他走不动了，是他看到了一个人。这个人不是别人，而是已经坐上马车离去的尚青。

马车驶出了村道，拐上了大路。一直发呆的尚青对谷秀说，不行，我惹下的祸，不能让别人替我担。

说着，不顾谷秀劝阻，坚决跳下了马车。

吴老爷召集族长们开会，商量如何对付山里的恶匪。尚青也参加了。她是其中的唯一一个女性。

第十六章

血火

伊犁暴动者们成立临时政府，宣布与国民党政府脱离关系，并组织军队扩大战事。

此时，一些反动的宗教上层人物趁机攫取了暴动军的领导权，煽动民族仇杀，使得千万民众流血遇难。

为了支持伊犁暴动军获得胜利，苏联向新疆派遣五百名军官及二千名军士和列兵。暴动军连级以上的军官几乎全都由苏联人担任。

政府所属军队绝大部分都在内地与日军作战，多处已战至弹尽粮绝，新疆危在旦夕。新疆基本上没有正规部队，为平息暴乱，由朱绍良将军带领一些由甘肃，陕西民团组成的三四流国民党部队，穿越几千里大漠赶往新疆。

离开新疆后的盛世才一直关注着新疆局势，得知乱象到了惨不忍睹的程度，不由得捶胸顿足。

吴老爷让人去喊回了吴长明。

吴长明已从中尉提升为上尉，直接指挥的兵力有一百多人。

他说，这个灰狼组织，成员比较复杂，有以打家劫舍为生的强盗，有几年前被打败的马仲英的残兵，也有从伊犁跑来的暴动官兵。他们利用天山的复杂地形，潜入山中，以游击的形式，不断袭击政府办公场所，劫掠民众财富，枪杀公务人员和平民。为此省政府要求各地驻军对于搞分裂恐怖破坏的，决不容忍，要寻找战机把他们一举歼灭。

他还说，就算他不是布拉可村人，不是和布拉可村人血脉相连，他也不会袖手旁观，作为政府军，他有责任带领官兵，与村民一起保卫家园抗击恶匪。

吴长明的出现和他的话，给全村人吃了一颗定心丸。一些打算逃离避难的百姓，又把财物从马车上卸了下来。不过，情况也不容乐观。根据吴长明掌握的情报，灰狼组织人数应该在三百人左右。而吴长明的部队加上村子里的自卫队员，还不到二百人。好在吴长明这一百多人是经过训练的正规军，装备也十分优良，战斗力非一般乌合之众可以相比。只是，什么事情都要做最坏的打算。他要求全村的村民，战斗一旦打响，所有妇女儿童老人都撤进石城子的堡垒，并由吴老爷带着老弱的村民用棍棒大刀和猎枪，组成最后一道防线。

吴老爷让尚青也和他们一起躲藏于石城子的堡垒中。尚青说她应该算作是村自卫队的一名队员，尽管她是个女的，可她已经打死了两名匪徒，证明她不但勇敢，还具有了杀敌的能力。再说了，这个事是由她引起来的，让她躲起来会让她以后再无颜面对村民。不能不承认尚青说得有道理，可吴老爷又说，尚青是我们请来的先生，万一出了什么意外，让我们一村子人怎么能安心？

吴长明这个时候站到了尚青一边，他说，尚青还要发挥诱敌深入的作用，她不能不上战场，我保证让尚青不会被伤到一根毫毛。

有了吴长明这个话，吴老爷和别的人也就不再说什么了。

关于这场战斗，后来被写进了布拉可村的村史。

民国三十五年秋，也就是一九四六年十月十五日。盘踞在天山深处的匪徒，自称为“灰狼”，于上午十点钟，共约三百人，向村庄扑来。理由是村民拒绝交出村学堂老师尚青。因为就在两天前，尚青去黑湖游玩，与其中三名匪徒相遇。匪徒见尚青面容姣好，欲对其进行强暴，不想尚青持有手枪，趁匪徒不备，射杀其中两人，留一人收尸。匪徒恼羞，扬言血洗报复，并付诸行动。县国军警备连闻讯出动一百二十三人与村自卫队五十六人联合，埋伏于刀条岭黑湖附近，待匪徒进入埋伏圈，四下一齐开火，匪徒当即倒地数十人。之后，匪徒稳住阵脚，利用地形进行反扑。枪声杀声震天，血水遍地流淌，近战肉搏场面反复出现。其间有十七名匪徒冲过阵地，进入村庄。在石城子前的河沟处，老村长吴正华带领众多老年男性，用农具猎枪和绊马索，将其全部消灭。一老者村民被子弹击中身亡。躲藏于石城子监狱中的老人妇女儿童免遭屠杀。刀条岭埋伏战，从上午一直打到黄昏，共有二百三十五名匪徒丧命，剩余者向天山深处逃窜。国军有十一人阵亡，村民自卫队有两人阵亡。自此血战以后，布拉可村再无遭到匪患祸害。

村史记载，难免简略。亲历者，多少年后，说起那场战斗，还会心惊肉跳。

尚青多次给谷秀说过，如果那一天不是吴长明救了她，她早就不在这个世界上了。尚青关于这场战斗的一些记忆，并没有被写进村史中。

埋伏圈设在刀条岭的一条山沟里。这条山沟离一碗泉两公里远。如何让匪徒走到埋伏圈里，这个事得靠尚青来完成。

吴长明让尚青一个人骑一匹马往一碗泉走，快走到跟前时停下来。让匪徒看到她后，她就转过身往回跑。尚青骑着马，匪徒也骑着马，马追马，只要前边的马跑得足够快，后边的马怎么追也难以追得上。这样一来，等到尚青跑到沟底的拐弯处，埋伏在两边草丛岩石后边的官兵民兵就一齐开火。

有人对吴长明的安排提出异议，说匪徒看到尚青后，不去追她，而是朝她开枪怎么办？马跑得再快，也跑不过子弹呀。

吴长明说，只要匪徒看到了尚青，就绝不会朝她开枪，他们对一个死了的尚青没有兴趣，只想要一个活的。

果然如同吴长明估计的一样，在看到尚青的样子以后，匪徒们顿时兴奋得乱喊乱叫起来。所以在看到尚青转身骑马逃离时，他们立刻就疯了一样追了上去。他们每个人都想抢在别人前面把尚青从马上拖下来。因为他们有规矩，谁抓到的女人，谁就可以首先享用。他们也开了枪，只是在乱开枪，在吓唬尚青，他们想把尚青从马上吓得掉下来。他们不知道，为了能让尚青顺利逃走，吴长明又对尚青进行了特别训练。他让尚青的整个身子贴到马背上，这样不但可以减少风的阻力，让马跑得更快，还可以躲过四处横飞的流弹。

不过，他们看到尚青转身逃走，难道不会怀疑这是个圈套？也许会有个别人想到了，但多数匪徒不会这么想，他们横行霸道惯了，他们不相信一个村子会为了一个女人和他们作对。再说了，如果他们做事这么小心谨慎，他们也就不会跑出来当暴徒、土匪了。

当然，等他们意识到自己犯了一个严重的错误时，事情的进程就由不得他们了。

当尚青突然消失在山脚拐弯处时，他们遭到了雨点一样子弹的阻击。

在拐弯处，尚青跳下马，往山坡上跑。吴长明迎过来，告诉她不管发生了什么，都要跟在他身边。紧随吴长明，不是想让吴长明保护她，而是也想发挥作用。她双手持枪，看到匪徒冲过来，就扣动扳机。无法知道子弹打中了哪个敌人，反正是看到吴长明朝什么方向射击，她就朝什么方向开枪。总之，只要有一片子弹飞出去，就会有一个或几个敌人倒下去。

一梭子子弹打完了，去找吴长明要子弹，一偏头，没有看到吴长明，却看到一个匪徒举着马刀朝她冲过来。马刀举过他的头顶，那凶狠的样子，分明一刀下去，会把她整个人劈成两半。

手枪还握在手中，可没有子弹了，连块石头都不如。想躲开，更是没有地方和时间了，只能眼睁睁瞅着让锋利的刀刃落到身上。这一瞬间，她想到了一个叫尚青的女人，可能从此就要从世间消失了。

几乎就在同时，她看到了吴长明。他的影子闪了一下，像是一束电光。以为是幻觉，再定神一看，举刀的匪徒不见了，代之的是吴长明一张凑近的脸。

他说，记住，紧跟着我。说着，递给她一盒子弹。

尚青装子弹时，看到那个挥刀扑过来的匪徒趴在地上，后背处被划开，露出了一堆冒着热气的内脏。再看吴长明，一手提着滴血的马刀，一手挥动手枪，指挥着士兵收缩包围圈，消灭最后一股残敌。

尚青靠在一块岩石上，像在看一幅画。只是这幅画，不是优美的风景画，而是一幅惨烈的战争图。

战斗接近尾声，胜负已经分出。战败者大部分倒地，身体不再完整，不是刀口，就是枪洞，血如泉水流出，把泥土与岩石染红。战马失去主人，不知往何处跑，只得停下来，找没有被染血的青草吃，不慌不忙，神态平静。到处奔跑着的，都是国军士兵和自卫队员，他们闯过了死亡线，脸上身上，留下了厮杀过后的痕迹，似乎被烟熏火燎过，看起来肮脏不堪，可他们的神情，却充满了兴奋。犹如角斗士，在一场不是你死就是我死的拼杀中，最终没有倒下，他们是真正的英雄。

吴长明从画中走出来，走到尚青跟前。分明是个熟悉的人，却一下子变得陌生。分明是个有点瘦的中等个子的男人，却一下子变得高大魁梧。分明是个平常的军官，一下子变得像个传说中的武士。他似乎不再是给她送书与她聊天的那个男人，他仿佛突然变成了一个男神，刚强勇猛无所不能。

吴长明伸出手，拉尚青站起来，说，结束了，我们胜利了。

尚青站起来，她朝吴长明伸出了双臂。吴长明愣了一下后，也伸出了手臂。

他们在一片翻飞的硝烟中，紧紧地抱在了一起。

此时此刻，她的脑海里不由得电闪雷鸣起来。一个不曾有过的念头突然冒出来。

再回到村子的学堂里，再回到那间土墙的房子里，还是原来的那个尚青，心里边的一些想法却发生了不曾有过的变化。

之前的尚青大不了是个流了产的、失去了爱人的寡妇，但现在的尚青，却是一个杀了人的、与死亡擦肩而过、从战火中闯过来的女人。

同样的一个问题，因为想法的改变，做出的选择也会完全不同。

一个女人想生孩子，从来都不是问题。只要找个男人，这个愿望就能实现。但与一个什么样的男人生一个孩子，没有女人会不在乎。

如果说，在这以前，吴长明已经让她心动，想到吴长明时，会有些渴望。那么，在刀条岭上，在吴长明把她从土匪的马刀下解救出来，站在她眼前的一瞬间，这个男人对她来说，就已经不再是以前的那个吴长明了。

既然找一个男人，是为了能够让自己成为母亲，那么为什么不找一个心中的英雄？

别说他是吴老爷的儿子，是谷秀的丈夫，当他成为英雄后，他就不再属于谁，他存在于天地之间，就像太阳一样，万物都需要它的普照。

这时的尚青只要想到吴长明，内心里就会一片亮堂。

正是这个新想法，逼着尚青不得不说服谷秀不要送她去县城。她说她会骑马了，用不着马车送了。自己骑上马用不了多长时间就可以走到县城，到了县城后，再把马交给吴长明就行了。

谷秀说，你这一走，就不知什么时候会见上面了，不把你送到县城去，会让我心里一直不安。

尚青告诉谷秀，她肯定会再回布拉可，她不会扔下谷秀和孩子们不管。她还告诉谷秀，再次回到布拉可，她肯定不会是一个人。

谷秀说，要是你能带着丈夫和孩子回来，我真不知会高兴成什么样子。

尚青说，不敢说会带着丈夫回来，但带着孩子回来还是有可能的，我也会让我的孩子喊你妈妈。

尚青骑着马来到了县城，她找到吴长明，把马交给了吴长明。只是把马交给吴长明以后，她并没有坐上开去迪化的客车，而是对吴长明说，给我找一间房子，我想住上半个月再离开。

吴长明说，有现成的一个小院，是刚买的，打算有一天接谷秀和孩子们来住。

安排尚青住下来后，吴长明打算回军营去。

尚青说，一个人住，我害怕。

吴长明说，我派人站岗守卫。

尚青说，别人我不放心，我要你守着我。

小院里好几间房子。吴长明想住在尚青旁边的一间。尚青非要他和自己住在一间房子里。

这样一来，本来只用两天时间就可以回到迪化，结果直到二十八天以后，尚青才回到了迪化。不是只住半个月吗？为什么一住就变成了二十八天？关于这一点，几句话很难说得清。只能说尚青到了这会儿，也由不得自己了。不是吴长明不让她走，是她心里想着该走了，也决定了明天就走，可一夜过后，到了第二天，目送吴长明走出院子，就又想再住一天了。就这样，明天复明天，一下子又多待了十几天。实在是太舍不得啊。如果不是那天早上下了狠心，用很难听的话骂了自己，骂自己是个不要脸的贱货，真不知还会在那间小院子里住多久。给吴长明留下了一张纸条，告诉吴长明她走了，让吴长明把她忘了，与谷秀好好过日子。往纸条上写字时，尚青眼睛湿了。

从布拉可回到迪化的尚青，走在大街上，看到的景象，似乎和她从小到大看到的并没有什么差别。只是她已经不再是那个清纯朴素的女学生了。她目前的状态，实在很难找到什么合适的词汇来形容。不过，这会儿不管她处于什么状态，也不会有人对她产生兴趣。正如没有人会想到她的手提包里此时会装着一把手枪一样，也不会有任何一个看到她的人，知道她心里在想什么。当然，也不会有人在意她想什么，因为无论她有什么样的想法，都不会影响到别人的日常生活和新疆社会的前途命运。

从省公署的大门前经过时，尚青听到有行人边走边在说，没事了，又来了一个师，守在了玛纳斯河，他们想打到迪化市，是不可能了。还说，国民党真是腐败无能，连个新疆都管不好，再乱下去，不知又会有多少人头落地……

尚青爱读些历史书，知道边疆之稳定，与当朝政府的治疆方略密切相关。而镇守边疆的官员的才能品德，往往会决定着百姓的生死荣辱。她曾不止一次地想过，如果不是盛世才这样一个人当政，那她和杜涛的悲剧，也许真的就不会发生了。

历史的滔天巨浪中，一个人生活的小舟往往是经不起颠簸的。

父亲和哥哥，还在打铁。走进巷子，还是离得老远都能听到打铁的叮当声。走到了铺子跟前，看到了父亲和哥哥，还看到了一个小男孩。哥哥让小男孩喊她姑姑，几年没回家，哥哥的孩子都长这么大了，真是没有想到。家人看到尚青出现，当然都是一脸喜色。可看着尚青只是一个人回来了，神情不免有些异样。知道他们为什么这样，尚青拿出了一张吴长明的军官照，让家里人看。说她已经结婚了，丈夫是个军官，本来这次要和她一块儿回来的，但因为要执行公务，只能下次再和她一块儿回来了。连尚青自己都没有想到，自己撒起谎来一点儿也不紧张，好像真的就是这么回事。看到照片，家里人信了。不但是有照片作证，这次尚青回来，神情也明显和以前几次不一样，那种欢喜也只是结了婚并且过得舒心的女人才会有。

有了丈夫就得有孩子，晚上与母亲说悄悄话，就与母亲说到了孩子，告诉母亲这次回来有一个打算，如果有了孩子，就在迪化生了孩子再离开。母亲看着尚青平平的肚子，有点怀疑地问她几个月了？她说可能一个月还不到吧。

母亲说，一个月还不到，你怎么会知道怀上了？

尚青说，我觉得这个月肯定能怀上。

母亲哼了一声说，光是觉得没有用，要是怀上了，身子会有反应的。

尚青说，那就等有了反应我再告诉你。

给母亲说怀孩子的事，听起来像是瞎胡说，其实尚青心里是有把握的。尚青上师范时，看过生理卫生的书。知道女人一个月中，只有那么几天才可以怀上孩子，错过了那几天，就算是和男人之间发生了什么，也是很难怀上孩子的。所以，她骑着马前往县城时，是算好了日期才动身的。

到了那几天，一个渴望怀孕女人可以感觉到身体的躁动，和吴长明在一起时，有几个晚上，尚青变得比吴长明还要主动。

尚青不断要求吴长明把她当成谷秀，对待她就像对待谷秀一样，也就是想让吴长明也在她的身体里播下生命的种子。在吴长明一次次把她从大地带到天空的过程中，她坚信播下的种子正在开花结果。

关于未来，她没有想那么多，只想生下自己的孩子，实现一个女人成为母亲的愿望。明白生下孩子后，还会遇到许多新问题。但她相信，不管遇到什么新问题，也不会比之前遇到的问题更多更麻烦。

只是尚青怎么都没有想到，自己的下一步，明明是清晰可见了，却依然在十天之后，像变魔术一样，在她的眼前晃了一下，就消失得无影无踪了。

十天之后发生的一件事，既不惊天也不动地，可以说是悄无声息，并且是除了尚青外没有人再知道。这件事就是她的身体到了这一个月的某一天，会和之前每一个月的某一天一样，准时地从她最隐秘的地方，流出了同样颜色和数量的血。

这流出的血，并没有太复杂的含义，和文化教养无关，只要是发育正常的女人都会知道。它除了说明你是个身体健康的女人外，还说明你的身体在这个时候和怀孕生孩子的事没有关系。一般情况下，在这一天看到身体里流出的血，女人都不会紧张不安，反而会很高兴。可有一些情况下，女人这个时候的情绪就会变得沮丧。尚青恰好就处在这样的情况下，因为她盼望的是能够怀上孩子，并且相信一定能够怀上。所以会这么自信，有两个原因，一是曾经怀上过，只是流了产，说明她有怀孩子的能力。二是吴长明与谷秀已经生了一儿一女，更说明吴长明不会存在问题。两个没有问题的男女，想在一起生个孩子就不该有问题。但事实却是他们像夫妻一样共同生活了一个月，尚青却没有能像所有的妻子那样怀上孩子。那么现在只剩下一种可能性，那就是两个人中，一定有一个人的身体出了毛病。吴长明不可能有问题，那只能是自己有问题了。

尚青去了医院。长这么大，还是头回去医院。这是一家俄国侨民开的私人医院，位于小西门外的教堂旁边。

这一看，果然看出了问题。医生是个女的，金发碧眼，年纪约五十岁。她说着生硬的汉语，问了尚青一些情况后，让尚青躺下，双腿搭在一个架子上。她用一个镜子，伸了进去，看了一会，问尚青是不是流过产？

尚青说，流过，五年前。

女医生说，子宫受了伤，往后移了，再怀上孩子的可能性不大了。

从医院出来，不想回家。往北走，走出城门。再往前走，走了二里地。看到有一条河，看到河边有一座磨坊（所以此河名为水磨沟河），河里有多口泉眼，使得河水四季长流，既不会干涸也不会冰封。岸边有一座寺庙。寺庙上写着“清泉寺”（建于唐朝贞观年间）三个字。

尚青走进去，遇到走动的尼姑。上前打听，怎么可以来当尼姑。

尼姑说，只要是女人，谁都可以来，只是得六根清净，要天天吃素，永不近男色。

听尼姑这么说，尚青想了想，没有再多问。不说戒色能不能做到，只说没有肉吃，尚青就觉得自己做不到。至少目前做不到。

离开清泉寺，走入街市。路过一家餐馆，她觉得肚子有些饿，走进去，要了一个缸子肉（一个喝水用的搪瓷缸子，里边煮了两块带骨头的羊肉和几块胡萝卜）。

走出餐馆时，她想好了。先找个学校去当老师，再找个男人当丈夫。当然，有了丈夫以后，如果丈夫愿意，她就带着丈夫回布拉可。

这些日子，她好几次做梦，梦到了谷秀和两个孩子，还有与布拉可村相关的许多事。一个地方，如果与自己青春发生了关系，那么这个地方无论多么偏远，都无法轻易把它从生命中割舍掉。只要有一点可能，都会想着与它亲近。

不要问尚青万一找不上丈夫怎么办？她刚三十岁，长得比实际年龄还要年轻。只要她不把爱情当条件，只是找个强壮的男人当丈夫，并不难。她还需要在心理上调整一下。因为在她内心深处的某些观念，要改变起来并没有那么容易。

只是，生活从来就不会依人所愿。尚青的打算还没有来得及落实，一个新的情况就出现了。这可不是个一般的新情况。这个新情况逼得她不得不再次对她的人生做出重大的调整。

看天色还早，决定去西公园里转一转再回家。

走进公园的尚青，下意识地朝着那条经常坐的长凳走去。她想坐在长凳上望着湖水抽一支烟。只是快走到那棵熟悉的柳树跟前时，看到已经有三个人坐在了那条长凳上。公园里的凳子不属于谁，谁来了都可以坐。尚青看见凳子有人坐了，也没有多想什么，打算再往前走走，找别的空凳子坐。但是就在她要从这三个人身边走过去时，她感觉到了坐在凳子上的三个人有点面熟，于是她就不由得放慢了脚步，多看了他们几眼。这么一看，就让她想起了记忆中的三个人，他们就是眼镜典狱长和她的老婆及女儿。

也就是因为她多看了他们一眼，他们也就注意到了她。可以说，他们几乎是同时想起了对方是谁。三个人中变化最大的是那个小姑娘。五年过去了，当时的小女孩已经长成了亭亭玉立的少女。

相互认出来以后，他们站在湖边柳树下说了许多话，其中大部分话题都是和小姑娘和布拉可有关。眼镜典狱长说他还在负责关押犯人的部门工作，不过是到了机关，不在监狱里看管犯人了。他们之间是因为杜涛才相识，尚青倒没有说到杜涛，是典狱长主动提到了他。他还在为杜涛惋惜。他叹了一口气，说杜涛真的是太冤枉了，当年反对盛世才的人，现在全一点事都没有了，不过，那个揭发了陈典狱长，把杜涛重新送进监狱的家伙，也没有得到好报，去年得了急性肺炎死了。

尚青问，他揭发的是什么事呀？

眼镜典狱长说，就是把杜涛弄到村里学堂教书的事。

尚青问，你是不是记错了，怎么会是他呢？他和我们无冤无仇，为什么要这么做呢？

眼镜典狱长说，他犯了错，陈典狱长惩罚了他，他怀恨在心，就找了这个事报复陈典狱长。

尚青说，你为什么当时不告诉我？

眼镜典狱长说，我当时也不知道，也是回到了迪化，整理档案材料时才看到的。

公园里的人很多，尚青和眼镜典狱长说话时，旁边不断有人走过来走过去。他们中肯定有人听到了他们说的话，但不会有一个人在意。这实在太正常了，一件事情对某个人来说，可能比天还大，可在别人眼里，实在是微不足道。

眼镜典狱长只是随口一说，可让尚青却如同大晴天听到了一声炸雷。

第十七章

悔恨

盛世才离开新疆第二天，在迪化街头出现了群众集会。民众发布了《新疆省全体民众讨盛檄文》，还散发了《盛世才祸新纪略》的小册子。

拉着盛世才各种财物的五十辆大卡车，在行驶到陕西宝鸡时遭到当地的军官团抢劫。策划此次抢劫的幕后人，是东北军的军官们。

据说，有一队武装一直埋伏在星星峡，等候盛世才出现，结果因为他坐了飞机离开，才不得不中止半道劫杀计划。

同时，各种告状信、控诉书像雪片一样飞往重庆。国民党国大代表联名提案，要求审判盛世才。最后蒋介石不得不出面，说他治理新疆维护国家统一，功大于过，才让他免遭牢狱之灾。

不曾有人料到，盛世才黯然离疆，形成的强力真空，会直接导致安稳多年的边疆，重陷混乱。

凡动乱，必会生灵涂炭。多地城镇乡村军民携手自卫、镇守家园。但仍然难抵暴动军的凶猛，无辜百姓死伤难以计数。

接替盛世才的国民党大员吴忠信，自知无力改变新疆乱局，于一九四六年三月辞职离疆。

那天夜里，尚青没有睡好。眼镜典狱长的话，不可能不是真话，因为他没有一点要对尚青说假话的理由。可如果眼镜典狱长说的是真话，那么她又该怎么面对这个真相呢？这让她有些心慌意乱。

第二天一大早，尚青去省政府督办公署找鲁警官。当年鲁警官答应了要帮她打听谁是告密者，这么多年过去了，与盛世才有关的一切都不再是秘密了，他应该早就知道那个告密者是谁了。如果说鲁警官能够证实那个告密者是程丰，就算眼镜典狱长说的是真的，那么对程丰的惩罚还是不过分的，她仍然可以心安理得地继续她的生活。

鲁警官还是在那个警察所上班，尚青一去就看到了他，好像他一直就在这里等着她的出现。他没有一眼认出尚青并不奇怪，因为他们差不多有十年没有见过面了，但尚青一开口，他就想起了她是谁，还记起了那年她来找他，他去南疆办案的事。

他说，回来后同事们给我说了，有一个女学生来找我，当时我就想到了你，以为你很快还会来找我，没有想到你一直都没有来，我还以为你再也不会来了，不过，这么多年过去了，你来找我，不会是还想打听那一件事吧？

尚青看着鲁警官，听到他这么问，心里明白，她让他打听的那件事，一定是有结果了，不然的话，他不会这么问她的。不知为什么，她突然有些害怕了。如果真的是另外一个结果，她该怎么办呢。她是多么希望他说出的结果，是和她想的一样呀。但她透过他的神情感觉到，他要说的话，可能是她最怕听到的话。这会儿，她真想站起来对他说，你什么都不要说了，我走了。

可一切都晚了，不等她开口，鲁警官就说了起来。因为这么多年他一直在等着她来，就是想告诉她这个事的真相。他当时拿了她给的一条烟，却没有给她办成什么事，内心一直有些不安，他不想欠别人的情。好不容易见到了她，终于可以把这个人情还了。

他说，你以后千万不要再乱怀疑了，你男朋友杜涛被抓，和你的哪一个同学都没有关系，是督办侦探队的密探从小饭馆经过，无意中听到了杜涛在高谈阔论，立功心切的密探当然也就不能放过他了。

尚青说，你胡说，这怎么可能呢？

鲁警官说，你可以不相信，但事实确实是这样的。

如果说，见到了眼镜典狱长的那个夜里没有睡好，那么在见到鲁警官的这个夜里，她是一整夜都没有合上眼。她抽了一整包的烟，抽得好像中了毒一样，到了早上时，大口大口地呕吐起来。

本来以为这件事已经结束了，自己永远都不会和程丰有关系了。现在才发现，这件事并没有结束。既然没有结束，那就得让它继续下去。结局会是什么，尚青无法知道。她只知道，这会儿，她应该清楚程丰现在的状况。

四年前，只要是因为反对盛世才的罪名抓进监狱的，只要还没有死，都从监狱里放出来了。也就是说，如果程丰没有死在监狱里，他现在肯定还活着。

问题是当时许多被抓进去的人，都被盛世才杀了，怎么可以肯定程丰没有被杀呢？如果程丰真的被杀了，那她又该怎么面对这件事情呢？她有点不敢想了。

记得程丰去布拉可村，说起同学时，说到有一个姓刘的女同学在北门省立第一中学当老师。尚青和刘同学在上学时关系还算不错，找到她问一问，没准可以问到程丰的情况。

同学不管多少年不来往，也不会把名字忘掉。去迪化省立第一中学一打听，就打听到了姓刘的女同学。

在学校旁边的一家饭馆里，尚青见到了刘同学。她请刘同学吃饭聊天，她没有直接说到程丰。在说了许多同学的事情后，才说到了程丰。

刘同学对尚青不知道程丰的事有点惊讶。在上学时她就知道程丰喜欢尚青，知道他们一直到毕业以后关系都很好，尚青是没有道理不知道程丰现状的。尚青只好告诉刘同学，毕业后去了外地，没有留在迪化，所以对于在迪化工作的同学的事就不太清楚了。

刘同学说她一直没有见过程丰，也是听说几年前他犯了危害国家安全罪被抓了，盛世才离开新疆后，又被放了出来，人是没有死，但在监狱里被整得挺惨，成了残废。

听说程丰还活着，像是有一个大磨盘从尚青背上卸了下来，可再一听程丰被整得很惨，成了残疾人，让她心头顿时又涌过一团黑色的阴云。

刘同学看出尚青气色不好，明显没有了上学时的光鲜，问她和杜涛怎么样了？

她告诉刘同学，杜涛从监狱里跑出来后，在路上遭遇了不幸。

没有想到尚青的生活遇到了这么大的波折，刘同学用同情的目光看着尚青，不再问那么多了，怕问不好了，会触动尚青更多的伤心事。

尚青问刘同学知道不知道程丰在什么地方。刘同学说，听别人说他出狱以后，自己在南关开了个小书店。

知道程丰还活着，却成了残疾人。残疾成什么样子，尚青不敢想象。因为程丰的残废，与她直接相关。

南关沿城墙开的店铺有几十家。开书店的只有三家，找到程丰没有让尚青太费事。

比起别的书店，程丰的书店规模要小得多。同时有十个人买书，就会挤得转不开身。尚青走进去时，只有两个买书的。程丰坐在一张桌子后边，面前放了一本书还有一个账本，边看书边在等挑了书的顾客来结账。

开着门的书店，店主不会在意随便进来的一个人。

尚青看到程丰时，程丰在低头看书。与程丰的熟悉，让她一下子就认出了程丰。只是这个程丰，与她记得的那个程丰，在容貌上发生了很大的变化。与程丰有六年时间没有见面了。这么长时间，一般来说不会让一个成年人的容貌发生很大的改变。但程丰的一张脸，确实让尚青认出了是他后，却不敢相认。因为这张脸上的两只眼睛，有一只没有了眼珠子。

想着程丰残疾会不会是断了一条腿，少了一条胳膊，没有想到会是瞎了一只眼。瞎了一只眼，也许并不会影响到吃喝拉撒。可它足以让一个年轻男人失去俊朗，失去原本可以拥有的许多美好。

如果眼前的这个男人不是程丰，而是别的男人，尚青连多看一眼的心情都不会有。而这个时候的尚青，不但不能不多看，还要对那只瞎了的眼睛，长久盯着看。因为这只眼睛，虽然是被别人的手弄瞎的。可如果没有她起到的作用，那只手再凶残，也不会弄到程丰的眼睛。

她认出了程丰，可程丰还没有看到她。她这个时候，完全可以悄然退出，像什么都不知道一样，从程丰面前消失。她一动不动，但她感到了正有两只手在同时撕扯着她，她觉得自己整个人都要被撕成碎片了。终于她还是在没有被撕碎前的那一刻，挣脱了出来。她向前跨出了一步，让自己离程丰已经近得不能再近了。

她喊了一声，程丰。

程丰听到了喊声，抬起了头。

程丰看到了尚青，程丰也是一眼就认出了她。

程丰一脸吃惊。不过吃惊里，好像还有点欣喜。

这表情说明程丰并不知道是尚青把他害成了现在这个样子，还说明程丰心里一直没有忘记掉尚青，并且一直盼望能和她见面。只是看到程丰这样的表情，尚青心里的滋味就更复杂了。看到尚青表情，程丰判断尚青肯定是对他瞎了一只眼迷惑不解。他说，我也倒了大霉，被盛世才抓进了大牢，逼我认罪，我不认，就把我整成了这个样子。

尚青问，你为什么不去教书，要来开书店？

我这个样子，站到讲台上，会把学生们吓坏的。

你的妻子呢？

我婚都没有结，哪有妻子呀。

怎么会呢？

我们那次见面后，没有几天，我就被抓进去了。我的那个对象可没有像你对杜涛一样来对待我，她马上就毁了婚约，另找了一个男人。

你的家人为什么不救你？

我父亲别说救我了，他连自己都救不了，说我反对盛世才，肯定与我父亲有关，他们就罢了父亲的官，把父亲赶出了官府，没过多久，父亲连气带病就离开了人世。父亲一死，整个家也就破败得不成样子了。

这不是搞株连九族吗?

好多比我父亲大的官都抓了，盛世才不管是谁，只要是怀疑到对他有一点儿不忠，就会把谁灭掉。其实审我的那个处长李英奇，和我父亲都认识，但到了这个时候，他就翻脸不认人了。

看来这个李英奇，就是个笑面虎。

他就是盛世才的一条狗，让他咬谁就咬谁。

尚青想骂一句盛世才，可又觉得把什么责任都推到盛世才头上，似乎也有些不对。至少在程丰这个事上，就不能全怪盛世才。

要骂，得先骂自己，可就算把自己骂死，又能改变什么呢?能让程丰的一只眼恢复视力吗，能让程丰的父亲死而复生吗?

尚青在想，是不是把真相告诉程丰，可她不知道程丰了解真相后，会变成什么样子，她有点不敢说。

程丰不知尚青在想什么，看到尚青好一阵子不说话，以为她是在为自己难过。

他安慰起了尚青，好多人都死了，我还活着，当时，我以为我会死掉，没有想到有一天还会被放出来。

尚青问，出狱后，你为什么不去布拉可找我?

程丰说，我不想让你的生活受到我的打扰。对了，你怎么样了?杜涛也没有事了吧?盛世才离开新疆后，和他有关的案子都平了反，杜涛肯定早就被释放了。

尚青说，杜涛没有那么幸运，那年他越狱，在路上被追捕的人打死在雪水河里。

程丰难过起来，这样看来，他确实比我更倒霉，不过，尚青，有一句话，我还是想对你再说一遍，希望你能相信。

你说吧，你现在说的话，我都相信。

杜涛被抓，真的不是我告的密。

我知道，不是你告的密。

这么说，你不恨我了？

我错怪了你，对不起你，希望你能原谅我。

尚青说着，不由得把程丰的头抱住，贴到自己的胸前，泪水止不住流下来。

看到尚青流泪了，程丰心疼地拿出手绢，给尚青擦眼泪，劝慰尚青不要太难过。

没有想到，程丰这么一劝，尚青反而哭得更厉害了。她双手捂住脸，肩膀不停地抖动着。看尚青会哭得这么厉害，程丰觉得奇怪。事情已经过去这么久了，她似乎不该还为这个事哭得这么厉害。

走出程丰的书店，尚青没有直接回家，她爬到了红山顶上。在那块她坐过了多次的石头上，再次坐了下来。

她点着一支烟抽了起来。

山脚下，有一条河，是一条季节河。河水有时大，有时小。大的时候，能把两岸的房子冲毁，像头野兽。小的时候，几乎断流，河床布满了大大小小的鹅卵石，虽然还是河，可完全没有了河的样子。当然也有不大不小的时候，这时的河水缓缓流淌，清凉明净，吸引着许多人跑到河水里嬉戏沐浴。

尚青连续抽了五根烟以后，做出了她人生的又一个重大决定。这个决定，就是陪伴程丰走完剩下的人生路。

回到家，给母亲说，还有些事要办，还得在家住一段日子。

母亲说，只要你的丈夫愿意，你想住多久都行。

尚青说，我家我说了算，我丈夫管不了我。

母亲说，到现在连个孩子都没有生下来，也不怕你丈夫休了你。

尚青说，我们感情好，有没有孩子都不会影响到我们的关系。

再次出现在程丰书店里，尚青对程丰说，让我来给你当店员吧。

程丰说，卖书可挣不了什么钱，我给你发不了工资。

尚青说，我不要你发工资。

程丰说，开什么玩笑，你还是找个学校去当老师吧。

尚青说，可我现在只想在你的书店当个店员。

看尚青这么坚决要来当店员，还不要发工资，程丰也就没有了拒绝尚青的理由，只好把门上的钥匙给了她一把。程丰说，干上一段时间，不想干了，你可以随时离开。

当上了店员的尚青，不但会把店员该干的事，全干了。还会去干一些不属于店员该干的活。她打扫卫生时，总是会从店面一直打扫到程丰住的房子。她在整理了书架上的图书以后，还会去把程丰床铺上的被子叠放整齐。看到有程丰换下来的内外衣服没有洗，还会拿到门外的井台上去洗。

程丰说，这些活你不用干，我自己可以干。

尚青说，这些活是女人的活，男人干不好。

还有一天的三顿饭，尚青不但顿顿都要做好了喊程丰过来吃。还会自己花钱去市场把油米面菜肉全都买回来，搞得程丰不好意思，非要拿出钱来给尚青。尚青说做好的饭，又不是你一个人吃，我也吃了，这个钱该我花。我在布拉可当老师，挣了不少钱，你不用担心我没有钱用。

做饭时，尚青很用心，把在布拉可村跟着谷秀学的手艺全都用上了。知道程丰口味有些淡，放盐时尽量少放一点。怕程丰老吃一种饭，会影响到胃口，她努力让一日三餐不重样。

这让程丰只要坐到饭桌前，总是用惊喜的目光看看饭菜，再看看尚青。

程丰说，真想不到呀，你做饭做得这么好。

尚青说，只要你喜欢，我就天天做给你吃。

程丰听了这个话，笑了笑，说这样的福气我可不敢想。

吃过了晚饭，天黑下来。店门关了，作为店员尚青似乎并没有理由再待在店里了。可她从来不主动说，时间不早了，我该走了。她刷了锅洗了碗，又烧上一壶茶。坐下来，与程丰边喝茶边聊天。

程丰问尚青住在哪里？

尚青说我住在家里。

程丰说，这么晚了，你不回去，你妈会说你的。

尚青说，我又不是小孩子，我妈才不管我呢，就算是一晚上不回去，我妈都不会管。

程丰说，太晚了，街上不安全，你还是早点回家吧。

尚青拍拍身边的书包，我有剪子还有手枪，我和土匪干过仗，什么样的坏人，我都不怕。

听尚青这么说了，程丰还是会站起来，说有什么话，明天咱们再说吧，我瞌睡了，要睡觉了，你还是走吧。

尚青说，我就这么让你讨厌吗？

程丰说，我要是讨厌你，就不会让你在书店当店员了。

尚青说，可你过去不是这样对我的。

程丰说，那时我太轻狂，冒犯过你，我向你道歉了。

尚青说，我不要你道歉，我还要你像以前那样对我。

程丰说，过去的，就让它过去吧，我也多么想让时光倒流呀，可惜不行呀。

尚青说，为什么不行呀？我们两个现在都是孤苦伶仃的人。

就算是尚青这么说了，程丰还是会毫不犹豫地扯起尚青的衣袖，把她推出门外，再从里边反锁上门，这让尚青就算有钥匙也不能再打开门走进来。

差不多有一个月了，几乎每个夜晚，尚青都会被程丰这样赶出书店。

一个人走在路灯昏暗的街道上。尚青并不着急马上回到家中。漫无方向地走上一阵子后，她会坐到路边的石凳上，拿出香烟抽起来。对程丰的举动她实在有些百思不得其解。这一阵子与程丰接触，她能感觉到程丰对她情意犹在。应该说这个时候的他，是没有理由把她如此决绝地拒之门外的。

看来有些话，不说明白了还真不行。只是有些话，本来是应该由男人来说的。但根据现在的情况看，似乎要让程丰来把尚青想听到的话说出来，有点太难。

尚青有些等不及了，也不想再等下去了。

一天连着一天，昨天想做的事，没有做成，今天还可以继续做。昨天想说的话没有说，今天可以再说。

又是深夜，杯子里的茶已经喝完了。看到程丰还要把她往门外推，尚青说话了。

程丰，娶了我吧。

程丰看着尚青，看了一会，摇了摇头。

为什么？难道你不再喜欢我了吗？

我从来没有喜欢过别的女人。

既然你还喜欢我，为什么不肯与我在一起？

我的样子，你又不是没有看到。

别说你一只眼睛看不见了，就是两只眼睛都看不见了，我也不会在乎，我也愿意当你的眼睛。

不是眼睛的事。

不是眼睛的事，还是什么事？

什么事你就不要问，反正你再也不要对我提什么娶你的事了。

不行，你一定要告诉我原因。

你真的想知道？

当然。

他们不但弄瞎了我的一只眼，还弄得让我再也不能做一个男人可以做的事情了。

什么意思，你这话是什么意思？

这个话，你不会听不懂吧。

尚青当然一下子就听懂了，只是她不相信程丰说的话是真的，才不由得反问了一句。

在严刑拷打中多次昏迷的程丰，在苏醒过后很长一段时间想起女人，包括尚青后，身体都没有反应，这让他意识到自己可能有了大麻烦。但他还是不相信会是真的。出狱后，他决定要去证实一下。这并不是件困难的事情。有一条街市上的两边路上，站着不少姑娘。她们打扮得花枝招展，让走过的男人迈不开脚步。

程丰走得很慢，他想遇到一个让他迈不开腿的姑娘。可他没有遇到一个让他站下来的姑娘。不是姑娘不够鲜艳。她们全都散发着奇异的香味。是他的身体如同枯木，不管她们如何挑逗，全无波澜泛起。这不是经历没有经历过的事。没有被抓以前，对于异性，他只要想一想，就会激动难耐。

他也有一个谁也不知道的秘密，那就是每过一段时间，就会在夜深人静时，用想象力把尚青拉进自己的被窝，与她做一回夫妻，让他的身心得到安慰。但自进了监狱后，他就再也没有这样做了，不是他不想做了，是他的身体让他做不成了。这比弄瞎了一只眼更深重的伤害，让他无法找到伤口，但却可以让他感受到它真真切切地存在。

那天走到花街尽头，与路边最后一个姑娘擦肩而过时，听到了姑娘对他发出的讥笑声。似乎她已经看出了他作为男人的无能无奈。那一瞬间，看到有一辆汽车驶过，他真的打算钻到它的轮子下面。

程丰说，当时，我真的不想活了，可再想一想，人只能活这一次，这么就死了，实在也太冤枉了。

尚青说，不，我不相信，你一定是在骗我，不可能，他们不能弄瞎了你一只眼，还让你再也做不成男人了。

程丰说，我也不愿意相信，可事实摆在那里，不相信也不行呀。

尚青说，你怎么知道你不行了，那是在监狱里，是在特殊的环境里，现在不一样了，你自由了，你眼前的女人，又是你喜欢的，你不可能不行，你一定能行。

尚青这么说的同时，她的手没有闲着。她似乎要找出另一个事实来，证明程丰是在胡说八道。找出结果并不难，在某件事上。这时的尚青并不缺乏经验，而比她的经验更有作用的，是她青春鲜活的身体，还有因为内疚而复活的对程丰的情感。尚青把自己变成了一团火，却无法让程丰有一点燃烧。

尚青看着程丰，脸上的表情，分明比程丰还要绝望痛苦。

程丰说，你能来看我，来这样照顾我，我已经感激不尽，不要为我难过，好好过你的日子吧，别忘了有过我这么一个好朋友就行了。

尚青看着程丰，两眼发直。她说，程丰，我不是你的朋友，我是你的仇人，我不是女人，我就是个妖魔。尚青从书包里掏出了那把剪子，往程丰手里塞。

尚青说，请你用这把剪子，把我的眼睛也扎瞎吧。

程丰奇怪地看着尚青，不明白尚青怎么突然做出这样的行为。

程丰说，尚青，你是不是糊涂了，你为什么要让我用剪子扎瞎你的眼睛？

程丰，你是不是在监狱里，不止一百次地想过，如果能找到那个陷害你的人，你一定不会放过这个家伙？尚青问。

当然，就像你痛恨出卖了杜涛的人一样。出狱后，我去警察局打听过，但没有打听出来，说当时的许多档案，盛世才在离开时都销毁了，程丰说。

如果你知道是谁陷害了你，你会怎么样？

我会把他千刀万剐。

现在你还想找到这个人吗？

当然。

我可以帮你找到这个人。

这个人是谁？

这个人现在就在你眼前。

什么意思？

这你还不明白？陷害你的人，就是我。

尚青，别乱开玩笑，怎么可能是你呢，你有多么善良，我又不是不知道，就算当时误会了我，你也不会真的去当告密者。

当时，我真的恨死了你，没有别的办法报复你，就去告了密，你想想，除了我，还会有谁恨你恨到了这种地步？我原来以为，一个人只要想做一个好人，就永远都不会干坏事，我现在才知道，一个人在不明真相时，在分辨不清是非时，在头脑发昏时，不管有多么善良，也可能干出最坏的事情来。

这么说，真的是你告的密，把我送进了监狱？

我是多么希望这不是事实，只是一个噩梦，醒来以后，仍然是阳光灿烂。

程丰的脸一下子变得铁青，他抓起了尚青递过来的剪子，跳起来，一只手抓住了尚青的衣服领子，一只手握着剪子朝尚青的眼睛扎了过来。

尚青没有躲开，只是闭上了眼睛。她想，就算是程丰把她两只眼睛都扎瞎了，她也不会对程丰有半句埋怨。

罪有应得，是对罪人的成全。没有惩罚，就没有解脱。这些日子，一直在等这一刻到来。它终于来了，尚青怎能不欣然面对。

尚青的嘴角轻轻动了一下，任笑意流出。可她熟悉的那把剪子，不知是不是和她相伴多年，与她有了情感，不肯对她有一点伤害。就在剪子马上触到她的睫毛时，剪子从程丰手中掉落。

金属撞到地面的响声，让尚青睁开了眼睛。

程丰抱着头，不停地摇动，他反复地问，为什么是你？为什么会是你？你为什么要这么做？

尚青不笑了，原来想用惩罚解脱，也并没有那么容易。尚青当然不会让她期待的这一刻就这样结束。

尚青说，我知道，你是个软心肠的好人，让你拿剪子扎瞎别人的眼睛，你怎么也做不出来，不过，我这还有一把手枪，你只要对准我的头，轻轻扣动一下扳机，你就可以报仇雪恨了。这是一件十分容易的事，你一定可以做到。

尚青拿出了手枪，打开了保险，把它放到了程丰手中。

程丰握着手枪，看了一会，慢慢地举了起来。

这一次尚青没有闭眼，她看着程丰，用微笑鼓励着他。

程丰，求你把我埋了以后，每年的清明去看看我，在我的坟头放一束鲜花，尚青慢声细语地说。

我一定要杀了你，你把我和我的家人害惨了。程丰的语气变得坚定起来。

杀了我，你就可以安心地生活了。这一辈子我是没有机会陪你了，你放心，下一辈子，我一定会好好陪着你，给你幸福和快乐。

尚青说这个话，似乎充满了对未来的憧憬。

程丰的手触到了扳机，可他的手在抖，抖得实在太厉害。

尚青说，你是男人，不要心软，赶紧做你想做的事吧。

枪响了，尚青没有倒下。

不是尚青很坚强，子弹穿过了身体，还能屹立不倒，而是程丰没有把子弹打在尚青身上。手枪射出的子弹打在了她身后的书架上，穿过了三本书。

好像扣动扳机耗掉了程丰所有的力气，好像射出的子弹击中的是射击者，程丰整个人堆萎在了地上，如同死去了一样。

第十八章

救赎

一九四五年十月十二日，张治中将军代表国民政府到达迪化城，开始了和平斡旋。

同时国民政府以承认外蒙古独立为交换条件，使得苏联对伊犁暴动方面停止公开支持，并撤走大批苏联军事人员。

没有了苏联人的支持，暴动军无力攻克玛纳斯河岸国军的防线夺取迪化，不得已坐到了谈判桌前。

一九四六年成立由多方组成的新疆省联合政府。张治中将军担任主席。维吾尔族的爱国人士包尔汉担任副主席。

那个试图分裂国家的所谓“临时政府”也被解散，宗教极端势力遭到打压，大规模动乱被平息。

一九四六年六月二十六日，国民党撕毁停战协议，第三次国内革命战争爆发。

一九四七年三月，毛泽东与中共中央机关离开延安前往华北指挥作战。

一九四七年六月，蒙古军队试图夺占奇台县境内的北塔山，遭中国军队抗击，战斗一直持续到来年秋天，才以蒙古军队失败而结束。至此，中蒙边境再无战事发生。

一九四八年十二月，共产党领导的冀鲁豫野战军在淮海战役中歼灭国民党的主力部队。蒋介石败局已定。

国民党组织人员朝台湾撤退。盛世才考虑再三，决定离开大陆。

第二天，尚青还是一大早来到了书店。

程丰还是坐在书店进门处的一张桌子后边，等着顾客进来选书付款。

尚青给程丰打招呼。程丰像没有听到一样，连头都没有抬一下。

程丰不理她，她不在乎，还是像往常一样，该做什么，还去做什么。

快到中午时，尚青去后边的一间房子做饭。程丰的书店分了两部分。前边一部分是门面，后边还有一个门进去，是住房。饭做好了，尚青把饭端到店里去，放到了程丰的面前。

尚青说，趁热吃，凉了就不好吃了。程丰不理她，可会拿起筷子吃饭。

程丰吃饭时，尚青照看店里的生意。

天黑了，没有顾客了，只能把店门关了。

尚青还是早一步走进后院，把晚饭做好了。吃晚饭时，两个人一块儿吃，面对面坐在一张小桌子前。吃是吃，但不管尚青说什么，程丰都不会有一个字的回应。似乎一夜之间，程丰就成了一个聋人和一个哑巴。

就这样整整一天，尚青与程丰在一起，也没有听到程丰对她说出一句话。

这些天，只要走进书店，她都做了最坏的打算，那就是接受程丰对她最严厉的惩罚。那天程丰下不了手，是事情来得太突然，让他一时没想好怎么面对，等他明白了过来，就肯定不会手软了。尚青不知道等着她和程丰的最后结局是什么，可她知道程丰绝不会一直这么下去，不会再也不对她说一句话。就算是他想这么做，她也不会让他做到。

程丰不再理她，不和她再说话的那一天，迪化下了入冬以来的第一场雪。自此开始，一直到来年的春天，大街上冰雪消融，草木泛绿，尚青还是没有听到程丰对她说出一句话。

而这期间，尚青天天都会到书店上班。除了没有在晚上和程丰睡在一张床上，其他的时间段里，她对程丰所做的事情，哪怕是最贤惠的妻子，也不会比她做得更好了。

就算听不到程丰一个字的回应，尚青还是不停地对程丰说着她认为该说的话。说出去的每一句话，都得不到回应，那种滋味确实不好受。可她并不觉得这是件有伤自尊的事，反而认为程丰这么做，是在帮助她解脱良心的惩罚。

程丰原本是该杀了她的，可他手下留情让她活了下来。她除了该对程丰不杀之恩充满感谢外，怎么还可能有半点的抱怨呢。

想不出有什么让程丰开口的新办法，只能让日子一天一天地这么往下过。尚青想好了，只要能见到程丰，她就会天天来见他，来做她认为该做的事。就算程丰永远不再说话，把自己变成一个哑巴，尚青也不会离开他，就算两个人都已经是满头白发，她也要守在程丰的身边。

当然，程丰也可以随时结束这一切。因为尚青每天走进书店后，都会把贴身的挎包放到程丰的跟前。她有意让程丰看到里边的剪子和手枪。也就是说，只要程丰想要她的命，他随时都可以轻易地做到。

尚青心思全在程丰身上，对于国家正在发生的大事毫不关心。

走在街上时，听到报童的喊叫声，不管听到的喊叫的内容是什么，她听到了都和没有听到一样，继续走着自己的路，想着自己的心思。

每天走进书店前，都会先去集市一趟，把这一天做饭所需要的东西买下来。这一天早上也是同样。程丰爱吃猪肉排骨。她找到了一家卖猪肉的铺子，买了一斤排骨。她打算给程丰做个红烧排骨。

提了满满一袋子好吃的东西，尚青走向程丰的书店。

走到书店前，看到门关着。这个时间，各个店铺都开了门。就算是不和尚青说一句话的这段日子里，程丰也没有过这么晚还没有开门。

尚青用钥匙打开了门，走进去后看到窗帘还拉着。她先拉开了窗帘，让明亮的阳光照进了屋子。往常来，就算是程丰不和她说话，也会看到程丰站在书架和柜台之间忙活。但这会儿，书架和柜台之间空空荡荡，不见程丰的影子。知道喊程丰的名字他也不会答应，尚青直接绕过柜台，走向通往另一间房子的廊道。这一间房子没有门，只挂着一个门帘。尚青掀开门帘走进去，看到了程丰正一动不动地躺在床上。自见到他以来，还从来没有看到过他这样一动不动地躺在床上。尚青一下子紧张了起来。赶紧凑到跟前看，看到他脸色通红，满头是汗，双眼紧闭，再一摸他的额头，如火炭般烫。程丰发高烧了，烧得很厉害，烧得昏迷了过去。

马上跑出去，去了南门教堂旁边的那家诊所，找到了那个俄罗斯女医生，让医生提了药箱来给程丰治疗。

医生来了，看了以后说是严重的病毒性感冒，只要照顾得好，不会有什么生命危险。吃些退烧药，平常多用湿毛巾擦汗驱热，头两天要多喂水，后面可饮些米粥，要不了几天就会好了。

按说，程丰病了，尚青应该很难过才对，可她不知为什么，却有些高兴。也难怪，因为这么一来，程丰就不可能拉着她的胳膊往门外推了。还有，他躺在那里一动不能动，连神志都模糊了。她想做什么，用不着再得到他的同意，想做什么就可以做什么了。这对她来说，可是个难得的好机会，她可不能错过。

连着三天，书店关了门后，只有尚青一个人出入书店。她不再天黑以后就离开了，而是会待到第二天早上，打开书店的门，去把夜里用过的马桶倒了，洗干净放回来。再挑着水桶去水井打水。不一会儿，屋顶上的一个小烟囱就会冒出一缕蓝色的烟。要是没有风，这烟就会像绸缎一样飘飞得很高很高。要是有风，烟就很快消散得没有了踪影。

医生说得很对，只要照顾得好，不会有什么生命危险，要不了几天就会好了。

三天后，程丰醒过来，感受到躺在被子里的光溜溜的身体，再看到坐在床边的尚青。他不知道这三天里，到底发生了什么，但他知道他到阎王殿里转了一圈，而转了这一圈，他还能回来，和别的人没有关系，只和这个叫尚青的女人有关。

他不知道为了不让他因为高烧而脱水，让他有体力与病魔抗争，尚青嫌用勺子喂太慢太麻烦，直接把水含在口中，把饭菜嚼碎了，用自己的嘴对着他的嘴，把水和食物喂到他的嘴里，再让他咽下去。

他不知道为了让他不要烧得那么厉害，尚青一天里要多少次用毛巾擦去不断冒出来的虚汗。擦的时候，尚青每次都要用热毛巾，从他的额头一直擦到他的脚指头。中间的每一个部位都不会放过，都会一寸寸仔细擦过去。

他不知道，尚青慢慢地扯下他的短裤以后，凝视了一会儿，还是在期盼奇迹会发生。为了让这奇迹能够发生，她也一样脱光了身上的衣服，与程丰的身体紧紧地贴在一起。再次证明了程丰的残疾不再只是一只眼后，尚青双手挥拳，猛击自己的太阳穴。

程丰确实不知道这三天发生了什么，一点儿也不知道。不过，这个时候，看着为照顾他而面容明显憔悴了许多的尚青，他知道，他不能再对尚青不说一句话了。

程丰说，我每天都想做一件事，就是把你杀掉。可我发现，把你杀掉，不但不能报我的仇，反而会让你得到解脱，成全了你。我必须找到另外一个理由来杀掉你，可我一直没有找到。

尚青说，我们还都没有老，你还有大量的时间去寻找一个新的理由来杀掉我，我会一直待在你的身边，等你找到杀掉我的理由。

程丰说，只怕是你不会再给我机会，让我找到杀掉你的理由了。

尚青说，我不是一个好女人，我已经犯过了许多错误，其中还犯过非常严重的错误，肯定还会犯错误，只要你有耐心，让我待在你的身边，你一定可以找到这样的机会。

程丰说，你其实不必为你的错误过分自责内疚，我虽然不是告密者，可我说帮你去救杜涛出狱，确实是骗了你，我压根儿没去做，并且心里边还有些幸灾乐祸，想着能趁虚而入得到你。

尚青说，你只是有些自私，但并没有越过做人的底线，但我就不一样了，我真的成了一个无耻的告密者，并且给你带来了灭顶之灾，犯下这样深重罪恶的人，怎么惩罚都不过分。

程丰说，这些日子，你每天都在用你的行动赎罪，没有人会为自己的一个过错这样来惩罚自己。我原谅你了，从明天开始，你不用再来我这里了，可以轻松自在地开始你的新生活了。

尚青说，什么意思，你想把我从你的身边赶走，给我制造一个犯错误的机会，好让你找到杀掉我的理由？我可不上你的当。

程丰苦笑了一下，说，尚青，你知道的，我已经是个废人了，你没必要一直这么陪着我，那会让你很痛苦，我也很难受。

尚青说，是我让你变成废人的，这个责任除了我，没有人可以负得了。你要是真的原谅了我，那就得让我陪在你身边，直到你真的对我厌恶了，那个时候你再让我走，我一定会高高兴兴离开。

真的再没有别的选择了？

有。

什么？

和我结婚。

在一个阳光明媚的日子，尚青与程丰办理了正式的结婚手续。

她对程丰说，咱们去布拉可吧？

程丰说，去干什么？

尚青说，去当老师。

程丰说，你说去哪就去哪。

离开迪化前，尚青拉着程丰去了一家照相馆。她说我们结婚了，不能不照一张结婚照。

程丰说，我这个样子，就不要照了吧。

尚青说，你这个样子，才是我永远要记住的样子，你的这张脸没有一个男人可以比得上。

尚青没有带程丰见家人。倒不是怕家人看到程丰瞎了一只眼不能接受，而是她在这之前已经把吴长明的照片让家人看过了，再带程丰回去她没法把这件事说明白。再说了，这件事只是她和程丰的事，与别人，包括她的家人都没有什么关系。

尚青买了一块黑色的丝绒布，用剪子剪出一个桃子大小的形状，缝上一根松紧带后，戴到程丰脸上，正好护住了他那只被剜去了眼珠子的眼睛。不但挡住了灰尘杂物的侵扰，也让他的脸不再因一只眼的凹陷变得狰狞。

他的这个样子，倒使人不由得联想到传说中的独眼大侠。连他自己照了镜子后也不由得笑起来说，我这样走在大街上，没有人敢惹我。

尚青说，你这样看起来，更有男子汉的味道了。我喜欢。

书店里全是书，不开书店了，这些书怎么处理？程丰问尚青。看着书架上一排排书，尚青想了一会，突然心里一亮说，我有办法了。

程丰问，什么办法？

尚青说，把这些书拿到村子里，让村民们免费去读。

程丰问，他们识字吗？

尚青说，别忘了，我在那里已经当了多年老师，光是我教出来的学生也有二百不止了。

尚青去了一家运输公司，找了一辆卡车，谈妥了价钱。

二十块大洋，送他们和一车书去布拉可村。

尚青回来了。她一出现在村头，看见她的人就迎了上去。在村子里当先生当了十多年，还和村民一起打过土匪，村民对尚青，看得很重。这些日子她不在，他们不但记着她，还老说起她，知道去城里找丈夫了，所以一看到从大卡车上下来的程丰，就明白他是谁了。只是看到了那张没有戴着眼罩的脸后，他们都想不通尚青为啥要找一个这样的男人来当丈夫。

谷秀听到门外有人喊，尚青老师回来了，马上放下手中的活，拉开门就跑了出去。

跑到了尚青跟前，看到尚青身边站了个男人，戴了一只眼罩，愣了一下。

尚青说，谷秀，这是程丰，你姐夫。

谷秀说，一直盼着你们回来呢。

尚青住过的房子，一直空在那里等着她。里边的大大小小的家具，不但一样不少，还都是干干净净的。不是没有灰尘落在上面，而是每隔两天，谷秀就会来到尚青的房子里打扫卫生。她就是想让突然回来的尚青能走进一间整洁的房子。连吴老爷都说尚青可能不会再回来了，只有谷秀一直在说尚青肯定还会回来。

说起来，真难让人相信。那天回到村里，刚一站到门口，大花猫听到动静，就从门缝里钻了出来，一下子跳到了尚青的怀里。看来，尚青说的话，大花猫不但听懂了，还做到了。尚青走后，大花猫一直守在这间屋子里，等着她回来。正是有了大花猫的看守，屋子里的东西，尤其是那一堆书，没有遭到老鼠的一点儿破坏。

别说村民会想不通尚青为什么会找这样一个丈夫，连吴老爷也会犯同样的嘀咕，只是这并不会影响到他对尚青携丈夫同归的喜悦。他摆了一桌丰盛的酒席，祝贺尚青和程丰结为伴侣，并送上一块和田玉石雕刻的观音菩萨作为礼物。吴老爷不会在乎尚青的丈夫瞎了一只眼，因为这并不会影响到他当一个好老师。

尚青把自己的家安在布拉可村，意味着村学堂以后再不会因为没有老师而办不下去了。村民没有理由不借贺喜之名向她表达心意。他们想送银圆，尚青坚决不要，只能送上各种用的和吃的。

妇女还剪出了大大小小上百个喜字，贴满了尚青居住小屋的门窗和白墙。

这些年，进入布拉可的卡车并不算少，运来的各种货物让村民大开眼界，可还没有一辆卡车送来的东西全是书。看着这些书，吴老爷两眼放光。他说，布拉可真正缺的就是书，这些书比黄金还要贵重，我们可不能冷落慢待了它们。

尚青说，可以用这些书，搞一个图书阅览室，让村民有地方看书，有书可以看。

吴老爷却说，我们为什么不办个书院？布拉可到了该有一个书院的时候了。

布拉可的事，吴老爷说了算，他说建书院，马上就建了起来。即日，村学堂的牌子旁边就新挂出了个牌子，上面写着“布拉可书院”五个大字。他让尚青当院长，他当名誉院长。他召集乡绅们开会，定下新村规，每年筹款一千块大洋，用于书院购买新书籍和相关开支。尚青在会上提议，凡四十岁以下村民，不识字者，须参加书院开办的扫盲班，得到一致赞同，也写进了村约。

往常小学堂里，到了晚上，便会漆黑寂静。有了书院后，夜里的村学堂亮起了灯火。不识字的大人们坐在孩子们的教室里开始学习认字。尚青和程丰亲自担任扫盲班的老师。上过学的大人们就在图书室里找一本书读。其中大部分都是尚青教过的学生。如此的景象在这个古老的村庄，还是头一次出现。

吴老爷常来书院转悠，见到尚青忍不住说，不知是我们哪辈子人积下的德，才让你这样一个凤凰落到了布拉可村这棵树上。

尚青回来了，村民都高兴。只是最高兴的，还是谷秀。

连着好几天，谷秀都要来找尚青。也没有什么事，就是想看看尚青，和她说说话。

看到谷秀来了，程丰会离开。去门外散步，或去老师办公室备课改作业。回村的路上，尚青说了她和谷秀有多好。尚青和谷秀在一起，不再提起杜涛。她们只会说到吴长明和程丰。

说到吴长明，尚青问，吴长明还好吧？

谷秀说，好得很，身体好，心情也好。

尚青问，对你好不好？

谷秀说，听别的婆娘说，女人生了孩子，男人就不稀罕了，可长明不是这样的，生了可龙可欣后，反而对我更好了。

尚青说，吴长明这样的男人，没有男人可以比得上。

谷秀说，可他做事，也不周全？

尚青问，咋不周全了？

谷秀说，他给我说，你去了县城，把马交给了他，就离开了。没让他安排住处，也没有请你吃饭。你说，就凭你是我姐，是孩子的干妈，他也不该这样对你。为这事，我骂了他好几次。

尚青说，这可不能怪吴长明，他该说的话都说了，是我非要急着回迪化。

谷秀说，村里人都说，你不会再回来了。就我说，你一定会回来的。

尚青说，还是你了解我。

和尚青说话时，看尚青一直没有抽烟。谷秀问尚青怎么不抽烟了。

尚青说，程丰不抽烟，闻不惯烟味，我也就不抽了。

谷秀说，抽惯了，一下子不抽了，会难受的。

尚青说，也怪，不抽就不抽了，一点儿也不难受了。

我看你，对程丰比对杜涛还好，谷秀说。

你看出来了？尚青问。

谷秀说，你和程丰说话时，细声柔气的。那天老爷子请你们吃饭，你还不断地往他盘子里夹菜。你对杜涛可没有这样。

主要是我亏欠了他。

你咋亏欠他了？

在学堂时，是他先追的我，可我已经看上了杜涛。

这很正常呀。

可他一直不肯去与别的姑娘恋爱。

这也怪不得你呀。

我也是去年回到迪化，才知道他还是单身。

这么说，他一直在等着娶你?

这还不算，他还被人陷害，抓了起来，严刑逼供时，被弄瞎了眼睛，差一点就没有命了。

那他可真够可怜的。

你说这样一个人，我能不嫁给他，不对他好吗?

那你就该早回迪化嫁给他。

我以为他早就结婚成家了。

看来，你们的缘分，是老天安排的。

这以前，和谷秀说话，全说的是实话。可这次回到村子里，和谷秀说话，有些话，就变成了假话。说假话时，心乱跳，脸也有些红，可还是得说。人说话，是该说实话。可有的时候，要自己活得好，让别人也不为难，就不能全说实话。也是这个原因，才有了善意的谎言。

比如说，程丰怎么被陷害了，被谁陷害了，尚青就无法告诉别人。

比如说，谷秀让她早点怀上和程丰的孩子，她只能笑一笑，却不能对谷秀说，那些坏蛋不但弄瞎了程丰的眼睛，还让他做不成男人了。

当然，还有一个事，她更是会守口如瓶。在和吴长明厮守的那二十八天，每每让吴长明压住自己的时候，总不由得要想起谷秀。

同样，回到布拉可后只要见到谷秀，也一样不由得会想起吴长明。只是不管想起了什么，她都不会把这件事告诉谷秀，当然，也包括程丰。

每个人大约都有一个或几个带进棺材里的秘密，尚青应该也不例外。

买了一个很大的木盆，每天睡觉前，尚青都让程丰洗个澡再睡。让程丰站到大木盆里，不让程丰自己洗，尚青非要亲自给他洗。尚青洗的时候，洗到程丰的某一个部位时，就会洗得格外认真。似乎那个部位比别的部位更重要。

尚青要自己洗澡了，也不自己洗，而是非要程丰来给她洗。她要求程丰也像她一样，对于她身上的重要的部位，洗的时候，也要格外认真。洗完澡，躺到了床上，一样不许穿一点东西，再短的衣裤也不行。

尚青要么是自己抱着程丰，要么是让程丰抱着她，要么是两个人互相抱着对方。

和你对象，真的没有睡过觉？尚青问。

她说要等到入洞房。程丰答道。

你是男人，你就不能主动点？尚青问。

说实话，那会儿，老想起你，一想起你，就不愿意碰她了。程丰说。

尚青举起手，扇了自己一巴掌。

是我害了你，尚青说。

这可怪不到你，是我自己的事，程丰说。

村子里有一个寺庙，里边供了一个观音菩萨。一年四季，里边的香火不断。村子里的人，遇到了什么事，就会跑到这里跪拜。尚青多次路过，从来没有进去过。这一天黄昏，与程丰散步，又走到寺庙前，不由得停下了脚步。程丰和她一样，也不信鬼神。不明白她为什么会站下，催她往前走。

她却说，你等等我。说完，自己走进了寺庙。

程丰在寺庙外边等了一会，尚青走了出来。

程丰问她进去干什么了。

她笑了笑，没有说干什么。

她不跟程丰说干什么了，可寺庙里还有别的村民，看到了她进去干了什么。也就是说，她进去后，也和别的进去的人一样，也是请了一炷香，插在了观音菩萨像前的香炉里，然后跪了下来，许了一个愿。

只是看到她许了一个愿，可许的是什么愿，就不知道了。但先生进寺庙烧香许愿，还是让大家有点惊讶。很快，这个事，全村人都知道了。

别的人知道了，不会当个事，说说就完了。谷秀知道了，不能不当个事，跑去问尚青，是咋回事？

到底是咋回事？真实的原因不能说，只能随便找一个理由了。尚青说，我是求菩萨保佑，让咱们村的孩子多几个考上县中学。尚青这么说，谷秀有点不信，可又不能不信。

直通天山深处，穿过布拉可村的一条道路边，经常会有山里的猎户在卖兽皮兽骨还有一些药材。

尚青和程丰散步时，走到了这些猎户的跟前。一个猎户在卖一条半干的鹿鞭。他蹲在那里，见到有人走过来，就会吆喝起来。他吆喝起来的话听起来会有些让人脸红，却还是让人又不得不想听一听。

他吆喝着，我的这个东西嘛，泡了酒，男人喝了，会让女人和床都受不了。

听到了，走过去时，就看了一眼。就是看了这一眼，被猎户注意到了。在尚青和程丰走出了一段后，他提着叫卖的东西追了上来。

程丰让尚青不要理他，说都是江湖骗子，不要上这个当。

可尚青还是停了下来，朝四周看看，没有看到别的村民。

尚青问，你说的是真话还是假话？

猎户说，我要说的话有半句假，让雷劈我。说着看了程丰一眼，接着又说，我保证让你家那一位赛过虎狼。

程丰瞪了他一眼，不再理他，一个人朝前继续走。

尚青问猎户多少钱可以买一个。

猎户说，八块大洋。

尚青说，太贵了，不买了。

猎户又说，五个大洋，不能再少了。

尚青掏出了五块大洋。

猎户说，回去泡酒喝。

第二天，有人看到尚青去了村子小卖部买了两瓶奇台当地酿的老白干。

连着一个多月，天天晚上，尚青会倒一杯子药酒让程丰喝。程丰不想喝，说没有用的。

尚青说，你没有喝，怎么知道没有用。

程丰苦笑着接过尚青递过来一杯药酒。喝了药酒，睡到床上。酒劲有些大，程丰说头有些晕，要睡觉。

尚青说，夜长着呢，别着急睡，说一会话。

说着话的尚青，不光动嘴，还会动手。

尚青说，你上一天课，站累了，我给你按摩一下筋骨。

有那么几次，程丰的呼吸有些急促，身体似乎有了反应。可就像一阵微风吹过，死水仍然没有泛起波澜。

两瓶药酒喝完了。

程丰说，我说的，没有用，你不信。

尚青脸色如土，眼珠子一动不动地望着屋顶。程丰凑过来安慰她，你不用再自责了，你不再欠我什么了，在监狱里，我从来没有想到还能过上这样的日子。

尚青怎能不自责？

不光是因为不能让程丰得到该有的快乐，还因为她自己该有的快乐也没有了。

程丰固然从来还没有得到是一种悲哀，可知道了什么滋味却再也不能品尝，这种折磨更让人难受。此时的尚青有多苦，只有她自己知道。

当天夜里尚青做了一个梦，梦到了刀条岭山谷间的黑湖。

梦到她站到黑湖边上，一条和年画中一模一样的五颜六色的长龙从湖水中飞了出来，把她拦腰一抱，带她飞到了天上。在空中连着翻了几个跟头后，又把她扔了下来，想着这一下完蛋了，一定会被摔死，却不曾料到，她只是被从梦里摔了出去。

醒过来以后，看到了程丰的一只胳膊正压在自己的胸口上。天下的湖，不知有多少个，可对尚青来说，大约不会再有一个湖，会比黑湖对她更重要了。想想这些年自己经历的事，似乎桩桩都和黑湖相关。

回来快半年了，自己竟然还没去看望过黑湖，实在是太不应该呀。布拉可的风景，该看的，全都让程丰看了，只有黑湖，他还没有去过。

去谷秀家牵马。遇到谷秀，谷秀问她牵马干什么，尚青说带程丰去黑湖。谷秀说过几天，长明就回来了，咱们两家人一块儿去多好。

尚青说，这次回来，还没见过长明呢。

谷秀说，上次他回来，让他去看你，他说时间紧，等下一次吧。

尚青说，没啥事，用不着来看我。

谷秀说，那可不行，你不是别人，你对俺家有多重要，他心里明白。

尚青说，他知道我结了婚，有了丈夫吧？

谷秀说，我对他说了。

尚青问，他咋说？

谷秀说，他说你是个好女人，该有一个好丈夫。

尚青问，他还说了啥？

谷秀说，他还问，你是不是有孩子了？

尚青说，他可真关心我。

谷秀说，他不对你好，我不愿意。

带着程丰去黑湖。两个人骑着一匹马，走在山道上。

尚青说，在布拉可，不能不会骑马。

尚青教程丰骑马，就像吴长明教她骑马一样。当黑湖出现在尚青和程丰眼前时，程丰已经学会了骑马。

站在黑湖边上，尚青想起了好多与黑湖有关的事。尚青把一些事情告诉了程丰。比如说，她在这里杀死了两个土匪的事。

当地人都说这是一座神湖。说正是湖里有一条长龙，才让布拉可年年风调雨顺，麦子丰收。尚青说。

是不是有龙看不出来，但这个湖，还有四周的风景真的是很美。程丰感慨道。

尚青拿出了手枪，问程丰想不想学会打枪？

程丰摇摇头。

尚青说，你会骑马了，不能不会打枪。

程丰说，我不是士兵，我是老师，用不上枪。

尚青说，你要是会打枪，上次也不至于把子弹打进了书本里。

程丰说，就算是我会打枪，那一次我也不会把子弹打进你的身体里。

尚青说，我想让你学会打枪。

程丰说，为什么？尚青说，我喜欢会打枪的男人。

程丰说，看来，我要是不学会打枪，你会不高兴的。

尚青说，当然了。

像当初吴长明教她打枪一样，她站到了程丰身后，紧贴着他，教她如何把子弹压上枪膛，如何瞄准前方的目标，再如何用食指扣动扳机。

三发子弹射进了树干里，手枪传递出的后坐力，让尚青的身体感觉到了程丰身体的战栗。尚青问程丰是不是很来劲？程丰说真的好痛快。

尚青又往枪膛里压进去了五颗子弹，说觉得痛快那就再打几枪。尚青再次站到程丰身后，并用胳膊抱住了程丰的腰，胸脯更用力地贴紧了程丰的后背。

随着每一发子弹的射出，程丰的身体与尚青的身体不断地发生着碰撞。一阵灼热随之在尚青的血液中升腾。

尚青问，你是不是觉得很热？

程丰说，我像掉进了大火里。

说着，程丰转过脸，让尚青看到了他的满面通红。

尚青说，那还等什么？

说着，尚青转过身，朝黑湖跑去。边跑边脱着身上的衣服，跑到水边时，她身上的衣服已经一件都没有了。

尚青扑向湖水时，大叫着，无所不能的神龙啊，请赐给我们幸福吧。当她再从湖水中站起来时，湖水瀑布般沿着她起伏的身体落下，留下无数水珠在阳光里闪烁。

尚青扭动着身子，向程丰招手。程丰向尚青跑过来。如尚青一样，也是边跑边脱衣服。当程丰跑到了尚青跟前时，他一样也是一丝不挂了。

看着程丰裸体，尚青睁大了眼睛，一脸惊喜。

与程丰做夫妻已经一年多了，对程丰的裸体早已熟悉。只是从来没有出现过的奇迹，在此时的程丰身上出现了。

尚青心跳加快，血液如火燃烧了起来，尚青裸着光芒四射的身子，迎向扑过来的程丰。

两个人一起倒进了湖水中。

两个人如两条鱼在湖水中纠缠不休。

程丰在水中抱住了尚青的腰，发出了一声大叫。

程丰仰面朝天倒在了湖边的草浪里，尚青骑在程丰身上大笑。

……

离开黑湖时，尚青跪了下来，朝着黑湖磕了一个头。看到尚青跪下磕头，程丰也跪下磕了个头。

骑马回村路上，尚青让程丰手扯马缰绳坐在马鞍上，而她坐在程丰后面，双臂伸展环抱住了他的腰。她的手像个调皮的小松鼠在他的衣服里乱跑，甚至钻到了他的腰带下方，弄得程丰很紧张，四下看会不会被别人瞧见。可尚青却大笑起来说，刚才在湖边，让天看见了，让太阳看见了，你还怕个什么。

第十九章

震惊

一九四九年三月二十三日，中共中央离开河北平山县西柏坡前往北平。

一九四九年四月二十三日，解放军攻入南京城。

受害的东北军家人在多次谋杀盛世才不成后，于一九四九年五月十七日在兰州，灭门其岳父一家十一人，现场之惨烈，轰动一时。

一九四九年九月二十五日，新疆国民党警备司令陶峙岳和省主席包尔汉发出通电，宣布率全省军政人员起义。

一九四九年十月一日，中华人民共和国成立。天安门广场升起鲜艳的五星红旗。

一九四九年十月十二日，解放军第一野战军踏上通往新疆的道路。十月二十日，先头部队到达迪化，数万群众夹道迎接。

一九四九年十二月十日，随着解放军枪炮声的逼近，蒋介石无可奈何地在成都凤凰山机场登上“美龄号”专机，离开大陆，飞往台湾。

而在半年前，盛世才已在蒋介石的亲自安排下，携家人及部分在新疆搜刮的财宝，乘军舰到达台湾。

而此时，那个少年枭雄马仲英已经消失，只有传说在民间流传。说他在苏联被契卡杀害，还说他驾飞机与德国人作战遇难，也有人说他已在苏联娶妻生子过着隐居生活。

新疆和平解放，到处飘扬起五星红旗。新疆各民族人民一齐欢呼起来。不打仗就不会乱了。不乱了，日子就好过了。

每个人心里，都升腾起希望，就像迎接早晨的太阳，迎接着新生的共和国带来的一切。

尚青和程丰此时的日子，可以用无比幸福来形容。

从黑湖回来的当天晚上，在学堂那间普通的农舍里，睡着的大花猫被一种动静给弄醒了。

那张四条腿的木头床，有一条腿因为经受不住剧烈的摇晃，咔嚓一声断裂了。

第二天白天，程丰说只要有一把斧头和锯子就可以把床腿修好。他说和吴家不熟，让尚青去借。尚青去借木工工具时遇到了谷秀。

谷秀问尚青昨天在黑湖玩得好不好。

尚青说，没有想到会玩得那么好。

谷秀说，下次吴长明回来，咱们两家人一块儿去玩。

尚青说，好啊好啊，只要吴长明肯去就行。

尚青扛着斧头和锯子，唱着歌回到了屋子里，不但和程丰一起修好了坏掉的床腿，还把另外三条床腿也加固了。

尚青躺在程丰怀里，问程丰，好吗?

程丰说，太好了。

尚青问，想过有这么好吗?

程丰说，比想的还要好。

尚青问，愿意一直这么好吗?

程丰说，当然。

尚青说，那我们就永远这样。

程丰说，可我老觉得这是在做梦。

尚青说，所有的好日子都会像梦一样。

程丰说，真怕醒过来，梦没有了。

尚青说，有我在，什么都别怕。

村民们爱来书院，不光是书院有书可以看故事，有报纸可以读新闻，还因为来书院，可以找到人聊天。

院子里，有石桌子石凳子，还有免费的用茯茶烧的茶。田间地头忙完了，坐到这里喝茶聊天，也是挺解乏提精神的。

男人们凑在一起，别看都是庄稼人，却爱说国家大事。也不知他们是咋知道的，反正不管说到啥，都能互相接得上话。

好日子，总是过得快，还没有怎么过，一天就过去了，一个月就过去了，一年就过去了。墙上挂着的日历牌，要用手去撕。过一天，撕一张，最后一张撕掉，会换一个新的。

起义了以后，新疆的国军，一夜之间全成了解放军。吴长明帽子上的青天白日徽章，换成了红色五角星。

解放军两个军，从兰州酒泉出发，有坐车的，有走路的，来了这么多人，不是来打仗的，是来接管政权的。到了新疆，解放军往天山南北各地走，再偏远的地方都走到了。每个县城的大街上，都有解放军巡逻维持治安。县政府的重要岗位都由共产党派来的干部担任了。

吴长明的连队和解放军的连队，混编成了新的连队。连队成立了党支部。吴长明还是连长，可他不是党员。党支部开会，他不能参加。这样一来，有些事他就决定不了。他不会在意。他已经想好了，等把土匪消灭后，不用打仗了，就脱了军装，去干别的事。就算是回到村子里种地，他也会很乐意。

尚青和程丰在忙完了学堂里的事情，回到了自己的小屋子以后，也会说说当前的政治时局。学堂订了一份《新疆日报》，这让他们虽然远离迪化市，但在全国和新疆发生了什么大事，他们还是有所知晓。

程丰说，国民党实在太腐败了，该让他们下台了。

尚青说，共产党讲民主自由，不会再有人随随便便就被关进监狱了。

程丰说，看来我们的日子肯定是越来越好了。

尚青说，我们经历那么多磨难，应该苦尽甘来了。

这一天，邮差送来的报纸上，登了一条消息引起了尚青的注意。她看了以后，又让程丰看。程丰看了以后说，老天有眼，他终于受到应有的惩罚。我被抓了以后，他亲自审过我，是他把我弄得家破人亡，把我折磨成了后来那个样子。

这条消息是关于原新疆公安管理处处长李英奇被枪毙的消息。李英奇在盛世才离开新疆后，知道自己罪恶深重，害怕被清算，就跑到了兰州，买了一辆卡车跑起了运输买卖。觉得兰州离新疆近，还是不太安全，就又跑到了北京，在大栅栏附近摆了个香烟摊子。新疆解放后，人民政府大力追查杀害毛泽民等共产党人的凶手，找到了当时旧警察管理处的执行队队长张思信，他供出了李英奇带着他怎么杀害毛泽民等人的过程。他说只知道李英奇跑到了内地，具体在什么地方他不知道。谁能想到，李英奇在北京摆摊卖香烟时，一个曾经被盛世才关进监狱的人看见了他，认出了他是谁，就在回到新疆以后，报告给了人民政府。公安人员闻讯后，立即赶到北京把他抓捕了。他在被审讯时交代，杀害毛泽民时，没有用子弹，而是先用铁棍将他击晕，再用绳子勒死了他。

程丰边看边说，善恶终有报，苍天饶过谁。

晚上吃饭时，尚青多炒了两个菜，两个人一人喝了几杯酒，一起庆祝。

到了收麦子时，尚青会给学生们放假，让他们回去帮父母干活。

尚青教会了程丰打枪，还教会了他骑马。两个人骑着马去县城，在商业一条街上转了一阵子，就去了书店，看有没有什么新书。店主说有一本叫沈从文的作家写的书。尚青翻开后，只读了一段，就被它优美的文字吸引，马上掏钱买了一本。

两个人还去看了一场电影，是新上映的苏联故事片《山村女教师》。让尚青吃惊的是电影中的女教师也居然是从城里来的姑娘，丈夫也是先进了监狱后来为革命牺牲了。女教师一直在山村当老师当校长直到老去，培养了大批人才，桃李满天下，并获得国家功勋奖章。

也许是和自己的人生太相似，尚青看的时候不由得泪流满面。知道吴长明在县城里，程丰问尚青要不要去看看他。尚青却说，谷秀不在，我们就不要去打扰他了。

好日子包括了丰富的内容。自从黑湖回来以后，尚青说话的语调和神情都变得不一样了。谷秀一眼就看了出来，问尚青遇到了什么事，让她这么高兴。尚青无法把真实的原因告诉她。只是说和程丰在一起让她觉得越来越幸福。

黑湖既然可以让奇迹发生在程丰身上，那么，它就应该也可以让奇迹发生在尚青身上。医生只是说她不容易再怀孕了，并没有说她肯定怀不上。不知为什么，她一下子无比坚定地相信，用不了多久，她就能够怀上和程丰的孩子。

学堂空地上有单杠双杠。吃过晚饭后去散步，尚青非要程丰至少拉三十个引体向上。没过多久，就把程丰的腹部拉出了好几块凸出的肌肉。

谷秀偶然有一次夜里经过学堂，想去看看尚青。没有想到走到小屋跟前时，听到了从里边传出来的动静。隔天她问尚青为什么喊那么大声，不怕路过的人听到了会说她的坏话？尚青说我也不想喊那么大声，可我管不住自己。

尚青说，我想和程丰生个孩子。

谷秀说，你肯定能行。

尚青说，我也觉得自己可以怀上孩子。

谷秀说，我明白了，你喊那么大声，是在给程丰加油。

尚青说，你说你和吴长明一起时，喊过了没有？

谷秀不好意思了，说我喊的声音可没有你那么大。

尚青想好了，过一段日子，要是自己还没有怀孕，就再带程丰去刀条岭的黑湖。除了摆上美酒佳肴祭拜祈求湖水中的苍龙外，还要让程丰像当年吴长明对谷秀一样对她。

而就在这个时候，一件谁也意想不到的事情发生了。

这件事对别人来说无关紧要，但对尚青和程丰来说，却是一件比天还大的事。

七月平常的一天。尚青和程丰上完课以后，回到小屋子里吃中午饭。尚青做了西红柿炒鸡蛋还有辣椒。两个人正吃着饭，听到外边有人喊尚青的名字。能听出是一个男人的声音在喊尚青，但听不出是谁在喊。

尚青放下了手里的碗筷，走过去打开了门，看到一个男子，他穿着军装，戴着军帽，帽子上有五角星，腰里扎着皮带。皮带上还挂着一把手枪。看到过也穿了一身这样军装的吴长明，知道这个人是一位解放军同志。但除了吴长明外，尚青再没有和别的军人有来往。这个人到底是谁呢？他显然是认识她的，不然的话也不可能直接喊出她的名字。这么一想，不能不再仔细地打量眼前的这个军人。这一打量，发现这个军人的长相似乎很熟悉。正在想他的长相为什么这么熟悉，眼前的军人喊出了声，尚青，是我，连我你都认不出来了？

这一喊，把尚青喊得醒了过来。天啊，眼前的这个军人，原来不是别人是杜涛呀。

确认了眼前的男人是杜涛后，尚青眼前一黑，差一点没栽倒在地。

大白天，阳光灿烂，就算是有鬼，也不可能这会儿冒出来。如果不是鬼，那又是什么？杜涛明明已经死了，怎么可能站在她的眼前？看尚青差一点摔倒，杜涛上前扶住了她。

尚青甩开了杜涛的手，说，你不是杜涛，你是鬼。

杜涛说，你再好好看看，我就是杜涛。

听到门外有动静，程丰也走出来。一眼认出杜涛，愣在那里，一句话说不出。杜涛看到程丰，也一下子认了出来。老同学老朋友，十年八年不见，见了面，都能认出来。认是认出来了，只是全都愣在了那里。

杜涛走进了小屋子，看到了桌子上的饭菜，没有一点客气，说他还没有吃中午饭，肚子正饿着呢。尚青赶紧下了一盘面端到了杜涛跟前。

程丰这时已经吃完了盘子里的面，他说我已经吃饱了，你们慢慢吃，我出去转一转。程丰说着就拉开了门走了出去。

看到程丰走出去以后，杜涛问尚青这是怎么回事？程丰怎么会在这里？

尚青说，先别问我是怎么回事，你到底是怎么回事？陈典狱长亲口给我说的，你被打死在雪水河里。

杜涛说，他这么说也不奇怪，当时他们马上就要追上我们了。危急关头，我们看到悬崖下有一条河，就跳了下去。子弹打进水里，擦伤了皮肉，水里漂出了血，他们就以为我们被打死了，就没有再追下去。我们被旁边牧场的哈萨克同胞救了。养好伤以后，又一路跋山涉水，历经艰险，才到达了革命圣地延安。

尚青问，你当时说要写信给我，可为什么一直不给我写信？

杜涛说，信肯定写了，一到延安就写了。写了两封，寄出去，没有收到回信。问别人，说这年头，啥都不正常，信寄出去，能不能收到，只能靠运气了。后来，到处跑着打仗，没有一个固定地方，就没有再写了，想着等到革命胜利了，有什么话，见了面，再好好说。

尚青说，你就没有想过，你这样做会有什么后果吗？

杜涛说，什么后果？我们现在不是见面了吗？不是又团圆了吗？

杜涛说本来他可以不回新疆，组织上打算让杜涛留在兰州工作。冯正光也劝过杜涛，让杜涛跟着他干。冯正光要到一个地区当领导，说只要跟着他，保证杜涛会有前途。可杜涛坚决要求跟着王震的大军进新疆，没啥别的想法，就是要和尚青重逢。家里人不在了，不是尚青，杜涛在哪里工作都行。

杜涛有文化，进到部队里，很快就当上了军官。进疆时，已经是营级干部了。到了迪化，往各地派干部，征求杜涛意见，杜涛直接说愿意去奇台。当上县领导没有几天，他就抽空骑上马来到布拉可。说是来村子里看看，其实就是来找尚青。

尚青问过了杜涛，杜涛开始问尚青。

杜涛问得简单直接，程丰怎么会在这？

其实不用杜涛问，尚青也要说，说为了报仇，怎么样把程丰送进监狱，又怎么从眼镜典狱长那里知道了杜涛的死讯；说了怎么知道了程丰被冤枉，说了程丰受了什么折磨，说她怎么找到了程丰，直到和程丰结了婚的全过程。

听完尚青说的整个事情的过程，杜涛的脸色变得难看，可他说出的话并不难听。

他说，没有想到会发生这样的事情，你没有收到我的信，又听说我死了，你就嫁给了程丰，你没有一点错。

尚青说，我并不是完全因为知道了你死了，才嫁给程丰的，如果不是我的告密害惨了程丰，人家也早就有妻有女了，压根儿也就不会有现在这个事了。

杜涛说，你也不必要为这个事太过于自责，这个账要算也得算在反动派身上，算在盛世才头上，如果不是他的专横残暴，这可怕的一切都不会发生。

尚青说，盛世才固然罪不可恕，但如果不是我被仇恨烧昏了头，程丰和他的家人不会落难。

杜涛说，这些年在革命队伍里南征北战出生入死，不管在什么时候，我都没有忘记过你，我一直盼望着等到胜利的那一天能与你相聚。

尚青说，可我已经与程丰领了结婚证，我们作为合法的夫妻已经在一起生活了两年多了。

杜涛说，我们虽然没有办理结婚的手续，但我们早在多年以前已经是实际上的夫妻了。我想，你不会把我们之间的爱情忘得一干二净了吧？

尚青说，你这个时候说这个话，是什么意思？你现在什么都知道了，你说我该怎么办？

杜涛说，任何没有爱情的婚姻都是不道德的。

尚青说，可我已经爱上了程丰。

杜涛说，这个话，别人信，我可不信。你只是同情程丰，和爱无关。尚青，听我的，马上和他离婚，和我在一起。

尚青说，我要是不答应呢？

杜涛说，我知道，这一切发生得过于突然，你一下子难以接受。我想，你很快就会明白，什么样的选择才是正确的。

尚青说，你不能逼我。

杜涛说，牢房和战争，让我更勇敢坚强。你是我的理想，我的生命，我怎能轻言放弃？我必须和你在一起。

仔细看杜涛的脸，果然有了极大的不同。不是形状上的，而是神色里，有一种东西，让她联想到岩石和火焰。

尚青和杜涛在屋子里说话，程丰一个人在村子里转。一直以来，程丰很少一个人在村子里转。只要出门，都有尚青陪在身边，不是牵着手，就是挽着胳膊。看到程丰一个人转悠，村民觉得有些奇怪，问他怎么一个人？

他说，尚青老师正忙着呢。

程丰走到了石城子，他坐在半截石墙上歇息。一直在走，两条腿有一点酸疼。坐下后，脚踢土，遇一硬物，俯身拾起，是一断瓦残片。近些日子，常与尚青散步于此，寻找古城遗物。对照相关图片，基本可确定石城子乃汉代所建。

再读《后汉书》中《耿恭列传》一文，以为把此处定为耿恭官兵与匈奴血战之地，并非无所依据。两人打算搜集更多实物及史料传说，共同撰写一篇长文，让天下人皆知有一英雄，为祖国版图不失，率数百汉兵，于天山之北守孤城，从春至冬，宁死不屈不降，战至仅剩十三兵士，仍让军旗不倒。两人估计，若此文能公开发表，布拉可村定会吸引不少人前来石城子寻英雄足迹，探历史之谜。

石城子位于村中高处，在这里往村子里望，一切会尽收眼底。同时会看得很远，能看到连绵的天山波浪似的翻滚向天边。只是看得再远，还是有些东西，程丰无法看到。就如杜涛的出现，他怎么可能会在之前以任何一种方式预见得到呢？

还是同样的三个人，九年前，程丰骑着自行车，来看尚青，没有想到杜涛会在。三个人一块儿吃饭喝酒，过后，程丰骑着自行车走了。九年后，杜涛骑着马来找尚青，没有想到程丰会在。已经发生了那么多的没有想到的事，接下来还会有更多意想不到的事发生。

望着村学堂的院子，望着院子里的家，望着家门前拴在木杆上的一匹马，程丰一动不动。整个人如同背后的石城子废墟，静默在落日的余晖里。

太阳西斜，天光柔和。

杜涛走出小屋，尚青跟在他身后，看着他骑上马离开。尚青没有立刻转身回屋子，她四处张望，显然是在看程丰去了什么地方。

没有看到程丰，尚青走出了院子。

程丰知道尚青在找他。程丰离开石墙，离开石城子，朝尚青走去。

走到尚青跟前，他问，怎么没有留杜涛吃晚饭？

尚青说，他说晚上还要赶回县城开会。你想吃点什么？

程丰说，吃啥都行。

尚青说，咱们一块儿去买点菜。

程丰说，好。

尚青挽住了程丰的胳膊，可尚青分明感觉到了他的胳膊有些僵硬，她又去抓他的手，又发现他的手心是冰凉的。

走在路上，遇到的村民，全会停下来，把路让开，喊他们先生，并问有什么事需要帮忙。最早上学的一批孩子，大的已经二十多岁了。不说桃李满天下，至少这会儿，尚青已是桃李满布拉可村了。

就在几天前，两个人还谈到未来。

尚青问，这地方好吗？

程丰说，你在哪，哪里就是天堂。

尚青说，我可能真的生不出孩子了。

程丰说，那又有何妨，学生就是我们的孩子。

尚青说，那我们就在这里终老吧。

程丰说，我听你的，愿随你生死。

尚青早已对未来做了安排，就算是死而复生的初恋情人杜涛的出现，也似乎并没有让她发生动摇。

但真的一切都能一如既往吗？

生活从来都不是可以预知的，变化莫测才是常态。

一个不同于过去任何岁月的新时代的到来，必将会让围绕着尚青发生的一切，呈现出另外一个样子……

第二十章

选择

一九五〇年初，新疆多地发生叛乱暴乱。

一九五〇年二月，解放军六军十六师四十六团一营二连一百三十七名战士，在胡青山副营长的率领下进驻哈密地区伊吾县。三月二十七日，伪县长艾拜都拉与匪首乌斯满及美蒋特务尧乐都斯联合发动了叛乱。经过四十天的日夜奋战，二连官兵先后击退了数倍于自己的匪徒七次围攻，一直坚持到大部队前来增援。共有九十七名战士在保卫战中牺牲。

一九五〇年三月二十六日，解放军副师长罗少伟一行在前往哈密七角井执行任务的路上，遭到土匪的袭击全部牺牲。罗少伟时年三十二岁。

王震将军大怒，随即命令进疆部队开始剿匪。

一场空前的剿匪平叛之战在天山南北打响，并迅速取得了决定性的胜利。

一九五〇年十月十九日，中国人民志愿军跨过鸭绿江入朝作战。

一九五一年，一位叫巴什拜的哈萨克人用四百匹马、一百头牛、四千只羊和一百两黄金，从苏联买了一架喷气式战斗机，送给了正在朝鲜作战的志愿军，他也因此成了中国继常香玉外捐赠飞机给志愿军的第二人。

在台湾，迫于压力，蒋介石无奈撤去盛世才国策顾问、上将高参的闲职。怕被暗杀，盛世才藏于街巷，改名姓颜。这时的他已无从政之念，唯一想做的事情，就是把自己在新疆的十四年写成回忆录。

杜涛离开尚青，没有直接回县城。他去看了吴老爷。

尚青能去监狱看他，他能出来当老师，还能骑马逃走，都和吴老爷有关。参加了革命，明白了吴老爷这样的人是被革命的对象，可心里边对吴老爷还是怀有感激之情。

不过，他来见吴老爷，不全出于私人感情。吴老爷是村长，他是县长。来见吴老爷，也是工作。知道杜涛是县长，吴老爷有些为他高兴，也有些紧张。当村长这么多年，不管是清朝还是民国，县长一级的官员，很少能下到村子里。共产党不一样，一接管政权，就管到了村子里。

杜涛知道内地一些地方正在进行的土改是个什么情况，明白这样的土改很快也会在新疆开始。他不想让吴老爷在土改中受到太大委屈，有意提醒吴老爷这么大的家族还是分开了好。

吴老爷是个有智慧的老者，从杜涛的话语里听出了他的意思。第二天就把五个儿子召集起来，平分家中的几百亩土地和主要的家产，让他们自立门户各过各的日子。家里雇的长工短工还有管家佣人，也全都给了他们一笔钱财，打发他们离开去另谋生路。

杜涛和吴老爷说话时，谷秀过来给他们沏茶。看到杜涛，她吓了一跳。杜涛一离开，她就想找尚青。她以为尚青还不知道这个事呢。

看到尚青来了，便让程丰歇着，马上就与尚青出了门。

院子前边有一个晒场，堆有一垛麦草。麦草很松软，坐或躺在上面，身子骨可以完全舒展。

月光里，有细微的风吹过来，如同有一把扇子在摇。两个人伸开了腿，半靠在麦草垛上，说的都是尚青的事。

因为，尚青这时遇到了一个天大的麻烦。

面对突如其来的变故尚青问谷秀她该怎么办?

谷秀说，只能这样等着了，好多事等着等着，不去管它，它自己就会把问题解决了。

别看谷秀文化不高，有时说出的话还蛮有哲理。因为天底下的事，不管有多么难办，最终都会被时间解决。只是在这个过程中，会有什么意外发生，就没有人会知道了。

这天晚上，尚青和程丰躺在床上。尚青把脸依偎在程丰的胸膛，一条腿搭在程丰的腿上。

程丰说，杜涛当了解放军，看上去真的很威武。

尚青说，我倒觉得，当老师的男人，更有风度。

程丰说，他不再是个书生了，他成了打江山的英雄。

尚青说，什么英雄呀，只不过是个武夫。

程丰说，新朝代了，打江山的人要坐江山了。

尚青说，不管谁坐江山，孩子都要上学，老师都要上课，农民都要种地。

程丰说，怕是用不了多久，学生的课本就要换成新课本了。

尚青说，就算课本会换成新的，咱们的日子也不会变。

尚青把程丰贴得更紧。

自打从黑湖回来以后，尚青只要这样贴紧了程丰，程丰就会立刻把自己变成一匹脱缰的野马。

可是这一次，程丰只是把尚青更有力地抱在怀里，并没有响应尚青的召唤。

没有过几天，杜涛又来到布拉可村。

他来了以后，没有直接去见尚青。他先去见了吴老爷。听吴老爷说他把房子和地都分了后，杜涛说吴老爷这么做是对的。

杜涛说要在村子里发展党员，让吴老爷推荐一个合适的人。吴老爷说到了大狗子陈天全。杜涛让吴老爷带他去见了陈天全，和陈天全谈了加入共产党的事。陈天全听了杜涛的话，很激动，马上表示愿意加入共产党。

杜涛说，光是你一个人入党还不行，要成立党支部，得有几个党员才行。陈天全说他当了多年村民自卫队队长，许多村民都听他的话。

杜涛让陈天全去把穷苦的村民组织起来，他给他们讲了什么是马克思主义，什么是共产主义，什么是社会主义。听了杜涛的话，这些村民个个都激动不已。

干完了工作上的事情以后，杜涛又来到村学堂见了尚青。与尚青没有什么工作要谈，要谈的只能是他和尚青之间的私事。

杜涛问尚青想好了没有？

尚青说，事情已经这样了，也只能是这样了。

杜涛说，江山都可以改朝换代，没有什么事情是不可以改变的。

尚青说，你现在不一样了，当了解放军，又是县长了，找个比我好的女人过日子，实在很容易。

杜涛说，要找个老婆，确实容易，这几年，也不是没有遇到过，野战医院的护士，部队文工团的团员，都长得花骨朵一样，喜欢我的不是没有，我没有动心，就是因为心里有你。你为我付出了多少，别人不知道，只有我知道。我可不是陈世美，不是负心汉。

尚青说，我的身子骨不行了，找医生看过，很大可能生不了孩子了。

这个话只是让杜涛愣了一下，却没有让他改变主意。

杜涛说，只要能和你在一起，有没有孩子都无所谓。

尚青说，现在让我对程丰说和他分手，打死我也说不出来。

杜涛说，那就不要现在说，等你想明白了再说。

尚青说，我要是一直都想不明白呢？

杜涛说，这怎么可能呢？我了解你。

尚青说，你并不知道，你离开后，我遇到过什么。

杜涛说，我只知道，你是我的爱人。

尚青说，我只是你过去的爱人，现在我已经是程丰的爱人，并且永远不会再改变。

杜涛愣了一下说，那我就永远等着。我相信真正的爱可以战胜一切。

杜涛把大狗子陈天全和几个村民发展成了党员，在村子里成立了党支部，让陈天全当了支部书记。

过后不久，新政府组织村民选村长。在选之前，杜涛与吴老爷进行了一次认真的谈话。让吴老爷明白了一些新社会的新道理。

吴老爷出面去做了村子里几位族长的工作，这让村长选举的过程进行得很顺利，陈天全当选上了新村长。

完成了村长的选举工作以后，杜涛又来到了村学堂，与尚青见了面。

杜涛对尚青说，他分管县上的民政工作，近来去办离婚手续的人越来越多。旧社会造成的婚姻悲剧，终于到了该结束的一天。

尚青说，你给我说这个事干什么，这和我有什么关系？

杜涛说，我知道你是个善良的女人，但善良也意味着软弱，软弱有时候会毁了自己的幸福。你不能因为同情程丰，就牺牲自己的爱情。

尚青说，可我知道，程丰更需要我。

杜涛说，你更要知道，你更需要谁。尚青，听我的，你要是拿不定主意，就听我的，马上去县上与程丰办理离婚手续。你不能用同情代替爱情。以后程丰遇到什么困难我们可以帮助他解决，让他生活得更好。

尚青说，只有我知道，离开了我，我们再怎么安排、帮助，都不可能让程丰生活得更好。

这么说，你是铁了心要和程丰在一起？

事到如今，我别无选择。

别说得这么绝对，你再好好想想。

说罢，杜涛骑马离去。望着杜涛的背影，尚青竟然有些气恼。要是他不出现，该有多好呀。他这一回来，日子一下子就和以前不一样了。

吃饭时，程丰明显吃得没有那么香了。问他是不是饭不好吃？他说，饭还是挺好吃的，就是胃口有点不太好。

夜里尚青睡了一觉起来上厕所，看到程丰还睁着眼。

问程丰怎么还不睡觉。

程丰说，睡不着。

尚青说，你没有失眠的毛病呀。

程丰说，我也不知道为什么，就是睡不着。

尚青知道程丰变成了这个样子，与杜涛的出现有关。

尚青说，别把杜涛的出现当回事，咱俩的日子，该咋过还咋过。

程丰说，我知道，不会当回事的。

吴可龙过十二岁生日。每年过生日，吴家都会隆重庆祝。只要尚青在，都会请了去，让尚青坐在上宾位置上。尚青这次去，不是一个人去，她带了程丰去。没有想到吴长明从县城赶回来给吴可龙过生日，也把杜涛带来了。尚青后来才知道，不是吴长明请他来的，是他自己非要来的。吴长明的连队由县委直接管理，以方便维持治安和对付特务土匪。

杜涛成了吴长明的上级领导。吴长明要离开县城，得去给杜涛请假。请假时，杜涛知道了吴可龙过生日的事。杜涛提出了他也要去参加，吴长明没有理由拒绝杜涛，也不能拒绝。杜涛不但认识吴家人，还在学堂当过老师，给吴可龙上过课。杜涛来参加吴可龙的生日，天经地义。

县长的出现，让吴家人有点诚惶诚恐。吴老爷握着杜涛的手时，用了大驾光临不胜荣幸之类的词语表示欢迎。

杜涛还是杜涛，可他已经不是那个关在石城子监狱里的杜涛了，也不是那个多亏了吴老爷拿出了金条作为交换才当上老师的杜涛了。他现在不管出现在奇台县的什么地方，都会受到热情的接待。

因为和布拉可的特殊关系，他尽量保持低调，不让随从和警卫陪伴。但就是这样，只要他来了，吴老爷还是会格外地重视。走南闯北的吴老爷，尽管对新生的政权比较陌生，但经验告诉他，不管啥时候，对于官府的人，作为老百姓，都要恭恭敬敬才对。

杜涛被安排到了主宾的位子，吴老爷只是坐在了他的右边。而尚青则被安排在了杜涛的左边。没有想到给吴可龙过生日，会让与尚青关系最密切的人，全都坐到了一张桌子上。这让她完全没有了参加孩子生日宴席的轻松愉快。明明屋子里并不闷热，她却一阵阵地出汗。她故意不去理会杜涛，而是不断地往程丰盘子里夹菜。她坐的时候也有意往程丰这边靠紧了一点，和杜涛之间留出了明显的空隙。

杜涛似乎并不在乎这些，他不断举杯说话，只要他一说话，大家都会认真地听。他说了不少与吴可龙生日无关的话，不过，都是些很重要的话。

他说北朝鲜和南朝鲜打起来了以后，美国人来帮着南朝鲜打北朝鲜。北朝鲜连着咱们中国，让美国人打到我们家门口可不行，党中央一声令下，我们几十万志愿军就跨过了鸭绿江，要保家卫国打败美帝野心狼。还说我们和社会主义老大哥苏联，签订了一个和平互助条约，苏联会全面帮助我们建设新中国。新疆紧挨着苏联，以后各方面的发展会快得超过我们的想象。

本来是给吴可龙过生日的，可杜涛成了主角。杜涛说话时，可能只有尚青一个人没有听进去。三个男人同时出现在她面前，让她的脑子变得有些混乱。一些与他们曾经一起相处的画面，总是放电影一样在眼前闪过。她试图不去回想，可总是办不到。这让她很难受，难受得让她有些喘不过气。只想着让这场生日宴席快点结束。

和程丰回到了村子里后，每过个几天，尚青就会同村子里别的女人一样，用盆子端着衣服去土坡下的小河边洗衣服。只是尚青在洗衣服时，别的女人都会洗完了自己的衣服后，再帮着她洗。

小屋子前边立着两个木杆子，之间扯起一条绳子用来晾晒衣物。

这一天，尚青端着洗好的衣物，走到村学堂的院子里，把它们一件件挂在绳子上。晾好衣服，尚青推开小屋的门，想坐下来休息一会。没有想到推开门后，看到杜涛和程丰正坐在小木桌前说着什么。没有听到他们在说什么，可看他们的表情似乎没有什么不愉快。

屋子里烟雾缭绕，看来杜涛已经抽了许多根烟。桌子上的茶杯里茶水也没了茶色。

看到尚青突然推门进来，两个人都愣了一下。

尚青问，你们在聊什么？

杜涛说，老同学有太多的话可以说。

程丰说，杜涛这几年可是经过大风雨，见过大世面，他的经历可比小说还要精彩，你要有空，也该听听。

杜涛说，我那些事，闹革命的人，都会遇上，不算什么。我来主要是告诉你们，以后村子里的学堂要由县教育科直接管理，你们这些老师的工资全部由县财政发放。

尚青说，那村民们以后就不用再筹资办学，吴老爷和陈天全还有村民们不知会有多高兴。

程丰说，也是因为杜涛在当县长，布拉可的学堂才可以成为县里农村的第一批公办学堂。

尚青说，这么说，我们都要感谢杜大县长了。

杜涛说，咱们之间就不要说这些客气话了。布拉可对我来说，不同于一般的地方，我愿意为这个村子做更多的事情。共产党的干部，有一个宗旨，那就是全心全意地为人民服务，为穷苦老百姓谋幸福。

这天晚上，尚青和程丰躺在床上。

尚青问程丰，除了说学堂的事，杜涛没有对你再说别的事?

没有，他没有对我再说别的事。

你们在一起说了多长时间的话?

没有多长时间。

不可能，他是不是逼你干什么了?

我们是老同学，在学校时关系也不错，我们在一起，是有许多话可以说的。他真的没有逼我干什么。

有什么话，你不能藏着掖着，该给我说的一定要给我说。

该说的我都对你说了。程丰回答得很坚决。

程丰，我想咱们是不是换一个地方去当老师? 尚青突然冒出了这么一句。

为什么? 程丰问。

我想去一个谁也不认识我们的地方，好好地过咱俩的日子。

这个学堂是你一手建立起来的，你付出了那么多心血，怎么会舍得离开?

你真的不在乎杜涛的存在吗? 尚青问。

有杜涛在，不管是学堂，还是你，都可得到更多的关照，这多好呀。

这些日子，不知怎么地落下了一个习惯，熄灯后，只有抱着程丰的胳膊，才能踏实地睡着。

两个人躺在床上，说了许多话。

主要是程丰要说。一个话题说得差不多了，程丰会马上找到另一个话题继续说。觉得要这么说下去，怕是说到天亮也说不完。

尚青说，好了，这一辈子还长着呢，不要一次把话都说完了。

尚青抱住程丰的胳膊，说我想睡了。

程丰也搂住了尚青说，我还不想睡。

尚青问，不想睡，那你想干什么。

程丰没有回答尚青，只是翻了个身，把尚青压在了下面。

程丰能这个样子，尚青当然高兴了。

这些日子，程丰很少这样。尚青为此有些着急。好几次，顾不得脸面，主动示好，想让程丰这样，都没有能达到目的。

这会儿，程丰一下子主动了起来，尚青怎么能不激动，不迎合？

程丰野得确实有点吓人。以前也野过，可似乎野得从来没有这么厉害过，似乎都要把尚青的骨头弄得散了架。不过，尚青不但不会被吓住，反而会因此如醉如痴，无比欢喜。

也是睡得太踏实了，程丰什么时候把胳膊从她的脖颈下抽出去，她一点儿也不知道。早上窗户漏进来的一线阳光把她弄醒后，发现了程丰不在，也没有在意。她爱睡懒觉，这些日子，程丰经常早起，一个人到外面去散步看书。

这一天是端午节，给学生放了假，用不着赶钟点去上课，她就把眼睛闭上又睡了一会。

再醒过来，还是没有看到程丰回来，仍然没多想，伸了一下懒腰，才起身做早饭。

做好了早饭，把两碗小米粥放到小桌子上。谷秀送的一盒粽子，她也煮了几个，打算当早点。

等了一会，不见程丰回来。尚青心想，这个程丰怎么回事，出去这么久了，该吃饭了也不回来，决定出去喊他回来吃饭。村庄不是城市，想找一个人了，只要站在门口喊一声，就能把人喊回来。

可尚青没有去喊，因为就在这个时候，她看到了放在小饭桌子上的一张纸，一张从学生作业本上撕下来的纸，上面写了几行字。

"青，我走了，别生我气，我怕给你说了，你不会让我走。这两年，我很幸福。这幸福，以前没有过，以后也不会有了。这幸福是你给的，有了这两年的日子，这一辈子我已经没有遗憾了，谢谢你了。不要去找我，也不要担心我，把我忘了吧。杜涛比我能干有出息，他不会让你受委屈的。他是个真正的男人，我知道你有多么爱他，也知道他有多么爱你，你们的爱是经过生死考验的。你们真的应该永远相亲相爱生活在一起。你千万不要因为我的离开怪罪杜涛，他真的是爱你爱到了要死要活的程度。与杜涛相比，我对你的爱还没有爱得像他那样不顾一切。不过，我真的很想让你生活得很幸福，所以我希望你能在我离开后嫁给杜涛，过上原本就该属于你们的好日子。对于我，你不用担心，经历过牢狱之灾已经没有什么可以把我摧垮，我会把自己安排好的。亲爱的青，我是多么的舍不得你呀，可我必须得走了，多保重，祝福你和杜涛了……"

看到程丰留下的纸条后，尚青马上追出去。

看不到人，不知往什么方向追。

遇到干活的村民，问村民见过程丰没有。村民说一大早下地干活时，看到程丰骑着马出了村。村民说着往远处的天山指了指。

再跑到吴家马厩去看，果然那匹他常骑的马不在了。昨天晚上程丰的表现，让尚青以为程丰已经从杜涛出现后的阴影中走了出来，她怎么都没有想到程丰是在用这种方式向她告别。在确定了程丰去向以后，尚青立刻骑上马飞奔向那条布拉可唯一一条通向天山深处的路。直到太阳快要落山了，她也没有寻找到程丰的一丝踪影。她不得不一路流着眼泪，重新回到村学堂的小屋里。整个人如同霜打过的茄子一样瘫到了床上。

程丰出走消失后，杜涛马上就赶来了。看到程丰留下的纸条，杜涛的神情很复杂。

杜涛让尚青不要难过。说有他在，不会让她受委屈的。

尚青说，可程丰怎么办？没有了家，没有了工作，在野外荒山，他该怎么活？

杜涛说，真不明白，他为什么要跑？

尚青问杜涛，那天我在河边洗衣服，你来给程丰说了什么？

杜涛说，说了什么不重要，重要是他走了，可能再也不会回来了。

尚青问，你怎么知道，他再也不会回来了？

杜涛说，我们都是男人，男人最了解男人。

尚青问，你是不是逼着他，让他离开我？

杜涛说，我只是给他如实地分析了现状。只是告诉他，我有多么爱你。我还告诉他，如果你坚持选择他，我不会为难他和你。

尚青说，可你又说，你再不会结婚。你明知他是我丈夫，你还这么说，和逼他有什么两样。

杜涛说，我坚持我的爱，不能算错吧。

尚青说，作为男人，程丰可能不如你强势，即使再喜欢也不会和别人去争抢。但我们不能利用他的善良，总是让他受委屈。

杜涛说，他是个大男人了，没有人能强迫他。我没有想到他会这样脆弱，会用这种方式解决问题。我们是同学，他完全可以开诚布公，就像当年在学校追求你一样，看谁能赢得你的心。

尚青说，可我们都已不是纯粹的同学关系，你现在是什么身份，你自己不清楚吗？

杜涛说，不，我还是我，还是爱你的那个人。

似乎为了证明他一如既往地爱着尚青，杜涛边说边抱住了尚青。

在这之前，在这些年里，他已经不知有多少次，抱住过尚青。只是这次，因为间隔的时间有些长，他表现得要更兴奋一些。

尚青扭动着身子，想要挣脱。这样的情况，以前也发生过。只是不管尚青怎么挣扎，只要杜涛坚决一些，用力一些，尚青还是会顺从。杜涛扯开了尚青的衣服，把头埋进了尚青的怀里。每每这样时，尚青总是会完全瘫软下来。那张床，他和尚青一起在上面睡了有无数个夜晚。现在，它就在眼前。杜涛抱起了尚青，想把她再次放到这张床上。

杜涛仍然是强壮有力的，他没有费一点力气，就把尚青放在了床上。只是躺到了床上的尚青，并没有像过去一样，迎合着他的动作，让她的身体完全放松敞开。

尚青从枕头下面，摸出了一把剪子，横在了她的胸脯上方。对这把剪子杜涛可不陌生。正是借助它，他才和冯正光逃出了监狱。只是它现在这个样子，不能不让他大吃一惊。它冷光闪烁，锋利无比。

杜涛看着剪子，也看着尚青。

尚青说，我有丈夫了。

杜涛还是不相信尚青真的会用这把剪子对付他。杜涛打算越过这把剪子去占领他向往的地方。尚青的剪子拦住了杜涛的手，并刺破了他的手掌，血从杜涛的手上滴落下来。

杜涛后退了一步，用迷惑不解的目光盯着尚青看。

尚青说，你出去，马上从这间房子里出去。

杜涛说，难道现在，在你心里程丰真的比我还重要了吗？

尚青说，是的。

他完全可以一挥手，把那把讨厌的剪刀打落在地。他完全可以很快就占领尚青那凹凸起伏与山川河流很相似的身体，顶多会费些气力。可他没有这么做，因为他觉得爱情的问题还是要用爱情的方式来解决。

杜涛自从当上干部，手里有了一定的权力后，他就一再告诫自己，万万不可滥用权力，一定不去强迫别人做自己不喜欢的事。他决心在自己的领导岗位上，实现公正平等民主自由的理想。

按说，程丰不辞而别后，再面对曾经如胶似漆爱得死去活来的杜涛，尚青完全没有道理非要拿出剪刀对付杜涛，对杜涛的态度会如此冷酷决绝，这样反应只能说明她对情爱的要求，既是肉体上的也是心灵上的。

正如不知杜涛已死，尚青不会与吴长明同居一样，在程丰生死不明的情况下，尚青也就绝不可能把身体交给另一个男人，不管这个男人是谁。

不会为谁守寡，却会为爱坚守。不拒绝天性的需求，但灵魂必有共鸣才行。

想得到尚青不成，杜涛有些羞恼，打算转身离开。看杜涛走到门口，尚青喊住他。以为尚青回心转意，要和他重归于好，社涛站住了。

程丰的事，你打算怎么办？尚青问。

杜涛愣住了，他显然只想着尚青，还没有顾得上考虑程丰。

你应该明白，虽然你和程丰都坐过牢，可他比你活得更惨。我们不能把账全算到盛世才头上。

你这话是什么意思？

我们错把程丰当成了告密者，我用盛世才对付我们的办法，把程丰推入灾难，我们和盛世才又有什么两样。面对程丰，我们也是罪人啊。

你怎么可以这样来比较？

也许唯一的不同，那就是盛世才有意为之，有罪不认，而我们是不明真相，铸成大错。所以，和程丰之间的事，你不要以为只是情感纠葛，是男女间爱与恨的冲突。我们是在赎罪，善待程丰，也是在拯救我们自己的灵魂。

我真的从来没有这么想过。

你要早能这么想了，有些话你就不会对程丰说了，没有你那些话，程丰就不会出走。

这么说，真的是我错了？

我们都错了。我们不能因为别人善良，就可以肆意妄为。和程丰一起生活这两年，我知道他伤得有多重，要痊愈有多难，他的精神有多么脆弱。眼看他刚刚过上正常人的生活，我们就又把他推入深渊。我们骂别人惨无人道，可我们自己呢？

杜涛默然，陷入沉思。显然，尚青的话也让他意识到自己确实做错了。

谷秀知道了杜涛被尚青毅然拒绝，有点想不明白尚青为什么会这样。给谷秀说过，程丰受了多么大罪。没有给谷秀说过，他为什么会受这么大罪。不想让谷秀为这件事老是来劝她，尚青把自己如何举报程丰的前前后后全都告诉了谷秀。谷秀听了以后，一脸惊讶。

不过，她现在没有觉得尚青有什么不好，尚青对程丰的所作所为，恰恰证明了尚青的了不起。

谷秀说，现在是他非要离开，怪不得你。

尚青说，他是没有办法才走的。

谷秀说，杜县长原本就是你的爱人，他做的没有一点错。

尚青说，程丰也爱我。

谷秀说，他说了，不让你等他了。

尚青说，那不是他的真心话。

谷秀说，那你现在打算怎么办？

尚青说，等他回来。

谷秀问，如果他真的再也不出现了呢？

尚青说，活要见人，死要见尸，一个人不可能就这样不见了影子。

谷秀说，那你又得要受多少苦呀。

尚青说，什么样的苦都受了，这点苦不算个啥。

谷秀问，你为什么不先和杜县长好着？这也不会影响你等程丰回来。

尚青问，你这话是什么意思？

谷秀说，杜县长这么些年一个人单身，多可怜啊，你怎么能忍心把他推出门外呢？男人干忍着，是会出毛病的，你又不是不知道。你也太狠心了吧。

尚青说，我知道，和杜涛在一起，不算个事。可我要是这么做了，那就等于是在程丰还没有长好的伤口上，狠狠地再砍上一刀。

谷秀无法完全理解尚青。

杜涛离开后的第二天，一支十人的武装小分队来到布拉可村。

队长找到尚青要了一张程丰的照片。他说，杜县长要求我们必须把程丰同志找回来。

尚青告诉队长，程丰骑的那匹马雪青色的，他戴的眼罩是黑丝绒的。

第二十一章

注定

一九五二年七月十五日至八月五日，中央新疆分局第二届代表会议作出《关于新疆农业区实行土地改革的决议》。

一九五四年，迪化市恢复它的原名：乌鲁木齐。乌鲁木齐是蒙古语，意思是“美丽的牧场”。

一九五四年十月，中央向驻疆的部队二十二兵团下达了一条命令：就地转业脱离国防部队序列，组建生产建设兵团，担当起新中国屯垦戍边之历史重任，并接纳大批来自全国各地的支边青年和复转军人及知识分子。

一九五五年，由苏联勘探建成的可可托海矿厂正式移交中方，由中方单独经营管理，这里矿石中的稀有元素，使得这座矿厂成为国防军工企业而被高度重视。

一九五五年一月十五日，中共中央书记处召开扩大会议，做出了中国发展原子能事业的伟大战略决策。次年，“十二年科技发展远景规划”制定，把发展原子弹、导弹为代表的尖端技术放在突出位置。

此时在台北南京东路五段小巷的居民，经常会看到一个满头白发的老人，穿着大板鞋到小店购买食物，但没有一个人知道他就是曾经名震天下的镇边大吏盛世才……

一个月后，找寻程丰的小分队无果而归。有牧人、猎人和采药遇到过骑着雪青马戴着一只黑眼罩的男人，但都是擦肩而过，并不知道他落脚在什么地方。

杜涛对尚青说，我已经安排县公安局发出寻人启事。只要程丰出现在附近的任何一个牧场、村庄、城镇，我们就可以找到他。是我把程丰弄丢了，我会尽全力把他找回来。

尚青说，那我就谢谢你了，替我，也替程丰。

杜涛说，这些天，我没有睡好过，老在想你说的话。说实话，我以前，想的只是别人给我造成的不幸，从没有想过自己也会给别人带来不幸。

尚青说，现在知道了是有些晚，可还不算太晚。我也是通过程丰这个事，明白了这一点。

不知是年纪的原因，还是岁月的磨蚀，还是离别得有些长久，杜涛此时看尚青，竟有点陌生。尚青还是尚青，但已经不再是那个西公园长椅上小鸟依人般的女学生了，也不是那个为了爱情分不清东南西北的小姑娘了，更不是那个清纯得如同一泓泉水的小学老师了。容貌仍然，灵魂却被血泪浸泡过，被烈火淬炼过，尚青的身心，已不同于平常女性。

吴长明提着一包糖果糕点，去了村学堂，敲开了尚青的门。尚青正坐在床沿发着呆，抽着烟。自程丰离开失踪以后，睡不着觉的尚青又抽起了烟。

看到吴长明，尚青愣了一下。自从三年前从县城小院分别后，两个人还是头一次单独面对。两个人互相望着对方，好一阵子都没有说话。尚青倒了一杯茶，放到吴长明面前。

尚青问，是不是杜涛让你来的？

吴长明说，杜县长让我问问你，有没有困难需要解决。

尚青把小说放到一边的桌子上问，你是带着任务来的？

杜县长是个有魄力重情义的男人。吴长明说。

没有谁比我更了解他。尚青说。

嫁给他，你会有更好的生活。

扔下程丰不管了，我的心会更苦。

需要我帮你做什么？

对谷秀要比以前更好。

这个话，你给我说过，我记着呢。

别为我担心。

我知道你有多了不起。

没有你，我不会骑马，也不会打枪。

女人里，我最佩服你。

好了，不早了，你快回家吧，别让谷秀等你了。

吴长明转身往门外走。

走到门口时，又转过头，朝着尚青笑了笑。

尚青也朝着吴长明笑了笑。

目送着吴长明走出房门，消失在夜色中。尚青关上门，整个人靠着门板，不知为什么，她想哭。

六天后，杜涛带着几个县委领导干部，去农牧区安排生产、慰问民众。虽然经过了大规模剿匪，社会基本面安定了下来，可仍有还没有消灭的敌人，无时不在寻找机会进行破坏捣乱。考虑到有可能发生的危险，杜涛让吴长明带了士兵跟随护卫。

路途中，和叛匪发生了遭遇，吴长明让杜涛带领干部赶紧离开，并随即带领士兵占据路边土坡，掩护杜涛他们撤退。杜涛想留下和吴长明一起作战，吴长明坚决不同意，他的任务就是保护县委干部，别的干部也劝阻杜涛尽快离开。

叛匪人数不算太多，但因为心狠手辣，作战经验也很丰富，又熟悉地形，并不容易对付。虽然打到了最后，叛匪被消灭，可我方也损失惨重。多名士兵受伤不说，还有五名官兵，包括负责指挥作战的吴长明，也不幸被子弹击中失去了生命。吴长明是在战斗结束打扫战场时，被躲在树丛里的匪徒头目打了冷枪。

他并没有马上倒下，而是忍着剧痛扑向匪徒头目把他压在了身下，最后我们的战士及时赶到，抓住了匪徒头目。

谷秀自嫁到吴家，就像掉进了蜜糖罐一样，从没有吃过什么苦，突然一下子吴长明没有了，比头上的天塌下来，对她的打击还要大。谷秀躺到床上，不能动了。尚青去看她。谷秀见到尚青，抱着尚青，哭成了泪人。尚青也不知说什么，只是抱着谷秀跟着哭。哭着哭着，想起了许多事。这一想，反倒比谷秀哭得还要厉害了。

到了后来，谷秀反倒劝起尚青不要再哭了。说长明不在了，他的骨肉还在，要把两个孩子养大养好，要对得起长明。

尚青说，他们也是我的孩子，我会帮着你把他们抚养成人的。

祸不单行这个说法，在现实中总是被反复证明。可能是年纪大了，加上儿子的死带来的巨大悲痛，七十二岁的吴老爷，一下子病倒，再也没有起来。人活七十古来稀，他活到这个岁数，在这个年头，属于少见，也是善终了。他的离去，全村人不可能不伤心，但也知道，就算他走了，现在有了陈天全，主要是有了共产党，布拉可村的日子，只会过得越来越好。

可对于一个家庭来说，那就不一样了，一个人的死，往往带来的是一个家的天翻地覆。

吴长明死了，对谷秀来说，这个家也就没有了。

吴老爷一死，显赫多年的吴家大院也就从此消失了。

吴老爷和他祖辈一样，他的故事也成了布拉可村史和传说的一部分。

土地改革时，布拉可村几个大户人家均被定为地主成分。但吴老爷家人被定为中农。

吴长明作为烈士，他的遗孀和孩子理应受到照顾。杜涛亲自代表县委来征求谷秀的意见，问她有什么要求。她说给她在县上安排一份工作，让她能有一份收入养活自己和孩子。杜涛说这没有问题，问她想干什么工作。

谷秀说，我文化不高，你们看着安排吧，干什么都行。

杜涛说，县委刚办了一个招待所，你就去那里工作吧。

谷秀说，我还有两个孩子，他们要上学。

杜涛说，孩子跟着你去县城，上学的费用，全由国家来承担，你不用操心。

这一年初夏，谷秀带着两个孩子离开了布拉可村，来到了县城。谷秀让尚青也到县城来。可尚青说，她要等程丰回家，不能离开布拉可村。

不过，到了休息日，孩子们不上课了，她就会骑上马，来到县城里，看望谷秀和孩子们。这里有一个院子，是吴长明活着时买下来的。对这个院子，尚青比谷秀更熟悉。和吴长明的事，到现在谷秀还不知道。要不要给谷秀说，尚青一直拿不定主意。

院子里一半铺了砖，一半是泥土，还有一口水井，两棵果树。砖地上，可以乘凉晒太阳，可以喝茶聊天。泥土地上，还可以种菜。一棵果树长葡萄，一棵果树结苹果。他们搬进来时，正好赶上果子成熟。这两种水果，都好吃。

尚青帮谷秀收拾院落房屋。谷秀拿出许多照片往墙上挂。正中间那一张就是有尚青的全家照。挂的时候，让尚青看挂得正不正。

挂好了，两个人站在一起看，看到了相片中站在她们身后的吴长明，都好一阵子不说话。

招待所在县委的大院子里，只有一排房子，五十个床位。连谷秀在内，有三个人来管理。主要是打扫卫生，整理床铺，清洗被褥。三个人都是女同志，谷秀年纪最轻。招待所不对外营业，到这里来住的是开会出差的干部，每天要干的活，并没有多少。干完活了可以坐在值班室里休息，还可以顺便干点针线活，比如说缝制衣服和纳鞋底。谷秀和她们一样也做这些女人做的活。

县政府领导办公室在另一排房子。在院子中走动时，难免会遇到杜涛。杜涛见到谷秀和见到别人不一样，不太忙的时候，会停下来和谷秀聊上几句，有时还会让她去他办公室坐一会。谷秀知道杜涛和她说话，想说什么。见到杜涛后，不等杜涛问，会主动说起尚青的情况。同样，尚青只要从布拉可来看望她和孩子，她也会主动说起杜涛。她说杜涛时，会称杜涛杜县长。谷秀想着，程丰刚离开，尚青一时放不下，可以理解。等到时间长了，再不见程丰回来。尚青的想法就会发生变化。到了那个时候，尚青就不会不接受杜涛了。杜涛也是这么想。因为尚青，他会经常来布拉可村检查指导工作。工作完了，必会去学堂看望尚青。不管尚青对他的态度有多么不好，他还是会坚持这么做。他相信他们之间的爱，相信尚青目前对他的态度，一定会随着时间发生改变。

再去县城，见到谷秀。

听到谷秀又说起杜涛。说杜涛工作很忙，吃住方面，很需要有一个女人来照顾。

尚青问谷秀，你为什么不去照顾他？

谷秀说，这个事怎么轮得上我？

我看，现在最合适照顾杜涛的人，就是你。

你胡说什么呀。长明才刚走了不到一年，我可不能做什么对不起他的事。

你要是能和杜涛好，长明知道了，不但不会生气，还会为你高兴。

你怎么知道长明会这么想？

有一件事，你还不知道。我想，现在可以告诉你了。

尚青给谷秀说了和吴长明在这个小院落里住了二十八天的事。以为谷秀知道后会变了脸色，会狠狠骂她，没准还会打她几个耳光。没有想到谷秀听了尚青的话，居然不相信尚青说的是真话。尚青说我又不是傻子，编出这样的话对我有什么好？

谷秀说，我是不敢相信，长明还会有这样的福气，要是你说的这个事是真的，能得到你的身子，那长明这一辈子就活得不亏了，你为什么不早点告诉我？

要是当时我就把这个事告诉你，你会怎么样？

你说我会怎么样，实话告诉你吧，杜涛不在了的那一阵子，我老让长明去关心你，就是想着你们能在一起。

长明真是个正经男人，在我面前可老实了，是我主动去找了他。他真的是一心一意地爱着你。

尚青接着说，我一直想不明白，我活到现在，想当个妻子想生个孩子，结果都做不到，是不是我没有遵守妇道，惹老天生气，才会这样惩罚我。

谁都会有不顺的时候，这说明不了什么。依你这么说，长明不在了，让我成了寡妇，也是我做错了什么招来的灾祸？

这一问，还真把尚青问住了。别看尚青面对学生，说起道理来头头是道。可真身为女人，去说许多事，反倒说不清了。

只是说到了吴长明，尚青这几日，倒是有个想法，越来越清晰了。她接着谷秀的话问，长明不在了，你真的打算一个人过下去？

再嫁人这事我不敢想。

你才三十四岁，怎么能守寡，还是嫁给杜涛吧。

那你呢？

程丰只是出门了，他并没有死。

杜涛是你的前夫，到现在还心疼着你，我不能干这个事。

杜涛是个好男人，嫁给他，你不会受委屈。

我怕你受委屈。

你嫁给杜涛，是帮姐的忙。

我不懂。

杜涛有了你，就死了心，不会再来缠我了。我就可以踏实地过日子了，可以安心等程丰回家了。

人家是县长，咋能看得上我？

他要是知道你有多好，一定会娶你。

第二天，在县政府大院里遇到杜涛。

谷秀说，你一个人住，房子也没有人打扫，我闲着也是闲着，顺便帮你打扫打扫。

杜涛想了想，就把钥匙掏出来给了她。

给杜涛打扫房间后，谷秀去街上又配了一把钥匙。

她对杜涛说，我这么做，是想着以后我再去给你打扫卫生，就不用再找你要钥匙。

杜涛听了谷秀这个话，愣了一下。不过，紧接着他就说，你想得很周到。

这一天下了班，杜涛回到他住的房子里，看到谷秀已经把饭做好了。

谷秀说，食堂里的大锅饭不可口，想吃什么，我给你做。

吃着谷秀做的饭，杜涛说，尚青说她会做饭，是你教的，看来真是不假。

吃过了饭，谷秀泡了一杯茶，端到了杜涛面前。谷秀说，是红茶，喝了，不影响睡觉。

谷秀又烧了一盆洗脚水，对杜涛说，用热水烫烫脚再睡，解乏。

洗完脚，看谷秀还不走。杜涛说，你该去歇着了。

谷秀说，尚青姐让我照顾你。

杜涛说，乱弹琴，我一个大男人，不需你照顾。

谷秀说，尚青姐会一直等程丰。

杜涛说，那我就打光棍。

谷秀说，你不要为难尚青姐，也不要为难自己。

杜涛说，这事轮不到你操心。你快走吧，别让别人说闲话。

谷秀离开杜涛后，去对尚青说，杜县长看不上我。

尚青说，我了解他，他没有理由看不上你。

杜涛见到尚青问，你搞什么鬼，想用美人计害我。

尚青说，你不会因为谷秀是寡妇，看不上她吧？

杜涛说，什么看上看不上。我已经想好，如果你不嫁我，我就终身不娶。

尚青说，你是真想把我害死呀。

杜涛说，这话我听不明白。

尚青说，程丰肯定还活着，就在不远的某一处看着我们。只要你和别人结婚，他就知道我还在等他，他肯定会从藏身之处走出来找我。

杜涛说，让我牺牲自己成全你们？

尚青说，程丰也曾为你牺牲过，你就算为他牺牲一次也应该。

杜涛说，如果我不这样做呢？

尚青坚决地说，那我们就一起孤身到老吧。

杜涛问，再没有别的可能？

尚青说，你如果真的爱我，想活得心安理得，那就请你把谷秀娶了。

杜涛说，你这是在逼我。

尚青说，我是在逼你，也是在逼我自己。如果你不听我的，我们将不再有同学情，更不可能再做朋友，你将会成为我在这个世界上最痛恨的人。

杜涛说这可是个大事，你得让我好好想一想。

一个月后，谷秀对尚青说，老杜让我和他领结婚证了。

尚青说，那就把可龙和可欣给我吧。

谷秀说，他们本来就是你的。

可龙和可欣再见了尚青，不再叫干妈。

他们改口喊尚青妈妈。

结婚后，杜涛住进那个有两棵果树的小四合院。

四合院有多间房子。杜涛和谷秀住一间，可龙、可欣分别住一间。

尚青来了，谷秀不让她走，让她和可欣住一起。自杜涛和谷秀结了婚，尚青再来，从没有住下过，再晚也会骑马离开。不但自己离开，还会带可欣一块儿离开。可欣还在读小学，不用在县城读，跟在尚青身边，读书的成绩会更好。

放假了，尚青会带着两个孩子去乌鲁木齐，带他们去自己小时候常去的地方，给他们讲一些自己一直没有忘记的有趣的经历。母亲没有想到尚青会有两个这么大的孩子，一脸惊喜。

尚青还会骑着马，让可欣坐在鞍前，靠在她怀里，让可龙坐在鞍后抱着她的腰，带他们去刀条岭黑湖游玩。尚青还从书包里拿出那把手枪，让他们看一看，摸一摸。尚青心想，等可龙长大了，就教他打枪，就像吴长明教他一样。

尚青还给他们讲吴长明的故事，那是吴长明亲口对她讲的。

那一个月里，她总会让吴长明说个不停，她对乡村男子的成长史充满好奇。吴长明随军征战新疆各地，每一仗都有精彩的情节。吴长明的故事，让尚青在那些天的黑夜里，对他越发恋恋不舍。

尚青从集市买来了布，先用父兄给她打制的剪刀裁剪，再用针线缝成衣裤。看到可龙、可欣穿上了她做的衣服，尚青一脸满足。可欣才八岁，在村里上小学，上课时，尚青让她坐在第一排。

晚上，她和尚青睡。她非要尚青搂着她睡。尚青给她唱摇篮曲，唱着唱着，可欣就睡着了。只是可欣睡着了，尚青却不能合上眼。她在想，程丰此时睡在何处？他能睡得着吗？他难道就不想她吗？

杜涛来布拉可村检查工作，忙完了别的事，走进了村学堂。

他对尚青说可以安排她到县城中学教书，还可以去县政府工作。

尚青说，我就在布拉可，哪儿也不去。

杜涛说他心里边其实还是放不下尚青。

尚青说，谷秀是个好女人，当老婆比我强，你一定要对她好。

杜涛说，可我还是会老想起你。

尚青说，我也不可能把你忘掉。

发出去的寻人通告，一直没有回应，杜涛说，程丰真的可能不会再出现了。

知道你结了婚，他肯定会回来，尚青说。

你真的就要这样等下去？杜涛问。

我说过的话，不想再重复，尚青说。

听到尚青这么说，杜涛叹了一口气，是我害了你和程丰，希望你不要恨我。

只要你把程丰找回来了，我就会原谅你，尚青说。

你以为我不想把程丰找回来吗？我也想活得问心无愧呀，杜涛说。

这一天上午上完课后，一个穿着布拉吉（连衣裙的俄语译音）的大姑娘来看尚青。

女大十八变，她差一点没有认出来，原来这个大姑娘是阿莲。

阿莲在两年前，考上了乌鲁木齐的俄文专科学堂。因为学习成绩好，刚一毕业，新政府就要把她派到莫斯科去留学。

她回布拉可村来和家人告别，顺便来看看尚青。如果不是尚青，她这会儿肯定是在某个村的地头，利用干活的空闲时间，抱着孩子在喂奶。

尚青上师范时也学过俄语，两个人就用俄语说了几句话。

尚青说，你的这个水平，我是比不上了，再到苏联一学习，就是专家了，可以做更大的事情了。

阿莲说，我想做一个翻译。

尚青说，有了本事，不愁没有一个好工作。

又问她谈对象没有？

她说，还没有。

尚青说，别着急。找丈夫，是女人的一道坎，得慎重。

阿莲说，我想等参加工作以后再说。

当天给孩子们上课时，就把阿莲的事说给了学生们听。告诉他们，不要说自己是山村的孩子，不如城里孩子条件好，只要肯好好学习，一样可以有出息，可以出国留学，可以出人头地。

谷秀天性聪慧，在如何让男人知道她有多好的事情上无师自通。她每天把房子收拾整洁了，把衣服洗干净了，再把饭菜做好，等着杜涛回来吃。吃过饭，把茶泡好，端到他跟前。他坐在桌子前看文件，屋子里有一点热，她就拿了一把葵扇，站在他旁边轻轻地摇。烧好热水端到他跟前后，还会帮他脱了鞋子和袜子，让他把脚放到水里，再把手伸到水里，握着他的脚轻轻地捏搓起来。

杜涛躺到了床上后，又给杜涛按肩揉腰。再问杜涛累不累，问杜涛还有哪里不舒服。屋子里静悄悄地，谷秀说出的话像花絮一样轻柔，一样美妙。

可杜涛总是难以心安理得。

结婚后，谷秀说，我不想在招待所干活了。

杜涛说，你不是干部，只能在这儿干。

谷秀说，那就让我去当干部。

杜涛说，你不识字，当不了干部。

谷秀说，你一句话，我就可以当。

杜涛说，以权谋私的事我可不会干。

谷秀很后悔，当年尚青要教她识字，她说没有用，就没有学。

尚青知道这个事后，见到杜涛时对他说，你得教谷秀识字，每天十个字就行。

谷秀不但跟杜涛学习认字，还去参加了县里组织的扫盲班。

有一天，谷秀拿着一张报纸，对杜涛说，我念给你听。

听谷秀念完报纸，他夸奖了她，但没提让她当干部的事。

这时的杜涛看着谷秀，还是忍不住会想起尚青。同时还会想到程丰。和谷秀结婚快一年了，程丰若活着不可能不知。可他若知，又为什么还不出现？如果他能出现，他一定要给他摆一桌隆重的接风酒。

不过，这时他又会在心里骂程丰，你这小子太不像个男人，遇到一点麻烦就选择逃避，扔下尚青就不管了。你知道尚青要受多大委屈吗？

这些日子不管出差到什么地方，杜涛都会向当地人打听程丰的下落。

盛夏，麦子吐穗时，谷秀怀上了杜涛的孩子。

次年夏初，她生下一个男孩。

满月时，尚青骑马去县城，喝了祝贺的酒。只是谷秀和杜涛想让尚青当孩子的干妈，尚青没有答应。

抱着孩子，边给孩子喂奶边和尚青说悄悄话。

谷秀说，这辈子幸亏遇到你。

尚青说，没有你，我在布拉可活得不知有多难。

谷秀问，程丰咋还不回来？

尚青说，你别为我担心，他一定会回来。

谷秀说，老杜老在我跟前说，他对不起你和程丰。

尚青说，我已经不再怪他，只要他别让你受委屈。

谷秀说，他真是个好男人。

身为村学堂的老师和校长，尚青并不总是待在学校里。

给孩子们上完课后，她就会背着一个书包，骑上马走出布拉可村。

路上遇到的村民会提醒她，山里有黑熊和野狼，还可能会有坏人。

她笑了笑，让村民不要为她担心。她不会告诉村民们，背在身上的书包里，装的不但有书，还有一把手枪。

在山里不管是看到放牧的人，还是看到采药的人，还是看到打猎的人，尚青都会主动上前和他们交谈。不管交谈时会说的是什么内容，总会说到一句话，那就是你们看到过一个男人吗？他有一只眼睛什么都看不见了。他骑着一匹雪青马，戴着一只护眼罩。

如果骑行在天山中，遇不上一个人，她就会面对空荡荡的山谷，放声大喊，喊程丰的名字。她的声音像波浪一样在群山之间回荡，从一座山谷传到另一座山谷，一直可以传到很远很远的地方。尚青相信，程丰一定可以听到他的呼唤。只要程丰听到了她的呼唤，一定会从他的藏身之地走出来，走到她的面前，让她重新挽起他的胳膊，走回村学堂，走回那间小屋。

村里的人说到尚青时，都会说她身边虽然没有一个男人相伴，但她并不是个寡妇。

她是一个有丈夫的女人，只是她的丈夫出远门了。

当有村民问到她，你的丈夫什么时候回来呀？

她总是说，快了快了，很快就会回来了。

而这一年，在迪化市出生长大的女子尚青已经三十六岁。

由于一直没有生养，没有被家里的活和地里的活拖累，没有整日被风吹雨打太阳晒，天天带着孩子们在读文识字，身心被书香滋润，所以看上去，她的肤色白里透红，腰身仍然纤细，胸部越发显得圆挺。

村民们都说，尚青老师和刚来的那会儿一样，还是大姑娘的样子。

从那一年来到布拉可村，她已经在这个山村小学里担任多年的老师，而且还会继续当下去。

只是不知道接下来，她的丈夫程丰会不会出现？

如果出现，会什么时候出现？

如果一直不出现，尚青又该怎么办呢？

难道她真的要永远等下去吗？

等到头发白了，等到老得连路也走不动了，她还会等吗？

似乎冥冥之中，总有个什么东西，一直在和尚青过不去，也许，这就是尚青的命，从她一出生就被注定。